W0397866

Harper
Collins

Melanie Hudson

Wort für Wort zurück zu dir

Roman

Aus dem Englischen von
Carina Obster

Harper
Collins

HarperCollins®

FSC
MIX
Papier
FSC® C014496

1. Auflage: November 2019
Deutsche Erstausgabe

Originaltitel: »Dear Rosie Hughes«
Erschienen bei: HarperImpulse,
an imprint of HarperCollins *Publishers*, UK

Published by arrangement with
HarperCollins *Publishers* Ltd., London

Umschlaggestaltung: zero-media.net, München
Umschlagabbildung: Jens Magnusson / Getty Images
Satz: GGP Media GmbH, Pößneck
Printed in Germany
Dieses Buch wurde auf FSC®-zertifiziertem Papier gedruckt.
ISBN 978-3-95967-352-5

www.harpercollins.de

Werden Sie Fan von HarperCollins Germany auf Facebook!

Für Andrew, Edward und Meg

Prolog

Von: aggieb@yahoo.com
An: rosie-of-arabia@yahoo.com
Betreff: Mein erstes Kapitel!
Datum: 28. Juni 2003

Hi Rosie,

ich weiß, wir werden uns nächste Woche ohnehin wiedersehen, doch ich muss Dir unbedingt sofort schreiben, denn ich habe die ersten paar Kapitel meines neuen Romans fertig! Die Worte sind nur so aus mir herausgeflossen! Wahrscheinlich wird das Ganze vom Lektor noch mal auseinandergenommen, aber im Moment kann ich nur sagen: Gott sei Dank!

Ich möchte mich noch mal bei Dir bedanken, meine wundervolle beste Freundin, dass Du mir erlaubt hast, Deine Geschichte zu erzählen. Ich verspreche Dir, ich werde mich ihrer so gut ich kann annehmen. Bei dem Gedanken an das letzte Kapitel mache ich mir jetzt schon vor Aufregung in die Hose. Es wird so verflucht herzerwärmend sein, dass kein Auge trocken bleibt. Stell Dir nur mal folgende Szene vor: Ein unglaublich schöner Strand in Schottland, zwei alte Freundinnen treffen sich nach langer Zeit das erste Mal wieder, die eine ist gerade aus einem Kriegsgebiet in der Wüste nach Hause zurückgekehrt, die andere hat endlich einen Sinn in ihrem Leben gefunden, nachdem sie jahrelang in ihrer eigenen gedanklichen Wüste verloren war. Wir haben so viele Jahre verloren (und alles nur wegen eines Mannes und eines Missverständnisses – Frauen lernen auch nie dazu), aber sobald Du nach Hause kommst, können wir eine neue To-Do-Liste erstellen und einen Schwur aufsetzen (notfalls mit Blut statt Tinte), uns nie mehr aus den Augen zu verlieren. Na ja, genug herumgesülzt. Anbei sende ich Dir den Klappentext für das Buch. Schreib mir, was Du davon hältst.

Das Leben der Rosie Hughes
Von Agatha Braithwaite

Alles beginnt – wie vielleicht alle romantischen Geschichten beginnen sollten – mit einer unglücklichen Heldin, einer verrückten Idee und einer langen, abenteuerlichen Zugfahrt. Stella Valentine, eine schöne, aber einsame Liebesromanautorin, beschließt an einem nasskalten Dezembernachmittag spontan, in die Wildnis der schottischen Highlands zu fliehen – nachdem sie ihren Laptop und ihr neuestes Manuskript in den nächsten Fluss geworfen hat. Wie jeder weiß, der jemals eine lebensverändernde Reise nach dem Motto »Mir ist jetzt alles egal« unternommen hat, kann man zu Beginn nie sagen, ob der Weg zu dem heiß ersehnten »Und sie lebten vergnügt bis an ihr seliges Ende« führt, oder ob er sich einfach nur als eine weitere schäbige, mit Schlaglöchern übersäte Straße herausstellt, die in noch tiefere Abgründe der Verzweiflung führt.

Doch als Stella aus dem Fenster des alten Dampfzuges schaut, der durch die Schlucht rauscht, werden auch die letzten Zweifel in die hinterste Ecke ihres Bewusstseins verdrängt. Sie bemerkt den tosenden Wind und den Regen nicht, sondern fühlt, wie ihr Herz buchstäblich anschwillt beim Anblick der tiefen, dunklen Seen, der gewaltigen Berge und der verblühten Heidelandschaft; eine Landschaft, die geradezu dazu geschaffen scheint, all die Verlorenen und Einsamen aufzunehmen. Als sie auf den

Bahnsteig der Mallaig-Station tritt, fühlt sie ganz sicher, dass die nächsten sechs Monate über ihr restliches Leben entscheiden werden.

Was Stella jedoch nicht weiß: Just in dem Moment, als sie aus dem Zug steigt und den Bahnsteig entlanggeht, ihren Koffer hinter sich her zieht und lächelnd die Regentropfen begrüßt, denkt ihre Kindheitsfreundin Rosie Hughes an sie und tritt ihre eigene abenteuerliche Reise an – nur dass diese sie in einen viel gefährlicheren Teil der Welt führen wird.

Dies ist also nicht nur Stellas Geschichte, sondern auch die einer wieder aufblühenden Freundschaft zwischen zwei Frauen, die herausfinden, dass jeder einzelne Tag zählt, und dass nichts im Leben furchteinflößend erscheint, solange man eine Freundin an seiner Seite hat.

Alles, alles Liebe,
Aggie (auch bekannt als Stella Valentine. Ich hatte Dir doch gesagt, dass ich für diesen Namen noch eine Verwendung finden würde.)

Teil 1

Sechs Monate zuvor

Von: Agatha Braithwaite, Midhope-on-the-Moor, West Yorkshire
An: Leutnant Rosanna Hughes, Royal Navy, Hauptquartier der Britischen Armee, Kuwait
Datum: 2. Januar 2003

Oh mein Gott, Rosie,

ich habe gerade herausgefunden, dass Du in den Krieg gezogen bist!

Ich bin's übrigens, Aggie Braithwaite. (Ich weiß, es ist beschämend lang her, seit wir zuletzt miteinander gesprochen haben.)

Heute Morgen bin ich Deinem Vater im Dorfladen über den Weg gelaufen und wusste sofort, dass irgendetwas faul sein muss. Er hat die ganze Zeit eine weiche Mango in seiner Hand hin- und hergedreht und mit leerem Blick in das Kühlregal mit den beinahe abgelaufenen Lebensmitteln gestarrt. Da Dein Vater zu der Generation von Männern aus Yorkshire gehört, denen es nicht im Traum einfallen würde, eine Mango zu kaufen (nicht einmal eine weiche), habe ich ihn gefragt, ob alles in Ordnung sei. Er meinte »Ach, es geht, angesichts der Umstände ...« Mist, dachte ich mir, da muss jemand gestorben sein. Also habe ich nachgehakt: »Angesichts *welcher* Umstände, Mr. Hughes?« Und er erzählte mir, dass Du gestern nach Kuwait geflogen bist – mit der Armee. Was hast Du Dir bloß dabei gedacht, Rosie? Khaki steht absolut niemandem – nicht einmal Dir.

Das letzte Mal, als mir Dein Vater über den Weg gelaufen ist, war vor ungefähr anderthalb Jahren in Midhope beim Chinesen, als er gerade eine Portion Hühnchen süß-sauer zum Mitnehmen bestellt hat. Ich hab einen Glückskeks aufgebrochen und meine Nummer und Adresse auf die Rückseite des Papiers geschrieben. Hat er es an Dich weitergegeben? Er erzählte damals, Du und Josh würdet in einem Reetdachhaus in Devon wohnen, und dass Du beim Wetterdienst in Exeter arbeitest. Doch jetzt höre ich, Du seist wieder der Marine beigetreten, als Reservistin, und hättest die Scheidung eingereicht? Häh? Ich dachte, Du hättest die Marine schon vor Urzeiten verlassen. Ich bin vollkommen verwirrt und glaube, dass die ganze Welt nun endgültig und unrettbar verrückt geworden ist. So viele Dinge ergeben einfach keinen Sinn:

1. Was zum Teufel hat die Marine in der Wüste verloren? Habe ich da womöglich etwas missverstanden?
2. Falls Du nicht zufällig seit Neuestem regelmäßig ins Fitnessstudio gehst, sind Dein Körperbau und Deine Persönlichkeit nun wirklich nicht zum Kämpfen geeignet. Wenn Du wie ich gebaut wärst (also wie eine kriegerische Amazone), wär das natürlich etwas anderes.
3. Dein Name passt nicht zu einer Kriegsheldin (ich bin Schriftstellerin, also weiß ich über so etwas Bescheid). Wie kann jemand, der Rosie heißt, nur in den Krieg ziehen? Der Name klingt zu weich, eher nach einer Frau, die in einem gemütlichen Cottage sitzt, Marshmallows am Kaminfeuer röstet und ihren zwanzig Kindern etwas auf der Geige vorspielt.
4. Als Gründungsmitglied der Huddersfield-Abteilung der *Drei Engel für Charlie* weiß ich ganz genau, dass Du ein kleiner Angsthase bist.

Alles in allem – Rosie Hughes im Krieg? Ergibt keinen Sinn.

Trotz meiner Bemühungen konnte ich aus Deinem Vater nicht viel herausbekommen. Er musste gleich wieder los, weil er auf dem Behindertenparkplatz geparkt und seinen Behindertenausweis Deiner Tante Joan geliehen hatte – sie ist die Stufen eines Bücherbusses hinuntergefallen und hat jetzt Flüssigkeit im Kniegelenk. Aber bevor er verschwand, hat er mir noch etwas über die elektronische Feldpost erzählt und mir Deine

Feldpostadresse (und seltsamerweise auch die Mango) in die Hand gedrückt. Das war für mich ein Wink des Schicksals – also die Adresse, nicht die Mango –, denn ich versuche schon seit Ewigkeiten, mit Dir wieder in Kontakt zu treten. Doch als Du weder angerufen noch geschrieben hast, nachdem ich Deinem Vater meine Nummer gegeben hatte, wollte ich schon aufgeben. Aber jetzt, da Du in den Krieg gezogen bist, hab ich beschlossen, Dir einfach mal ein »Hallo« und ein »Pass auf Dich auf« zu schicken – und ein »Was zum Teufel soll das, Du Idiotin?«

Doch genug von Dir. Mein eigenes Leben war bisher eine Folge von Fehlentscheidungen, die ich an einer Kette guter Absichten aufgereiht habe. Es wird Dich nicht überraschen zu hören, dass ich sie immer noch nicht gefunden habe – und mit »sie« meine ich diese Sache, die man »Liebe« nennt. Ich bin zurück nach Midhope gezogen und arbeite als Schriftstellerin, was mich zu Tode langweilt, obwohl es doch immer mein Traum war. Ich bin wieder dem Opernverein beigetreten, in der Hoffnung, mir vielleicht einen Hauptdarsteller zu angeln. Ja, ich weiß, ich lerne auch nie dazu. Allerdings sind die männlichen Mitglieder entweder schon vergeben oder einfach nur sterbenslangweilig, und außerdem hat die blöde Besetzungstante die Rolle der Maria in *The Sound of Music* an Jessie Cartwright vergeben! Ich hab denen gesagt, dass sie mich mal kreuzweise können. Ich meine, Jessie Cartwright? Als *Maria*? Also bitte!

Es war genauso wie damals in der Zwölften, als Cheryl Brown die Julia spielen durfte, nur weil sie leicht genug war, um gefahrlos auf diesem Balkon aus Balsaholz stehen zu können. Und als wär das nicht schon demütigend genug, haben sie mir »zum Trost« angeboten, eine der Nonnen zu spielen – und zwar nicht die hübsche, sondern die zickige mit dem zerknautschten Gesicht. Glaub mir, Rosie, Jessie Cartwright hat ein schwaches, blechernes Stimmchen, man wird sie in den hintersten Reihen kaum hören können. Aber ich schätze, ihr zwergenhaftes Aussehen passt zu dem stereotypen Bild, das man von Maria hat. Wann werden die Leute endlich einsehen, dass Maria in Wirklichkeit ein draller, unbeirrbarer, männermordender Vamp war, und dass man sie nur aus dem Frauenkloster geworfen hat, weil sie einen so großen Appetit auf Männer hatte? Außerdem war sie wahrscheinlich total gemein zu den Kindern, sobald der Ring an ihrem Finger steckte. Sei ehrlich: Wer sonst außer mir (zumindest im westlichen Yorkshire) wäre besser dafür geeignet, eine dralle österreichische Ex-Nonne zu spielen, die einen Kapitän verführt? Beim Vorsingen habe ich perfekt abgeliefert, meine übliche Ella-Fitzgerald-Nummer gebracht und *Puttin' On The Ritz* rausgehauen (ein super Song, um die Bühne gut auszufüllen), gefolgt von *With A Song In My Heart* – etwas fürs Herz. Mrs. Butterworth war tatsächlich am Heulen, als ich die letzte Zeile gesungen habe. Und das alles nur, um am Ende gesagt zu bekommen: »Wir melden uns bei Ihnen.«

Wir melden uns bei Ihnen?!

Anscheinend kann ich also nicht einfach so nach zehn Jahren nach Yorkshire zurückkehren und erwarten, die Hauptrolle singen zu dürfen.

Aber wieso nicht?

Trotzdem soll ich meinen dicken Hintern vor dem Klavier parken und die Proben begleiten – was für eine Frechheit! Ich habe ihnen gesagt, dass sie sich die Rolle der hässlichen Nonne – und das Klavier – sonst wohin schieben können. Ich bin nicht mal ansatzweise für diese Rolle geeignet und weigere mich, sie zu spielen – es ist eine Demütigung. Shaun Jones hat mich gefragt, ob ich meine Ella-Nummer wieder im Klub zum Besten geben möchte (wahrscheinlich habe ich ihm leidgetan), aber ich kann das jetzt einfach nicht. Ich habe abgeschlossen mit dem Singen. Außerdem fliehe ich eh bald nach Schottland.

Mehr dazu in Kürze.

Alles Liebe, Aggie

PS: Irgendwelche potenziellen Traumtypen für mich entdeckt? Vergiss nicht, er muss groß sein. Obwohl ich mich letztes Jahr im Urlaub zehn Stunden lang im Toten Meer eingeweicht habe, bin ich leider nicht eingegangen.

PPS: Ich weiß zwar, dass wir seit – wie viel? – fünfzehn Jahren keinen Kontakt mehr hatten, habe aber trotzdem beschlossen, in diesem Brief einen locker-fröhlichen Ton anzuschlagen (so als wäre nichts passiert, und wir würden nur ein wenig bei einer Tasse Tee und Kuchen plaudern). Hoffentlich stört Dich das nicht. Ich weiß, dass wir über einige Dinge sprechen müssen, um reinen Tisch zu machen, aber können wir vielleicht – zumindest für den Moment – die Vergangenheit ruhen lassen?

Von: Rosie
An: Aggie
Datum: 3. Januar

Oh Aggie,

ich habe mich so über Deinen Brief gefreut. Was für ein seltsamer Zufall: Erst gestern Abend, als ich in der Generalssitzung saß und am Eindösen war, musste ich an Dich denken. Ich hatte mir so gewünscht, mal von Dir zu hören. Und nun halte ich Deinen Brief in den Händen!

Weißt Du noch, wie wir als Schülerinnen das Proms-Musikfestival in Leeds besucht haben und sich diese Frau auf dem Balkon nach vorne gelehnt hat, um ihrer Freundin zu winken? Dabei sind ihre falschen Zähne aus dem Mund gefallen und in

Deinem Bierglas gelandet! So was Urkomisches konnte nur Dir passieren. Hast Du das Bier eigentlich noch getrunken, nachdem Du die Zähne herausgefischt hattest? Vermutlich.

Auch ich wollte mich schon lange bei Dir melden, aber nachdem Du vor ein paar Jahren die Einladung zu meiner Hochzeit abgelehnt hattest, dachte ich, Du hättest wahrscheinlich noch immer nicht vergessen (und vergeben), was damals im letzten Sommer vor Beginn unserer Studienzeit geschehen war. Ich muss gestehen, dass mir mein Dad letztes Jahr Deine Adresse gegeben hat. Der Glückskeks bereitete mir Unbehagen. Auf dem Zettel stand: *Alles, worum ein Freund dich bittet, ist Zeit, nicht Geld.* Zu diesem Zeitpunkt war jedoch gerade erst meine Ehe in die Brüche gegangen – nur eine von mehreren ähnlich schweren Katastrophen – und ich wollte mich einfach nur verkriechen.

Vor ein paar Wochen habe ich mich dann dazu entschlossen, Dich vor meiner Abreise nach Kuwait zu besuchen. Aber in letzter Minute habe ich gekniffen. Vielleicht wäre es doch besser, mich erst bei Dir zu melden, wenn ich wieder zu Hause bin und mehr Zeit habe, dachte ich.

Aber ja, lass uns das alles vergessen. Nur eine Sache noch: Falls Du Dich wegen der Geschichte mit Simon nicht gemeldet hast, dann tut es mir wirklich leid. Er kann manchmal ein rücksichtsloser Arsch sein. Aber vielleicht ist es Dir ein Trost, wenn ich Dir sage, dass er es nicht böse meint. Davon bin ich ehrlich überzeugt.

Was die Frage angeht, warum ich mit der Armee in Kuwait bin, so kann ich nur auf vorübergehende Unzurechnungsfähigkeit plädieren. Nachdem Josh und ich Schluss gemacht haben, konnte ich den Gedanken nicht ertragen, das Haus im Dartmoor zu verkaufen. Kannst Du Dich noch erinnern, wie ich früher Bilder von meinem Traumhaus gemalt habe? Mit einem Reetdach, einem Ententeich, Rosenbeeten und vielen Kindern?

Nun, bis auf die Kinder habe ich das ziemlich gut hinbekommen. Josh hatte sich bereit erklärt, seinen Anteil an dem Haus für einige Jahre angelegt zu lassen und sich in der Stadt eine Mietwohnung zu suchen. Die meiste Zeit war er ohnehin auf See. Wenn ich weiterhin in dem Cottage wohnen wollte, müsste ich die gesamten Nebenkosten allein tragen. Zwar willigte ich ein, doch auf Dauer konnte ich mir das nicht leisten. 1999 habe ich nach einer der kürzesten Militärkarrieren aller Zeiten die Marine verlassen. Dabei war ich wirklich gern Meteorologin bei der Marine. Doch nach der Hochzeit mit Josh wollte ich nur noch sesshaft werden und eine Familie gründen. Also habe ich den Job beim Wetterdienst in Exeter angenommen. Zunächst bin ich der Reserve beigetreten, um meine Verbindung zur Marine aufrechtzuerhalten, doch der Job ermöglichte es mir auch, nach der Trennung das Haus zu behalten. Bis sie mich dann im letzten November gefragt haben, ob ich eine Stationierung in Kuwait erwägen würde, um die Armee als Meteorologin zu unterstützen. Nenn mich impulsiv, aber ich habe Ja gesagt – wahrscheinlich, um nicht wie ein Feigling zu wirken. Der Wetterdienst entband mich für sechs Monate von meinen Pflichten, und ehe ich mich versah, hatte ich meine Ausrüstung zusammengepackt, mich einem kurzen Training unterzogen und bin in ein Transportflugzeug der Royal Air Force gesprungen.

Mist, schon so spät? Ich muss mich beeilen und eine Wettervorhersage für die 1800-Einsatzbesprechung vorbereiten. Aber ich schreibe Dir später noch mal einen längeren Brief. Bitte melde Dich so oft und ausführlich, wie Du kannst! Ich fühle mich sehr einsam hier draußen, so ganz ohne Freunde. Was treibst Du so? Du bist Autorin? Worüber schreibst Du? Hast Du jemals diesen erotischen Roman fertig geschrieben?

Alles Liebe, Rosie

PS: Tut mir leid, Dir das sagen zu müssen, aber trotz der großen Auswahl an Männern gibt es hier leider keine allzu heißen Typen.

PPS: Anscheinend wundert sich das ganze Dorf darüber, wie Du es geschafft hast, Dir diese ausgebaute Scheune mit Blick über den Fluss zu leisten. Um Himmels willen, Aggie, hast Du etwa im Lotto gewonnen?

Von: Mr. Hughes, Rosies Dad
An: Rosie
Datum: 3. Januar

Mein Liebes,

hast Du Dich schon eingelebt? Wie war die Reise? Mama würde gerne wissen, wo genau Du bist und ob Du in Kuwait bleiben wirst, wenn es zu Gefechten kommt. Bist Du in einem Bunker? Sie möchte außerdem wissen, ob Du genug zu essen bekommst, vor allem Ballaststoffe. Mir ist schon klar, dass Du erst seit ein paar Tagen dort bist, aber Du weißt ja, wie sie sich immer um Deine Verdauung Sorgen macht. Wo wir gerade davon reden: Wir haben Fluffy heute früh zum Tierarzt gebracht, weil sie ständig ihr Hinterteil an Mamas Schafwollteppich gerieben hat. Nachdem ihr die Analdrüsen ausgedrückt wurden (für 50 Pfund!), scheint es ihr jetzt besser zu gehen. Es besteht also Hoffnung, dass es keine weiteren unangenehmen Teppichszenen mehr geben wird. Gott sei Dank, schließlich kommt Tante Joan bald zu Besuch.

Mir ist das stämmige Mädchen begegnet, mit dem Du Dich zu Schulzeiten immer herumgetrieben hast. Sie ist jetzt nicht mehr so dick, aber man sieht ihr immer noch an, dass sie gern isst. Sie hat mir meine Mango geklaut (schön reif und zum halben Preis!). Ich wollte sie eigentlich klein geschnitten mit etwas Avocado Deiner Mutter servieren, wobei ich mit Avocados bisher nie viel Glück hatte. Entweder sind sie zu hart oder zu weich – ich erwische sie nie zur rechten Zeit. Jedenfalls sagte sie, sie wolle sich bei Dir melden – Agatha, nicht Deine Mutter. Deine Mutter sendet Grüße. Du weißt ja, dass sie es nicht so mit dem Schreiben hat.

Was gibt es sonst zu berichten? Bill und Mary von gegenüber lassen sich neue Fenster einbauen. Wir sind der Meinung, dass sie die Sache nicht sehr gut durchdacht haben. Ich sage nur: Kunstholz. Einen großen Wintergarten lassen sie sich auch bauen. Dieser Dummkopf nennt es eine »Orangerie«. Wie soll bitte eine Orangerie in ein Reihenhaus passen? Der neue Nachbar neben Bill (dort, wo früher Tracy und Jack gewohnt haben), hat beim Stadtrat eine Beschwerde eingereicht. Er behauptet, dass der Anbau seinem Hühnerhaus das Licht raubt, aber Bill bleibt stur. Uns stört es nicht, denn ein Haus mit einer Orangerie in der Nachbarschaft wirkt sich auch auf den Wert unseres eigenen Hauses positiv aus, so sieht das zumindest Mama. Sie liebäugelt ja mit einem Bungalow. Aber nicht mit mir! Der einzige Weg, auf dem ich dieses Haus jemals verlassen werde, ist in einer Holzkiste.

Die letzte Woche über hatten wir recht stürmisches Wetter, aber zumindest ist es zu kalt für Schnee. Jetzt muss ich aber gleich Schluss machen, denn gerade eben habe ich den Postboten gehört, und ich warte schon eine ganze Weile auf mein Metalldetektoren-Magazin. Mama sitzt in ihrem Stuhl und sieht sich Reisebroschüren an. Sie behauptet, sie habe Lust auf eine Kreuzfahrt, aber Du und ich wissen doch genau, dass ihr die ganzen Leute und das viele Gerede auf den Geist gehen würden. Vielleicht leisten wir uns einen neuen Wohnwagen und fahren damit auf den Whitby-Campingplatz. Wobei diese Dinger heutzutage so teuer sind, dass wir es am Ende wahrscheinlich doch sein lassen.

So, mehr fällt mir nicht ein. Falls Du Dich die nächsten Wochen etwas bedrückt fühlen solltest, kannst Du Dir ja diesen Brief durchlesen und Dir vorstellen, wie ich zu Nat King Cole singe, ganz wie in alten Zeiten:

Light up your face with gladness, hide every trace of sadness ...

Und denk dran: Immer schön aus der Schusslinie bleiben!

Alles Liebe,
Mama und Papa

PS: Hast Du meine Schneeschaufel mit nach Devon genommen? Sie hatte einen glatten Griff, und der Winkel des Schaufelblatts war genau richtig. Ich kann einfach keinen guten Ersatz finden.

Von: Aggie
An: Rosie
Datum: 7. Januar

Liebe Rosie,

natürlich habe ich das verdammte Bier ausgetrunken! Wir hatten nur noch unser Busgeld, und ich wollte nicht nach Hause fahren, ohne mir wenigstens einen Drink gegönnt zu haben.

Zugegeben, er hat leicht nach Haftcreme geschmeckt, und ich musste ein Stück Popcorn rausfischen, aber ansonsten war er ziemlich lecker.

Also gut, hier ein kurzes Update, was in den letzten Jahren so passiert ist. Nach der Uni bin ich nach London gezogen und habe als Lektorin bei Maddison und Black gearbeitet. Das war ein super Job – die ganze Zeit war was los, viele Flirtgelegenheiten usw. Ein paar Jahre später hab ich dann meinen viel diskutierten ersten Roman veröffentlicht (und dann noch zwei weitere). Ich verrate Dir ein großes Geheimnis, aber nur, weil Du in der Wüste festsitzt und es niemandem weitererzählen kannst … Ich bin Ghostwriterin für romantische Komödien von keiner Geringeren als der Starkonditorin Isabella Gambini (von wegen, eigentlich heißt sie Sharon Froggatt). Isabella ist eine ganz Liebe, und ich finde es nur passend, dass ich – eine Frau, die schon mit Schüssel und Schneebesen in der Hand aus dem Mutterleib kam – nun Liebesromane für die beste Bäckerin der Welt schreibe. Isabella schickt mir Gratisexemplare all ihrer Backbücher, was bedeutet, dass ich jede Woche gefühlt einen Marathon laufen muss, um nicht zuckerkrank zu werden. Allerdings muss ich gestehen: Nachdem ich nun acht Bücher in acht Jahren rausgehauen habe, bin ich ausgebrannt. Meine Fantasie ist ausgeschöpft. Mit meinem neuesten Projekt, *Mein törichtes Herz*, geht es einfach gar nicht voran. Meine Charaktere hängen irgendwo in der Schwebe, und das können sie gar nicht leiden.

Es wird Dich nicht überraschen zu hören, wie frustriert meine Mum darüber ist, niemandem davon erzählen zu können, dass ich Schriftstellerin bin. Aber erstaunlicherweise hat sie es geschafft, all die Jahre die Klappe zu halten. Sie ist immer noch ein richtiger Drache, und es gibt Tage, an denen sie plötzlich nicht mehr mit mir spricht, doch alles in allem ist sie wohl froh, dass ich wieder zurück in die Heimat gezogen bin (eine spontane Entscheidung, der ein gebrochenes Herz vorausging

– seines, nicht meines). Das Problem mit dem Schreiben ist, dass ich Stunde um Stunde allein dasitze, versunken in meine Fantasiewelt, in der es, wie Du weißt, oft wild zugeht. Und was noch schlimmer ist, meine Fantasiewelt muss sich als die Fantasiewelt einer anderen Person ausgeben, was das Ganze noch verrückter macht.

Aber wenigstens ist das Leben meiner ausgedachten Freunde spannend und interessant, was man von meiner miesen Existenz im Moment nicht behaupten kann. Schon traurig, wenn in den Schlafzimmern meiner Protagonisten mehr los als ist als in meinem eigenen *seufzt laut*. Meine letzte Eroberung war ein Angler, David. Als wir zum ersten Mal miteinander im Bett waren, meinte er, ich sei bisher sein größter Fang (Oh Mann!). Wir haben für eine Weile zusammengelebt, aber unsere Beziehung war nichts Besonderes. Wie vorherzusehen war, bin ich eines Morgens aufgewacht und habe realisiert, dass er mich zu Tode langweilt. Und selbst wenn er mich nicht zu Tode gelangweilt hätte, niemals hätte ich mich mit seinem ultimativen Fetisch messen können: Nein, nicht ich in roter Spitze, eine Peitsche schwingend, sondern der ausgesprochen schwer zu fangende, zwanzig Pfund schwere Conger-Aal (oder irgendein anderer Riesenfisch). Also habe ich mich eines Tages, als wir schweigend am Fluss saßen und ich mich gerade an einem heißen Kaffee verbrüht hatte, vom Lachs inspirieren lassen. Ich sagte David, dass es vorbei sei und kämpfte mich flussaufwärts nach Hause, um zu laichen.

Doch jetzt merke ich, dass hier akuter Mangel an Befruchtungsmöglichkeiten herrscht, was mir Sorgen bereitet. Vor ein paar Wochen hab ich im Internet einen Mann kennengelernt, der ganz nett zu sein scheint. Er ist Ire und (Gott sei Dank) sehr groß. In Gedanken sehe ich uns beide schon wie Maureen O'Hara und John Wayne in *Der Sieger* durch die Natur streifen – aber bitte ohne in Irland leben oder Rosen züchten zu müssen.

Nicht dass ich irgendwas gegen die Grüne Insel hätte, aber es regnet mir dort zu viel, und ich habe meiner Mum versprochen, nächstes Jahr zusammen mit ihr im Cribbage-Turnier anzutreten. Sie ist fest entschlossen, die Konkurrenz zu vernichten – das heißt Janey Peters, die ihr vor zwanzig Jahren den Freund ausgespannt hat. Eines muss man meiner Mum lassen, sie ist beharrlich. Ich habe Dir ein Päckchen mit ein paar Süßigkeiten und Zeitschriften und einem meiner Bücher geschickt. Es heißt: *Aber so meinte ich das doch gar nicht.* Vielleicht hast Du keine Zeit, es zu lesen, da der Krieg ja bevorsteht und so, aber falls doch, schreib mir gerne eine Rezension (eine ehrliche).

Ciao, Bella!
Aggie

PS: Ja, ich hab mich wegen Simon ferngehalten. Dein Vater meinte, er sei für eine Weile nach Australien gezogen, was ein ziemlicher Schock für Euch gewesen sein muss. Ich weiß, wie sehr ihr ihn alle vergöttert.

Von: Wright und Longstaff Rechtsanwälte, Exeter
An: Rosanna Hughes
Gesendet: 3. Januar 2003
Gelesen: 7. Januar 2003

Sehr geehrte Mrs. Hughes,

anbei senden wir Ihnen eine Kopie Ihres vorläufigen Scheidungsurteils.

Wir haben ein Angebot über 245.000 Pfund für Rose Cottage erhalten, das Mr. Fletcher gerne annehmen würde. In Übereinstimmung mit Ihrer letzten Anweisung werden wir den Verkauf durchführen. Der Erlös wird gemäß Scheidungsvereinbarung zwischen Ihnen und Mr. Fletcher aufgeteilt.

Anbei finden Sie außerdem die aktualisierte Version Ihres Testaments gemäß Ihrer Anweisungen. Bitte unterzeichnen Sie an den markierten Stellen und senden Sie ein Exemplar an mich zurück, sobald es Ihnen möglich ist.

Mit freundlichen Grüßen,
Justin Grant

Von: Aggie
An: Rosie
Datum: 7. Januar

Ich bin's schon wieder!

Oh mein Gott, ich hatte soeben Telefonsex mit dem Iren! Was für eine tolle Stimme der hat. Zuerst war ich ein wenig besorgt, dass er vielleicht wie dieser irische Politiker Gerry Adams sprechen würde, aber nein, sein Akzent ist weich und sexy. Ich habe versucht, weniger wie eine Nordengländerin und mehr wie eine BBC-Nachrichtensprecherin zu klingen, doch wie sich herausstellt, ist es egal, mit welchem Akzent man stöhnt. Das nächste Mal ziehe ich mir etwas Aufreizendes an und lege mich aufs Bett, damit ich noch mehr in Stimmung komme. Es lenkt doch etwas ab, wenn man beim Telefonsex Häschenhausschuhe trägt und im Hintergrund *Inspector Barnaby* läuft, aber ich finde jedes Mal schon vor dem ersten Werbeblock heraus, wer der Mörder ist und wollte mir auch dieses Mal das Raten nicht entgehen lassen. Bitte verurteile mich nicht: Ich treffe Paddy (ob das wohl sein echter Name ist?) morgen in Venedig, für eine Nacht. Schon klar, das ist ziemlich überstürzt. Aber ich habe ein gutes Gefühl bei ihm.

Ciao, meine Süße, oder wie die Iren sagen: »Möge Dir dein Weg leichtfallen.«

Aggie

PS: Mist, ich hoffe, die Armee öffnet nicht Deine Post.

PPS: Stell Dir vor, ich habe gestern einige alte Tagebücher durchforstet und bin auf diese To-Do-Liste gestoßen, die wir in der Dreizehnten mal geschrieben haben. Die ist zum Totlachen, aber wir waren viel zu brav. Ich tippe sie Dir in einem meiner nächsten Briefe mal ab. Ist das zu fassen, dass wir das »Dokument« mit UNSEREM EIGENEN BLUT unterschrieben haben!?

Von: Rosie
An: Aggie
Datum: 8 Januar

Hi Aggie,

nur ganz kurz. Kannst Du mir bitte einen ganz großen Gefallen tun? Vor ein paar Jahren habe ich meinem Dad eine Schneeschaufel auf dem Wochenmarkt gekauft, die er heiß und innig geliebt hat. Sie hatte ein schwarzes Schaufelblatt aus Plastik und einen hölzernen Stiel. Der Griff war aus Kork, was ihm besonders gefallen hat. Nur leider ist sie kaputt gegangen, als Josh und ich sie auf unserem Ausflug nach Hound Tor als Schlitten missbraucht haben. Kannst Du so gut sein und auf dem Markt nachschauen, ob sie solche Schaufeln noch verkaufen? Und falls Du tatsächlich eine finden solltest, wäre es gut, wenn Du sie ein wenig abnutzen und sie dann neben dem Komposthaufen (hinter dem Stapel alter Schieferplatten beim Gewächshaus) abstellen könntest. Sag Bescheid, wenn das geklappt hat. Ich werde Dir heute Abend noch mal schreiben.

Alles Liebe, Rosie

PS: Du hast ganz beiläufig eine Reise nach Schottland erwähnt. Was hat es damit auf sich?

Von: Rosie
An: Aggie
Datum: 8. Januar

Hi Aggie,

ach herrje, die Liste an Dingen, die wir vor dem Tod noch erledigen wollten! Es war Deine Idee, mit unserem Blut zu unterschreiben. Für Dich war das auch leichter, denn Du musstest ja nur die Kruste von Deinem Ellbogen abkratzen (ein Rollschuh-Unfall, soweit ich mich erinnere). Ich dagegen musste mir mit einem Obstmesser in den Finger schneiden. Wir waren echt verrückt. Ich bin schon sehr gespannt zu lesen, was wir uns damals alles ausgedacht haben.

Bitte entschuldige den hastigen Brief mit der Schneeschaufel, aber Dad kann etwas schwierig sein, wenn es um seine Sachen geht, und ich wollte den Brief so schnell wie möglich zur Post bringen. Echt erstaunlich: Deine elektronischen Briefe werden hier manchmal noch am selben Tag ausgedruckt, an dem Du sie verfasst hast. Aber meine handgeschriebenen Briefe brauchen sicher ein paar Tage länger, bis sie Dich erreichen, oder? Du hast mich nach Einzelheiten aus meinem Leben in der Wüste gefragt, daher folgt nun die Kurzversion meiner ersten Woche.

Wir sind am Abend des 1. Januar in Kuwait City gelandet. Als das Flugzeug still stand, habe ich aus dem Fenster gesehen und war überrascht, anstatt des erwarteten üblichen Flughafenbetriebs Mitarbeiter der Royal Air Force beim Ausladen des Flugzeugs zu beobachten. Alle trugen Sauerstoffmasken an ihren Gürteln. Und obwohl auch ich mit einer Sauerstoffmaske und einer Pistole ausgerüstet war, wurde mir die Möglichkeit, Opfer eines Gasangriffs zu werden, erst in diesem Moment so richtig bewusst. Wir sind aus dem Flugzeug gestiegen und wurden durch eine Reihe von Zelten manövriert. Das gehört zum Ankunftsprozess im Einsatzgebiet. Es herrschte absolute Stille. Niemand hat gelächelt. Kein Einziger, der an Bord des Flugzeugs gewesen war (hauptsächlich Soldaten), warf mir auch nur einen Blick zu. Man gab mir Mittel gegen Nervengift, eine Atropinspritze für den Fall eines chemischen Angriffs, ein paar äußerst starke Antibiotika im Falle eines Angriffs mit Biowaffen und zehn Patronen, die ich in meinem Munitionsbeutel verstaut habe. Nach dieser Prozedur wurde ich auf einen zugigen, klapprigen Laster verfrachtet und zum Hauptquartier der Britischen Armee gefahren. Ich habe nicht die geringste

Ahnung, wie lange diese Fahrt gedauert hat. Auch hier wurde wieder kein einziges Wort gewechselt. Niemand nahm uns in Empfang, als wir im Lager ankamen. Alle sind in verschiedene Richtungen verschwunden und haben mich allein stehen lassen. Es war mitten in der Nacht. Ich war total erschöpft und hatte keine Ahnung, was ich tun oder wohin ich gehen sollte. Ich habe meine Stirnlampe aufgesetzt und bin eine Reihe von Zelten entlanggegangen, in denen Soldaten entweder auf Feldbetten oder direkt auf dem sandigen Boden geschlafen haben. In einem der Zelte habe ich zwischen zwei Soldaten eine Lücke entdeckt, die gerade groß genug für meine Matte war. Ich fiel auf die Knie, streifte meinen Rucksack ab, holte meinen Schlafsack heraus und versuchte zwischen den Männern einzuschlafen, aber ich musste so dringend auf die Toilette. Und es war bitterkalt. Man sollte meinen, dass ich mich als Meteorologin darüber informiert hätte, wie kalt es nachts in der Wüste im Winter werden kann. Wie Du siehst, bin ich eine absolute Amateurin.

Um 6 Uhr in der Früh standen wir auf. Ich wartete, bis alle das Zelt verlassen hatten, bevor ich meinen Bergen (das ist ein Armee-Rucksack) angelegt habe. Es war mir zu peinlich. Obwohl ich meine Ausrüstung vor der Abreise bereits auf ein absolutes Minimum reduziert hatte, ist das Gewicht immer noch beträchtlich. Ich muss in die Knie gehen, etwas zum Festhalten finden, die Träger über die Schultern ziehen und all meine Kraft in den Beinen aufbringen, um mit dem Rucksack auf dem Rücken aufstehen zu können. Fortbewegung ist nur möglich, indem ich mit einem kräftigen Schwung versuche, die Schwerkraft zu überwinden. Wie dem auch sei, ich folgte der Masse, fand die Toilettenhäuschen, säuberte alles so gut es ging mit Feuchttüchern und machte noch mal das Spielchen mit dem Rucksack-Anlegen durch. Ich fragte einen Amerikaner, wo ich Frühstück bekommen könnte und wurde in Richtung des

Essenszelts verwiesen. Anschließend zeigte man mir endlich den Weg zum Hauptquartier, wo ich über eine Stunde nach jemandem gesucht habe, der mir weiterhelfen konnte. Am Ende stellte sich heraus, dass ich die Wetterprognosen ohne fremde Hilfe erstellen muss.

Generell ist ein deutlicher Qualitätsunterschied zu bemerken. Die Amerikaner sind mit dem modernsten Equipment ausgestattet, was man von uns Briten nicht behaupten kann. Unser Hauptquartier ist ein großes Zelt, das seine besten Tage längst hinter sich hat. Es sind zwei britische Einheiten und ein paar Fallschirmspringer in Kuwait stationiert. Außerdem werden später noch die Royal Marines zu uns stoßen, aber die sind momentan noch woanders stationiert. Den ganzen Tag über laufen die Fox News auf einem großen Fernseher im Hauptquartier. Daher weiß ich, dass ich Dir wahrscheinlich nichts Neues erzähle. Ich habe keinerlei Anweisungen erhalten, was ich in meinen Briefen erwähnen darf und was nicht, also ist das eh egal. Es ist wirklich seltsam, das ganze politische Hin und Her in den Nachrichten zu sehen. Angeblich bemüht man sich um einen friedvollen Ausgang, und darauf hoffe ich natürlich, aber von meiner Perspektive aus ist der Krieg eine beschlossene Sache.

Im Zentrum des Hauptquartiers befindet sich der sogenannte Vogel-Tisch. Das ist ein quadratischer Block, auf dem eine Karte mit den eingezeichneten feindlichen Linien ausgebreitet ist. Darauf liegt eine Plexiglasscheibe, auf der die Truppenpositionen mit Stickern markiert sind. Zweimal am Tag lassen sich der General (ein stiller Typ) und der Stabschef am Vogel-Tisch blicken, und die Repräsentanten der einzelnen Armeesektionen versammeln sich ebenfalls darum. Über dem Tisch hängt ein altmodischer grüner Telefonhörer an einem Kabel. Man drückt einen Knopf, um hineinzusprechen. Der Reihe nach erstatten wir Bericht über die aktuellen Geschehnisse in unseren jeweiligen Abteilungen. Diese Informationen werden an die Truppen und Fallschirmspringer weitergeleitet. Wir stehen in einer festen Reihenfolge um den Tisch herum. Die Wettervorhersage kommt immer als Erstes, weshalb ich unmittelbar neben dem Stabschef stehe. Daneben steht der General. Das bedeutet, dass meine Stimme die erste ist, die die Truppen jeden Tag über das Radio zu hören bekommen. Und zwar die gesamte Operation lang.

Wie üblich beschweren sich die Leute bei mir ständig über das schlechte Wetter. Manche Dinge ändern sich nie. 95 Prozent der Zeit über bin ich gelangweilt. Die Raucher haben es am besten. Neulich habe ich mich mit einer Tasse Kaffee zu den Rauchern gestellt, in der verzweifelten Hoffnung, dadurch mit anderen ins Gespräch zu kommen. Aber dummerweise hatte ich anstatt eines metallenen Bechers mit einem Verschluss, der den Tee warm hält, einen Becher aus Styropor erwischt, wodurch ich mich als militärische Anfängerin geoutet habe. Ganz offensichtlich gehöre ich nicht dazu und konnte daher auch nicht viel zur Konversation beitragen. Es hat sich angefühlt, als wäre ich eine von den Außenseiterinnen in der Schule. Als ich da so bei den Rauchern stand, musste ich an den Hauswirtschaftsunterricht in der Schule denken. Plötzlich habe ich es aus tiefstem Herzen bereut, mich damals nicht mit Jenny Jackson angefreundet zu haben. Die Arme wurde damals so gemobbt, und ich habe nur tatenlos zugesehen. Für diese Feigheit muss ich jetzt büßen.

Bitte entschuldige meine Negativität. Ich fühle mich einfach nur ein wenig verloren, wie eine Schiffbrüchige auf hoher See. Wobei ich mich auf dem Meer ironischerweise überhaupt nicht verloren fühlen würde. Ich hätte meine Koje, meinen Arbeitsplatz und meine vielen Verpflichtungen, die mich vom Grübeln abhielten. Meine Zeit auf See war ein Zuckerschlecken im Vergleich zu dem hier.

Ein weiterer Grund für meine schlechte Stimmung sind die Scheidungsunterlagen, die ich heute mit der Post erhalten habe. Ganz schön verrückt, oder? Wenn ich die Zeit um ein paar Jahre zurückdrehen könnte, würde ich Josh nicht verlassen und könnte mein Haus behalten. Mein gesamtes Leben liegt in Scherben, und ich bin diejenige, die es zerbrochen hat. Es ist, als wäre ich auf einer Mission, um mein Leben wieder auf seine Grundpfeiler zu stellen. Im Moment fühle ich mich nackt, heimatlos und allein. Ich bin so dankbar für Deine Briefe und die Unterstützung durch meine Eltern. Ohne Euch wäre ich vollkommen verloren.

Aber was noch viel wichtiger ist: Venedig mit einem Wildfremden? Hast Du völlig den Verstand verloren? Schreib mir, sobald Du nach Hause kommst.

Alles Liebe, Rosie

Von: Rosie Hughes
An: Joshua Fletcher, Drake, Plymouth
Datum: 8. Januar

Hi Josh,

ich wollte Dich kurz wissen lassen, dass ich wohlbehalten in Kuwait angekommen bin. Bin mir zwar nicht sicher, ob Du immer noch daran interessiert bist zu erfahren, dass es mir gut geht, aber nach all den gemeinsamen Jahren käme es mir seltsam vor, den Kontakt so ohne Weiteres abzubrechen. Gestern sind die Scheidungsunterlagen angekommen, und mein Anwalt hat mir mitgeteilt, dass es für das Haus ein Angebot gibt. Es ist wahrscheinlich das Beste, wenn der Verkauf während meiner Abwesenheit über die Bühne geht. Ich würde es nicht übers Herz bringen, das Haus leer zu räumen. Kannst Du bitte meine Sachen für mich einlagern? Vor meiner Abreise habe ich all meine wertvollen Besitztümer in einer blauen Plastiktruhe verstaut. Du findest sie im kleinen Schafzimmer. Sie trägt die Aufschrift *Rosies besondere Sachen*. Kannst Du die Truhe und meine Violine bitte so lange bei Dir verstauen, bis ich wieder nach Hause komme und sie abhole? Ich hoffe, bei Dir ist alles in Ordnung?

Rosie

Von: Mr. Hughes
An: Rosie
Datum: 9. Januar

Mein Liebes,

ich habe furchtbare Neuigkeiten: Die Schule ist letzte Nacht bis auf die Grundmauern abgebrannt! Grauenvoll. Mama ist um 3 Uhr morgens durch die Explosion eines LPG-Tanks wach geworden. Die Kinder haben für den Rest der Woche schulfrei bekommen, was den berufstätigen Eltern natürlich Probleme bereitet. Bisher gibt es noch keine Meldungen, was den Brand verursacht haben könnte, aber das Ganze hat eine Menge Tränen und Aufregung verursacht. Es ist auch schlimm für die Kinder, zu sehen, dass von ihrer Schule nur noch ein verkohlter

Haufen Asche übrig ist. Die Kostüme für das Weihnachtskrippenspiel zum Beispiel wurden schon von Generationen von Schülern getragen. Einfach schrecklich.

Für heute Abend ist eine Notversammlung im Gemeindezentrum anberaumt. Danach werde ich Dir mehr sagen können.

Alles Liebe, Dad

Von: Aggie
An: Rosie
Datum: 9. Januar

Hi Rosie,

gerade bin ich aus Venedig zurückgekommen, nur um erfahren zu müssen, dass die Grundschule von Midhope abgebrannt ist! Die Mädchen laufen alle mit hängenden Köpfen herum, während die meisten Jungs auf den Putz hauen. Und da wundern sich die Leute noch, wieso Mädchen in der Schule in der Regel besser abschneiden als Jungs. Im ganzen Dorf riecht es nach verbranntem Toast. Gott weiß, wie viel Asbest wir im Moment einatmen.

Ich schreibe Dir später noch die Einzelheiten über meinen Venedig-Trip, aber eigentlich kann ich es in einem Wort zusammenfassen: Desaster.

Alles Liebe,
Aggie

Von: Aggie
An: Rosie
Datum: 9. Januar

Hi Rosie,

gerade war das Meeting wegen der abgebrannten Schule. Ich wusste gar nicht, dass Dein Dad noch im Beirat sitzt! Der Arme. Ich werde es ihm überlassen, Dir die Details des Treffens zu erzählen, weil ich weiß, dass Du sowieso viel lieber mehr über meine Nacht in Venedig hören willst und was für ein katastrophaler Fehler das Ganze gewesen ist.

Paddy ist nur so groß wie ein Jockey – ein Meter sechzig, höchstens! Was für ein Lügner. Wie es scheint, war die einzige korrekte Angabe in seinem Onlineprofil, dass er aus Irland stammt – doch er könnte seinen Akzent auch gefälscht haben. Wer weiß das heutzutage schon bei diesem Online-Dating?

Mein Flugzeug kam eine Stunde vor seinem an. Natürlich habe ich die Zeit genutzt, um mein Make-up aufzufrischen und eine frische Unterhose anzuziehen (ein Spitzentanga wäre für den Flug viel zu unbequem gewesen). Dann hab ich mich in der Ankunftshalle herumgetrieben. Ich fühlte mich sexy, optimistisch und sehr groß. Als sein Flieger ankam, war ich so damit beschäftigt, die Menge nach Männern in meiner Größe abzusuchen, dass ich den übersah, der direkt vor mir zum Stehen gekommen war und mit heraushängender Zunge in meinen Ausschnitt starrte.

Ich fürchte, mein bemüht freundlicher Gesichtsausdruck konnte meine Enttäuschung nicht verbergen. Auf eine unangenehme Taxifahrt folgte eine hitzige Auseinandersetzung über das Thema Ehrlichkeit mitten auf dem Markusplatz, die erst ein Ende fand, als wir an der Seufzerbrücke (wie passend!) in eine Gondel stiegen. Die Konversation war allerdings gar nicht mal so einseitig – er ist redegewandt, aber so sind die Kelten nun mal. Er bezeichnete mich als »verdammte Heuchlerin«, da ich ganz offensichtlich kein 27-jähriges Model und deshalb genauso sparsam mit der Wahrheit umgegangen sei. Aber wenn ich mein wahres Alter im Profil angeben würde, würden gleichaltrige Männer nicht mal daran denken, mich anzuschreiben, weil sie alle Scheißkerle sind und nur Frauen daten wollen, die mindestens sieben Jahre jünger sind als sie selbst. Immerhin hatte er den Anstand, das zuzugeben. Unter der Brücke hab ich ihm den Rücken zugewandt und Paulo angewiesen weiterzurudern, und zwar »presto«. (Das Verb »staken« war mir kurzzeitig entfallen, obwohl – selbst wenn es mir wieder eingefallen wäre, hätte ich es nicht ins Italienische übersetzen können. Meine Mum hat zwar indirekt zur Verbesserung meiner Russisch-, Französisch- und Spanischkenntnisse beigetragen, indem sie Männer aus all diesen Ländern gedatet hat, aber einen Italiener hat sie nie mit nach Hause gebracht).

Irgendwann haben wir dann beschlossen, Schadensbegrenzung zu betreiben und sind zusammen essen gegangen. Im Restaurant habe ich mich entschuldigt und erklärt, dass mein ablehnendes Verhalten aus meiner Enttäuschung resultiert. Zwischen uns könne nie etwas laufen, da:

a) wir aussehen wie ein Komikerduo, wenn man uns beide nebeneinander stehen sieht.

b) er zu klein ist, um mich über die Schwelle tragen zu können. Und es ist nun mal schon immer mein Traum gewesen, über die Schwelle getragen zu werden. Dieser Punkt ist absolut nicht verhandelbar.

Er ging mit einer erfrischenden Ehrlichkeit darauf ein, indem er zugab, nicht mal im Ansatz die Schwelle im Sinn gehabt zu haben, als er mich um ein Treffen gebeten hatte. Er war in der

Erwartung nach Venedig geflogen, Sex mit einer Frau zu haben, die die wundervollsten Titten und den schönsten Hintern besäße, die er jemals auf einem Foto gesehen habe. Dass er an dieser Aussage festhielt, schmeichelte mir dann doch ein wenig. Falls meine Virtuosität im Bett an meine Performance am Telefon herankäme, wäre er ein glücklicher Mann, so seine Vermutung, und daher hat er sofort den Flug gebucht. Na ja, ich habe daraus gelernt, dass ein romantischer Treffpunkt noch lange keine Garantie für ein romantisches Treffen darstellt.

Letzten Endes haben wir über alles gelacht, und ich bestellte Hummer, der dieselbe Farbe hatte wie mein Gesicht, nachdem ich mich wieder an den Telefonsex erinnert hatte. Nach einem angenehmen, wenn auch etwas angespannten Abend verabschiedeten wir uns am nächsten Tag am Flughafen und flogen nach Hause.

Ich bin so enttäuscht. Ich war wirklich davon überzeugt, es endlich gefunden zu haben – das unerreichbare Ideal. Aber keine Sorge, ich atme einfach tief ein und schwinge mich – so wie der Jockey Paddy – sozusagen gleich wieder aufs Pferd.

Alles Liebe
Aggie

PS: Hört sich ja an, als wäre es bei Dir der reinste Albtraum. Lass Dich nicht unterkriegen, Butterblümchen!

PPS: Die To-Do-Liste kommt mit dem nächsten Brief, versprochen.

Von: Rosie
An: Aggie
Datum: 10. Januar

Hi Aggie,

es klingt so, als sei das mit Venedig ein ziemlicher Fehler gewesen.

Schade, dass Du mit dem Jockey nicht im Bett gelandet bis, aber wahrscheinlich ist es besser so. Vielleicht solltest Du Dir an Deinen eigenen Worten ein Beispiel nehmen? Hast Du nicht geschrieben, Dein nächstes Buch wird *Mein törichtes Herz* heißen? Will Dir dieser Titel vielleicht etwas sagen?

Bei mir hier hat sich nicht viel verändert. Ich kann mir auch weiterhin keine nahe friedliche Lösung vorstellen. Neulich bin ich einem Piloten begegnet, den ich aus der Navy kenne. Er sagte, dass ihm immer ganz übel wird, wenn er von seinem Helikopter aus die amerikanischen Truppen in der Wüste sitzen und darauf warten sieht, anzugreifen. Ich frage mich, wie sich wohl die irakische Zivilbevölkerung dabei fühlen muss, die ganze Zeit darauf zu warten, angegriffen zu werden. Was zum Teufel sollen wir nur mit all den Bomben und Patronen anfangen? Den ganzen Nahen Osten in die Luft jagen?

Schreib mir, sobald Du kannst.

Alles Liebe, Rosie

Von: Josh
An: Rosie
Datum: 11. Januar

Hi Rosie,

danke für Deinen Brief. Ich habe die Immobilienfirma für den Verkauf des Hauses beauftragt. Ein genaues Datum für die Übergabe steht noch nicht fest, aber es wird wohl noch eine Weile dauern, weil der Markt ziemlich am Boden ist. Ich habe dem Makler gesagt, dass wir warten, bis ein konkreter Käufer gefunden ist, weil ich mir das Gerede ersparen möchte, wenn das Haus öffentlich angeboten wird. Also wird es wohl noch eine ganze Weile dauern, bis alles durch ist. Ich sage Dir Bescheid, sobald ich mehr weiß.

Wäre es eigentlich in Ordnung, wenn ich die Tiffany-Lampe, die ich Dir geschenkt hatte, meiner Mutter gebe? Du hast sie ja eh nie wirklich gemocht, und sie liebäugelt schon lange damit. Kannst Du mir sagen, wo sie ist? Hast Du sie weggegeben?

Pass auf Dich auf,

Josh

Von: Rosie
An: Mr. Hughes
Datum: 11. Januar

Liebe Mama, lieber Papa,

alles ist ruhig an der Ostfront. Ihr braucht Euch keine Sorgen zu machen, ich bekomme genug zu essen. Das ist der einfachste Job, den ich jemals hatte. Jeder könnte ihn ausüben. Ich beschaffe mir die aktuelle Wettervorhersage von den Amerikanern und lese sie vor, das ist alles. In der Wüste ist das Wetter eh immer gleich, weshalb ich viel Zeit zum Bücherlesen und Briefeschreiben habe. Ich vermisse Euch beide, aber es ist wirklich nicht so schlecht hier. Da ich zum Generalstab gehöre, ist für meine Sicherheit gesorgt, selbst wenn die Truppen weiter vorrücken.

Gebt dem Hund eine dicke Umarmung von mir. Ich habe keine Ahnung, was mit der Schneeschaufel passiert ist. War da nicht der Griff abgebrochen?

Hab Euch lieb,
Rosie

PS: Habt Ihr Simon meine Feldpost-Adresse gegeben? Bisher habe ich noch nichts von ihm gehört.

***

Von: Rosie
An: Josh
Datum: 12. Januar

***

Josh,

nachdem ich mir den Inhalt Deines Briefes mehrmals durch den Kopf habe gehen lassen, muss ich sagen, dass ich etwas verärgert bin und mir ein paar Dinge von der Seele schreiben muss. Nach zehn gemeinsamen Jahren hast Du mir nichts weiter zu sagen, als mich zu fragen, ob Deine Mutter meine blöde Lampe haben kann, während ich hier Tag für Tag in Lebensgefahr schwebe?!

Was das Haus angeht, bin ich Deiner Meinung. Lass uns auf vernünftige Käufer warten. Ich will, dass das Haus Leute bekommen, die mir sympathisch sind.

Rosie

***

Von: Mr. Hughes
An: Rosie
Datum: 13. Januar

***

Mein Liebes,

bei uns ist Einiges los. Die Asche ist noch nicht verglüht, und die Stadtverwaltung hat bereits verkündet, dass sie die Schule vielleicht nicht wieder aufbauen werden. Währenddessen werden die Kinder mit dem Bus fast fünfzig Kilometer weit nach Oakworth kutschiert, was wirklich eine Zumutung ist. Wir weigern uns, das so ohne Weiteres hinzunehmen. Während ich Dir schreibe, wird gerade eine Petition aufgesetzt. Um noch mehr Öl ins Feuer zu gießen, möchte Cecil Robinson das Schulgelände nun kaufen und darauf Häuser bauen. Was bildet sich dieser Kerl bloß ein? Aus allem wird Geld gemacht! Das hat ganz schön für Aufruhr gesorgt. Ich habe Bill beim Einkaufen im Dorfladen getroffen. Er sagte: »Ich baue doch keine verfluchte Orangerie, nur damit dann das Feld hinter meinem Haus mit einer Reihe von Schuhschachteln zugepflastert wird!« Janet an der Kasse hat sein Genörgel mitbekommen (Du kennst ja seine dröhnende Stimme) und ihn scharf zurechtgewiesen. Vielleicht erinnerst Du Dich daran, dass sie und Cecil früher mal was am Laufen hatten. Sie meinte, er solle den Mund halten, weil in der Gegend dringend günstiger Wohnraum benötigt wird, und außerdem wäre es sowieso totaler Schwachsinn, in einem solchen Klima eine Orangerie an die Rückseite eines Reihenhauses zu klatschen. Er ist wütend rausgestürmt, aber er wird bald wieder reinstürmen müssen, wenn er in Zukunft nicht einen 30 km langen Umweg fahren will, um seine Milch zu kaufen.

Wir warten immer noch darauf, die Ursache für das Feuer zu erfahren. Brandstiftung wurde bisher noch nicht ausgeschlossen. Schrecklich.

Sonst gibt es nicht viel zu berichten. Gegenüber gibt es ein wenig Zoff, weil der Mann aus Nummer 42 seinen Wohnwagen ständig vor Haus Nummer 48 abstellt. Aber das ist eine Lappalie. Mama und der Hund sind beide wohlauf. Ich werde weiterhin nach der Schneeschaufel Ausschau halten. Vielleicht machen sich da schon die ersten Anzeichen von Alzheimer bemerkbar, ich kann das dumme Ding wirklich nirgends finden. Ich hab Simon Deine Adresse gemailt. Mama meint, dass Du es Dir nicht zu Herzen nehmen sollst, wenn er etwas länger braucht, um sich zu melden. Er ist ständig unterwegs, und es bedeutet nicht, dass er Dich nicht lieb hat.

Alles Liebe, Papa und Mama

PS: Was ist Deine Meinung zu der Sache mit der Schule? Wieder aufbauen oder nicht?

Von: Aggie
An: Rosie
Datum: 13. Januar

Liebe Rosie,

doch, ich war mit dem Gnom im Bett! Komm schon, er ist immerhin ein Jockey. Wie könnte ich denn Nein zu einem Hintern sagen, der sich so schnell auf- und ab bewegen kann?

Jedenfalls – Tada: Hier ist die To-Do-Liste (wir waren damals wirklich putzig):

Zig Dinge, die wir unbedingt machen müssen, bevor wir 35 sind (erster Entwurf)
Von Aggie und Rosie, 15 Jahre alt

1. *Lernen, River Dance zu tanzen*
2. *Einen Berg besteigen (den Mount Kenia oder den Everest bis zum ersten Basislager)*
3. *Heiraten und Kinder kriegen (nur Rosie)*

4. *Jedes Jahr einmal zusammen den Sonnenaufgang und -untergang erleben (nicht verhandelbar)*
5. *Mit Delfinen schwimmen (falls keine Delfine zur Stelle sind, tun es auch Robben)*
6. *Uns unserer größten Angst stellen*
7. *Unterm Sternenhimmel schlafen*
8. *Violine (Rosie) bzw. Klavier (Aggie) so gut lernen, dass wir als Superstars im Duett auftreten können*
9. *Eine Flaschenpost verschicken*
10. *Hundert Klassiker der Weltliteratur lesen*
11. *Den Flick-Flack meistern (nur Rosie)*
12. *Den Dalai Lama treffen – sowie zum Holi-Festival gehen und Yogis werden*
13. *Ein Pferd ohne Sattel am Strand reiten*
14. *Unter einem Wasserfall schwimmen (nackt)*
15. *Einen positiven Einfluss auf jemandes Leben ausüben*

An der Stelle wurde uns langweilig, und wir haben eine Flasche Cider geköpft.

Also, raus mit der Sprache: Wie viele Punkte hast Du erledigt? Du warst immer schon von der gelenkigen Sorte, also vermute ich, dass Du den Flick-Flack hinbekommen würdest. Wie steht's mit dem Violinespielen – sicher hast Du das noch weiterverfolgt? Gott weiß, wieso wir uns so ein willkürliches Alter wie 35 als Ablauffrist ausgesucht haben. Wieso so lange? Bis auf den Punkt mit der Heirat hätte ich die Liste locker in einem Monat durch. Allerdings habe ich bisher tatsächlich nur Nummer 13 und 15 erledigt. Wobei ich mit ein wenig künstlerischer Freiheit auch für mich beanspruche, Nummer 1 abhaken zu können. Ich habe zwar noch nie den River Dance getanzt, aber ungefähr ein Jahr lang Stepptanz gelernt, und wenn ich den etwas schneller zu irischer Musik tanzen und die Arme dabei an der Seite herabhängen lassen würde, käme das dem Ganzen schon sehr nah!

Na ja, auf jeden Fall ist gerade ein weiteres Trostpaket auf dem Weg in Richtung Naher Osten. Es enthält Schokolade sowie ein Foto von uns beiden, das vor der Jugenddisco aufgenommen wurde. Wir müssen darauf so um die vierzehn sein. Du trägst verschärfte Madonna-Spitzenhandschuhe, ich dagegen einen Afro und einen Schlangenledergürtel. Warum zur Hölle hast Du nur all die Jahre zugelassen, dass ich mich immer der Mode verweigerte? Ich schicke Dir außerdem ein aktuelles Foto von mir. Es wurde für mein Agenturprofil aufgenommen. Unter meinem eigenen Namen schreibe ich Artikel und Kurzgeschichten für Zeitschriften. Schreib mir, was Du von dem Foto hältst. Sehe ich zu groß aus? Ich dachte, ich versuch es mit dem »Intelligent-aber-man-kann-auch-Spaß-mit-ihr-haben«-Look, aber ich denke, man sieht, dass ich meinen Bauch einziehe. Morgen beginne ich mit der Diät. Ich gebe zu, dass ich die Schokolade nicht selbst gekauft habe. Isabella hat sie mir als Dankeschön dafür geschickt, dass ich ihr eine lustige Ansprache für ihren Auftritt bei der Frühstückssendung *Heute Morgen* geschrieben hab, aber von dunkler Schokolade krieg ich Kopfweh, also dachte ich, Du könntest sie besser gebrauchen. Ich wünschte, Isabella würde mir stinknormale Milchschokolade schicken. Warum denken die Leute immer, unbedingt so viel Geld für Geschenke ausgeben zu müssen?

Was war noch? Ach ja, Paddy hat angerufen. Er will eine zweite Runde Telefonsex. (Was für eine dumme, verzweifelte Idiotin war ich eigentlich, dass ich auch noch mit ihm geschlafen habe?). Ich sagte mit ernster Stimme »Nein, danke«, es hat sich aber herausgestellt, dass ihn meine ernste Stimme sogar noch mehr anturnt. Ich erklärte ihm, dass ich mich in Venedig zu etwas habe hinreißen lassen, dass die Atmosphäre eine wilde, exotische Seite meiner Persönlichkeit zum Vorschein gebracht hat, die am besten ganz tief in mir drin versteckt geblieben wäre. Völlig unbeeindruckt fragte er daraufhin, ob er mich tief da drin auch noch mal erforschen dürfte. Ich antwortete, dass ich die Weihe empfangen hätte (dieser nette Einfall ist dem Vorsprechen für die Rolle der Maria zu verdanken) und legte auf. Wahrscheinlich muss ich meine Telefonnummer ändern lassen. Gott sei Dank habe ich ihm erzählt, ich sei eine Podologin aus Hull und nicht durchblicken lassen, dass ich Isabellas Ghostwriterin bin.

Übrigens will mein Verleger, dass ich für Isabella jetzt auch erotische Romane schreibe. Er ist der Ansicht, dass ihre Tage als Liebesromanautorin gezählt sind. Denkst Du, das Universum will mir unter die Nase reiben, wie selten ich Sex habe? Ich bin nicht sicher, ob ich dem gewachsen bin, denn meine Motivation, noch heißere Sexszenen (meine sind schon ziemlich heiß) zu schreiben, hält sich in Grenzen. Vielleicht sollte ich um meiner Karriere willen noch mehr Männer übers Internet daten. In dem Fall muss ich dann aber unbedingt darauf achten, nur Typen zu treffen, bei denen man auf dem Profilbild die Zähne sieht. Ich hab mal einen Kerl kennengelernt, der absolut umwerfend aussah – bis er seinen Mund aufmachte und nur ein Zahn zu sehen war – *ein* verdammter Zahn! Es handelte sich übrigens um den Schneidezahn. Er tat mir so leid, dass ich ihm sogar einen Gutenachtkuss gab … allerdings ohne Zunge.

Verdammter Mist, Du hast recht. Ich brauche einen Plan, um auf Männerfang zu gehen. Ich werde dem Internet noch eine letzte Chance geben und mir einen neuen Fake-Namen ausdenken. Wahrscheinlich sollte ich auch über einen neuen Fake-Job nachdenken. Vielleicht stelle ich ein retuschiertes Bild meines jüngeren, strafferen Ichs rein, werfe den Nigella-Lawson-Look über Bord und lass mich blondieren. Brüste und Hintern behalte ich aber natürlich.

Ciao Bella

Von: Angestellte des Dorfladens, Midhope
An: Rosie
Datum: 13. Januar

Hallo liebe Rosie,

Dein Vater hat den Leuten aus dem Dorf Deine Adresse gegeben, also möchten wir Dir kurz schreiben, um zu sagen: Gut gemacht! Deine Mutter sieht man nicht so oft, aber eigentlich hat Dein Vater eh immer den Großeinkauf erledigt.

Hier tut sich nicht viel. Tracy Babcock ist schon wieder schwanger (das Kindergeld muss ihr nur so ins Haus flattern), und der alte Mr. Jenkins ist gestorben, Gott segne ihn. Es kamen eine Menge Leute bei der Beerdigung zusammen, aber die Sandwiches, die nachher im Vereinshaus serviert wurden, waren ein wenig enttäuschend – durchweichtes Brot mit Ei. Jack Blackmoor hat sich mal wieder volllaufen lassen, der Dummkopf. Na ja, er war wie ein Sohn für Mr. Jenkins, also haben wir ihn gelassen.

Vor ein paar Tagen war dieses Mädchen hier, mit dem Du Dich früher immer herumgetrieben hast. Kommt mir vor, als wär's erst gestern gewesen, dass Ihr beide hier hereingestürmt kamt, um diese Lollis für zehn Pence das Stück zu kaufen. Damals gehörte der Laden noch Mrs. Barker, weißt Du noch? Was für ein kleiner Teufelsbraten Agatha doch war! Immer musste sie mit ihren Französischkenntnissen angeben. Definitiv größenwahnsinnig, das Kind. Aber das kommt davon, wenn die Mutter nach Paris abhaut, um für einen russischen Kosaken zu arbeiten, und dann schwanger und wohlhabend wieder zurückkehrt. Gott weiß, wer der Vater war –, nicht dass es uns irgendwas anginge –, aber wenn man sich nun diese Schenkel ansieht, ist der Apfel wohl nicht weit vom Stamm gefallen.

Hast Du mitbekommen, dass die Schule abgebrannt ist? Die Kinder werden jetzt jeden Tag nach Oakworth gefahren, aber es ist ein verdammt weiter Weg für die armen Würmchen, und Du weißt, wie heimtückisch diese Straße im Winter sein kann. Neulich war die alte Mrs. Butterworth im Laden und hat auf einmal angefangen zu weinen. Ihr Küchenfenster geht nämlich auf den Spielplatz raus, und sie hörte den Kindern so gern zu. Aber der Stadtrat sagt, es ist kein Geld da, um die Schule wieder aufzubauen. Außerdem will Jed Jenkins dort Häuser bauen lassen. Ja ja, unser Jed lässt wirklich keine Gelegenheit ungenutzt.

Gerade kommt der Brotlieferant, also mach ich mal Schluss. Andrea Jones schickt Grüße. Sie arbeitet zwei Nachmittage die Woche hier. Ich glaube nicht, dass Du Dich an sie erinnern wirst – sie sagt, sie sei diejenige, die in Erdkunde neben Dir gesessen und so oft in Ohnmacht gefallen ist. Kopf hoch!

Pat (und die Mädchen aus dem Laden)

Von: Rosie
An: Aggie
Datum: 13. Januar

Oh Aggie,

danke für die Liste. Unglaublich, dass Du sie tatsächlich all die Jahre über aufgehoben hast. Ich muss gestehen, dass ich beim Lesen etwas melancholisch geworden bin, fröhlich und traurig zugleich. Fröhlich, weil es mich an all die schönen Zeiten erinnert hat, die wir zusammen verbracht haben. Zu meinen liebsten Erinnerungen gehört, wie wir beide im Wohnzimmer Deiner Mutter auf dem Klavier und der Violine ein Duett gespielt haben. Wir waren ziemlich gut, oder? Deine Mutter konnte sich die Tränen nicht verkneifen, wenn wir *Forgotten Dreams* von Leroy Anderson spielten. Aber gleichzeitig hat es mich auch traurig gestimmt, denn im Vergleich zu Dir fühle ich mich, als hätte ich zehn Jahre lang ein langweiliges, freudloses Leben geführt. Ich erkläre es Dir ein andermal. Ich war die letzten Jahre so fixiert darauf, eine Familie zu gründen, dass ich ganz vergessen habe, wie sich Spaß anfühlt. Um Deine Frage zu beantworten: Die 35-Jahre-Grenze war meine Idee. War doch klar, oder? 35 erschien mir damals der späteste Zeitpunkt, um ein Kind zu bekommen. Was ich letztendlich nicht geschafft habe.

Aber wie wäre es, wenn wir jetzt damit beginnen, die Liste abzuarbeiten?

Schließlich werden wir beide im Juli 35, weshalb uns nicht viel Zeit bleibt. Zugegeben, meine Möglichkeiten hier in der Wüste sind ziemlich begrenzt. Ich kann mir beispielsweise nicht vorstellen, dass der Dalai Lama ins Hauptquartier gebraust kommt und mir den River Dance beibringt, aber vielleicht könntest Du ja einen Teil der Liste für uns beide erledigen? So könnte ich auf indirekte Weise durch Dich ein wenig Spaß haben. Es würde meine finsteren Tage etwas aufhellen *trauriges Gesicht*.

Eine gute Nachricht: Ich habe endlich einen Freund gefunden! Eigentlich ist er eher eine Art Bruder, was mir sehr gelegen kommt, da ich von meinem eigenen Bruder bisher noch kein Sterbenswörtchen gehört habe. Sein Name ist Gethyn, er ist 37 und Arzt in der Royal Air Force. Ursprünglich kommt er aus Wales. Er strahlt eine wundervolle Ruhe aus, aber er hat auch etwas Schelmisches an sich und einen sehr trockenen Humor. Du würdest ihn bestimmt mögen, er ist groß und gut gebaut. Die ganze Zeit ist er am Singen, was ein wenig nervig ist, aber als Waliser kann er wahrscheinlich nicht anders – also singen, nicht nervig sein. Komm aber nicht auf die Idee, dass ich was mit ihm anfangen könnte, denn es besteht nicht die geringste Anziehung zwischen uns. Ich habe mir aber vorgenommen, herauszufinden, ob er vergeben ist, weil ich glaube, dass er für Dich absolut perfekt wäre!

Danke für das Buch. Es hat mir sehr gefallen. Ich habe es Gethyn gegeben und ihn um seine ehrliche Meinung gebeten. Er hat es den ganzen Abend über mit einem leichten Schmunzeln im Gesicht gelesen, was ich für ein gutes Zeichen halte. Sicher haben ihm die Sexszenen besonders gut gefallen, weswegen er es wahrscheinlich kaum wird erwarten können, Dich kennenzulernen, sobald wir wieder zurück sind. War das nicht clever von mir?

Ganz liebe Grüße, Rosie

PS: Mal eine ganz andere Frage: Hast Du jemals Angst, nie ein Kind zu bekommen?

PPS: Das hätte ich fast vergessen: Du hast sowohl Nummer 12 als auch Nummer 14 abgehakt? Hast Du es wirklich geschafft, sowohl den Dalai Lama zu treffen, als auch nackt unter einem Wasserfall zu baden? Ich brauche auf der Stelle Einzelheiten! Bitte sag mir, dass Du beides gleichzeitig getan hast.

Von: Gethyn Evans
An: Aggie
Datum: 13. Januar

Liebe Agatha,

mein Name ist Gethyn Evans, ich bin als Arzt bei der Armee im Nahen Osten stationiert. Rosie Hughes hat mir Ihr Buch *Aber so meinte ich das doch gar nicht* ausgeliehen und mich gebeten, eine ehrliche Rezension zu schreiben. Normalerweise halte ich mich in solchen Dingen zurück, da ich die Erfahrung gemacht habe, dass viele Leute gar keine ehrliche Meinung hören wollen. Aber Rosie sagte, Sie seien hart im Nehmen, also habe ich mich entschlossen, Ihnen zu schreiben. Ich weiß, dass Sie Isabella Gambinis Ghostwriterin sind – bitte seien Sie versichert, dass Ihr Geheimnis bei mir gut aufgehoben ist. Hier kommt die Rezension:

Ich habe das Buch als angenehme Lektüre empfunden, mit der ich mir an einem ereignisarmen Tag gut die Zeit vertreiben konnte. In der Regel lese ich keine Liebesromane, nicht etwa weil mich die Gender-Stereotypen in solchen Werken stören, sondern weil Liebesromane denselben Schemata wie Liebesfilme folgen. Ich bevorzuge jedoch eine Lektüre, die sich tiefgehender mit der conditio humana beschäftigt – Zorn, Reue, Eifersucht, Furcht, Betrug sowie natürlich Liebe und familiäre Beziehungen. Zwar werden in Ihrem Buch all diese Kategorien behandelt, und stellenweise hatte ich auch das Gefühl, dass Sie endlich zum Kern der Sache kommen, doch dann verlegten Sie sich auf einmal wieder auf Witzeleien, anstatt konkreter zu werden. Ihre Einzeiler sind witzig, doch kann es sein, dass Sie möglicherweise Angst haben, vom machtvollen Fluss Ihrer Prosa mitgerissen zu werden?

Natürlich stellt der Roman eine sehr gute Lektüre für die Zielgruppe dar, doch haben Sie sich schon mal überlegt, sich von den Schemata zu lösen? Funktioniert denn das Leben nach einem Schema? Muss eine Liebesgeschichte immer ein Happy End haben, um den Leser zu befriedigen, und muss am Ende betont werden, dass das Paar miteinander Sex hatte oder es darauf hinauslaufen wird? Hätte die Beziehung zwischen Romeo und Julia noch lange gehalten, wenn das Stück so ausgegangen wäre, dass sie Hand in Hand in den Sonnenuntergang spazieren? Ich fürchte nicht.

Möglicherweise ist die eindrucksvollste Liebesgeschichte die, in der die Liebe unerfüllt bleibt. Liebeslieder zum Beispiel enden selten gut. Ihnen wird vielleicht aufgefallen sein, dass die meisten Liebesromane von Frauen geschrieben werden, während die Texte der meisten Liebeslieder, die meiner Meinung nach eine tiefere Verbindung zur Seele herstellen, von Männern geschrieben werden. Übrigens befindet sich die Seele nicht im Herzen, sondern im Darm. Lassen Sie es sich von einem Arzt sagen, der schon viele Leute mit emotionalen Sorgen behandelt hat: Unser Gefühlszentrum befindet sich nicht im Herzen, sondern im Darm. Daher stammen auch die Ausdrücke »Aus dem Bauch heraus«, »Das war einfach so ein Bauchgefühl«, »Schmetterlinge im Bauch« und »Sich in die Hosen machen«.

Also, alles in allem: *Aber so meinte ich das doch gar nicht* ist eine unterhaltsame Lektüre, die alle Erwartungen der Zielgruppe erfüllt. Eine letzte Sache noch: Abschiede tun dann am meisten weh, wenn die Geschichte eigentlich noch nicht vorbei ist. Ist das nicht genau der Punkt, an dem die Erzählung einer wahren Liebe enden sollte? Rosie erwähnte, dass Sie Schwierigkeiten mit Ihrem gegenwärtigen Manuskript haben. Sie erzählte mir auch, dass Sie sehr gerne singen. Vielleicht könnten Sie ein wenig von diesen tieferen Emotionen, die Sie beim Singen verspüren, in ihren nächsten Roman einfließen lassen.

Möglicherweise fügt sich dann alles auf eine ganz unerwartete Weise zusammen.

Gerne würde ich Ihre Meinung zu meiner Meinung hören.

Herzliche Grüße
Gethyn

Von: Aggie
An: Rosie
Datum: 14. Januar

Hi Rosie,

nein, unglücklicherweise war ich nicht in der Nacht nackt schwimmen mit dem Dalai Lama. Sein Pech! Dafür habe ich in Wales eine Kanufahrt für Singles mitgemacht. Es war schweinekalt – diese verdammte Timotei-Haarshampoo-Werbung hat mir völlig falsche Vorstellungen vermittelt. Meine Nippel haben sich immer noch nicht vollständig erholt! Was den Dalai Lama betrifft: Okay, zu behaupten, ich hätte ihn getroffen, mag etwas übertrieben sein, aber ich habe ihn aus einiger Entfernung gesehen und ihn sprechen hören. Vor einigen Jahren hab ich in London einen Vortrag von ihm besucht, zum Thema innerer Frieden, Weltfrieden und so. Das hat mein Leben verändert. Ich hab alles aufgesaugt und kann mit Fug und Recht behaupten, mich dadurch in eine wunderbare Person verwandelt zu haben – zumindest für eine Woche.

Da wir gerade von Frieden sprechen: In den Nachrichten wurde gesagt, dass wir uns Richtung Krieg bewegen. Im

Moment möchte ich nicht in Deiner Haut stecken. Wenn ich nur daran denke, dass Du Dich freiwillig gemeldet hast, Du Verrückte.

Was die To-Do-Liste angeht, werde ich mal darüber nachdenken, aber denk nicht, dass Du Dich da so einfach herauswinden kannst, Rosie Hughes. Krieg hin oder her, das Leben ist zu kurz, um nur danebenzustehen und den anderen zuzuschauen. Benutz verdammt noch mal Deine Fantasie!

Übrigens habe ich den Nachmittag heute bei meiner Mutter verbracht. Es war kein angenehmes Erlebnis, aber ich musste mich mal wieder bei ihr blicken lassen, für den Fall, dass ich demnächst wirklich nach Schottland ziehe – wovon ich Dir, wie ich gerade merke, noch gar nicht erzählt habe.

Casey, eine alte Freundin von der Uni, ist vor ein paar Jahren von Manchester nach Appledart, eine Halbinsel an der Westküste Schottlands, gezogen, um dort ein Café und einen kleinen Bauernhof zu betreiben. Nun wurde Caseys Partner Shep plötzlich gebeten, sich bereitzuhalten, um gegebenenfalls eine Stelle bei den Britischen Expeditionsstreitkräften in der Antarktis anzutreten. Du musst wissen, er ist Geologe. So eine Gelegenheit kommt nie wieder! Der ursprüngliche Teilnehmer ist durch den Medizincheck gefallen und muss weitere Tests absolvieren. Falls Shep einspringen muss, wird ihn Casey begleiten – und zwar schon nächste Woche! Casey hat mich gefragt, ob ich bereit wäre, ein halbes Jahr oder länger auf ihr Haus aufzupassen. Meine Aufgaben: die Hühner füttern, Shortbread backen und den Gästen Gedichte von Robert Burns vortragen. Eine Nachbarin könnte sich um das Café kümmern, ich würde nur aushelfen. Anfangs war ich unsicher, aber jetzt denke ich, dass ich die Chance ergreifen sollte. Deshalb schleime ich mich nun bei Mum ein. Du weißt ja, wie sie ist: Sie kann es nicht ertragen, wenn ich weggehe, will aber nichts mit mir zu tun haben, solange ich zu Hause bin. Letzte Woche hat sie mich angerufen,

um anzukündigen, dass sie ihre Wohnung entrümpelt, und zu fragen, ob ich irgendetwas Bestimmtes behalten möchte. Die Unterhaltung verlief ungefähr so:
Ich: »Du entrümpelst deine Wohnung? Wieso?«
Mum: »Gerade ist die letzte Staffel von *Jim Bergerac ermittelt* auf Sky zu Ende gegangen.«
Ich: »Was willst du denn ausmisten?«
Mum: »Alles.«
Ich: »Alles?«
Mum: »Alles.«
Ich: »Sogar die Figürchen, die ich dir als Kind geschenkt habe?«
Mum: »Ja.«
Ich (ungläubig): »Was? Alle? Sogar den kleinen Pantoffel?«
Mum: »Ja, wieso nicht? Ich hab's satt, dass der ganze Kaminsims mit Mist vollgestellt ist.«
Ich: »Aber Mum, ich hab dir diesen Pantoffel doch 1982 von der Klassenreise in Holland mitgebracht. Mein ganzes Taschengeld ist dafür draufgegangen. Und sag mir bitte nicht, dass du dieses blau-weiße Blumenmädchen mit der Wasserschüssel in den Händen auch wegwirfst!«
Mum: »Meinst du diese Figur, der ein Arm fehlt? Oder die ohne Kopf?«
Ich: »Die mit dem fehlenden Arm.«
Mum: »Die schmeiß ich beide weg. Schatz, ich weiß, dass du sie für mich gekauft hast, aber es ist langsam an der Zeit, dass ich Figuren aufstelle, deren Gliedmaßen noch vollzählig sind. Ist das zu viel verlangt?«
Ich: »Sie *haben* doch noch all ihre Gliedmaßen.«
Mum: »Aber sie wurden nicht immer an den richtigen Stellen wieder angeklebt. Eine der Porzellanpuppen sieht aus wie Hamlet.« (An diesem Punkt beginnt sie sogar zu lachen.) »Bei mir stehen Maispuppen ohne Kopf, tönerne Vögel ohne Schnäbel und eine angeknackste Old-Mother-Hubbard-Tasse ohne

Henkel. Da muss man sich ja schämen, wenn Leute zu Besuch sind.« (Es kommt absolut niemand je zu Besuch.) »Nun sei nicht so dramatisch. Du wirst mir noch dankbar sein, wenn ich mal tot bin und du dich nicht mit dem Krempel rumschlagen musst.«
Und damit hatte es sich.

Es ist eine tragische Sache für mich. Ich hätte weniger Probleme damit gehabt, wenn sie verkündet hätte, dass sie mit dem Müllmann durchbrennt. Es wäre schließlich nicht das erste Mal. Und was noch schlimmer ist: Ich bin natürlich sofort hin, um meine Erinnerungsstücke zu retten, und jetzt bin ich diejenige, deren Kaminsims mit Mist vollgestellt ist. Sie hat recht, es sieht aus wie in einem Horrorhaus. Ich wette, Deine Mum hat auf dem Dachboden all Dein altes Zeug angesammelt: Schulzeugnisse, hässliche alte Basteleien und so weiter. Meine Mutter hat absolut nichts von mir behalten. Sie ist eine gefühllose alte Schachtel, und – das hab ich ihr auch ins Gesicht gesagt – sie beginnt mittlerweile auch, wie eine auszusehen.

Hoffe, bei Dir ist alles gut?

Alles Liebe,
Aggie

Von: Rosie
An: Aggie
Datum: 15. Januar

Hi Aggie,

ach, Du Arme. Ich glaube jedoch nicht, dass Deine Mutter bereits den Status einer alten Schachtel erreicht hat. Versuch doch mal, ihre guten Seiten zu sehen. Sie wird sicher welche haben, oder?

Ich weiß, dass ich ständig um Gefallen bitte, aber könntest Du mir bitte einen MP3-Player kaufen? Ich gebe Dir das Geld, sobald ich nach Hause komme. Es scheint, als hätten alle außer mir daran gedacht, Musik mitzubringen. Und kannst Du mir bitte ein paar Songs auf CD brennen, so wie die alten Mix-Kassetten, die Du früher immer für uns aufgenommen hast? Es wäre schön, wenn *Forgotten Dreams* von Leroy Anderson und die englische Version von *La Vie en Rose*, *Life in Rosy Hues*, dabei wären. Du weißt ja, dass dieser Song eine ganz besondere Bedeutung für mich hat, nicht nur, weil meine Eltern ihn mir immer vorgesungen haben, als ich noch klein war (und weil wir ihn in einem meisterlichen Duett zusammen gesungen haben), sondern auch, weil es der Song war, zu dem Josh und ich unseren Hochzeitstanz getanzt haben. Vielleicht ist es keine so gute Idee, dass ich ihn mir anhöre, aber er passt zu meiner Stimmung. Außerdem haben meine Mutter und ich vor meiner Abreise einen Pakt geschlossen. Ich musste versprechen, ihr ehrlich zu schreiben, wie es mir geht. Ihr ist ja klar, dass ich mich in meinen Nachrichten an Dad absichtlich zurückhalten würde. Ursprünglich hatten wir geplant, ihr Briefe über Mrs. Jenkins auf dem Postamt zukommen zu lassen, aber kann ich sie stattdessen an Dich senden? Vielleicht fällt Dir ja eine Ausrede ein, mal bei meinen Eltern vorbeizuschauen und meiner Mutter die Post zuzustecken, wenn mein Vater gerade nicht hinsieht? Backst Du eigentlich noch? Du könntest meine Eltern ja mit einem Kuchen überraschen. Sobald Du nach Schottland gehst, ist das natürlich nicht mehr möglich, aber bis dahin wäre ich Dir sehr dankbar, wenn Du ein Auge auf meine Eltern haben könntest. Meine Mutter würde Dich sicher sehr gern wiedersehen. Sie war sehr traurig, als Du nach der Sache mit Simon nicht mehr zu uns gekommen bist.

Pass auf Dich auf, und lass Dich nicht zu sehr von Deiner Mutter ärgern. Ich glaube nicht, dass sie es böse meint.

Rosie

PS: Was Schottland angeht: Ich hoffe, Du bist Dir bewusst, dass es da oben noch kälter als in Yorkshire werden kann. Und Du hasst die Kälte doch so.

Von: Aggie
An: Rosie
Datum: 18. Januar

Hi Rosie,

alles wie gewünscht erledigt. MP3-Player ist auf dem Weg. Du wirst darauf vor allem fröhliche Songs finden, aber auch ein paar melancholische, die Dich an unsere Teenagerzeit erinnern werden – und natürlich Ella Fitzgerald, damit Du an mich denkst. Die Schneeschaufel ist ebenfalls in Position. Ich glaube, Du solltest Dir *La Vie En Rose* tatsächlich nicht anhören. Ich zumindest muss dann immer an unsere gemeinsamen Duette damals denken und fühle, wie mir die Tränen kommen. Wenn es dann auch noch das gemeinsame Lied meines Ex-Mannes und mir wäre, würde ich mich wahrscheinlich sofort in eine Ecke kauern und flennen. Na ja, Dein Wunsch sei mir Befehl, ich hab das Lied draufgepackt. Ich hab auch die englische Version runtergeladen, die ich ganz hübsch finde – obwohl natürlich nichts über Edith Piaf im Original geht, hab ich recht?

Gestern Abend hatte ich wieder ein Date (natürlich ein Internet-Date). Er hatte gleich von Anfang an schlechte Karten bei mir, weil er als Treffpunkt ein schreckliches Pub ausgesucht hat. Es stank geradezu nach schalem Bier und vertanen Chancen. Erinnere mich daran, dass ich mich beim ersten Date nie mehr zum Essen verabrede. Er hat gefressen wie ein wildes Tier, und seine Hände waren wirklich abstoßend. Es war alles andere als ein schöner Abend. Bin ich womöglich ein arrogantes Biest? Um ehrlich zu sein, ich weiß nicht mehr, ob diese ganze Internet-Dating-Sache so gut für mich ist. Mum ist süchtig danach und stöbert auf Datingportalen wie andere Leute in Modemagazinen – sie bestellt was zum Probieren und schickt es dann zurück (natürlich im getragenen Zustand). Gut, vielleicht bin ich etwas heuchlerisch, aber ich bin auch noch keine Mutter im Unterschied zu ihr. Es gibt doch bestimmt ein ungeschriebenes moralisches Gesetz, das besagt, dass sich Mütter anständiger verhalten müssen als Töchter?

Ich würde so gern jemanden auf die altmodische Weise kennenlernen – Blicke, die sich in einem vollen Raum begegnen, so wie in *South Pacific*, wenn dieser Franzose, oder was er war, *Some Enchanted Evening* singt. Aber so was passiert mir nie. Immer wenn ich mich in einem Raum umschaue, um Aufmerksamkeit auf mich zu ziehen, sehe ich aus, als würde ich auf Beutefang gehen. Nächste Woche veranstalten sie in einem Pub in Huddersfield einen Speeddating-Abend, das könnte ich mal ausprobieren – der Raum ist dann wenigstens schön voll, sodass es auch die Chance gibt, dass ich einem Blick begegne. Und Huddersfield ist weit genug weg von zu Hause. Das heißt, es besteht nur wenig Gefahr, dass getratscht wird.

Sonst ist hier alles beim Alten, bis auf die winzige Sache mit der Schule. Deswegen liegen sich alle in den Haaren. Jedes Mal, wenn ich zum Laden oder zur Tankstelle gehe, versuchen sie, mich in die Diskussion mit hineinzuziehen, aber ich kann beide Seiten verstehen und werde mich da schön raushalten. Heute Abend allerdings gibt es ein Treffen in der Stadthalle, zu dem ich hinmuss, sonst tötet mich diese blöde Janet aus dem Dorfladen nächstes Mal mit ihren Blicken. Andererseits lässt sich dort vielleicht beobachten, wie Leute mit verfaultem Obst beworfen werden oder jemandes Foto öffentlich verbrannt wird, also könnte es sich doch lohnen.

So, jetzt muss ich Schluss machen. Mein neues Buch schreibt sich schließlich nicht von selbst – leider, leider. Immer noch keine Neuigkeiten aus Schottland – ich hoffe wirklich, dass es klappt.

Alles Liebe,
Aggie

PS: Ist Gethyn eigentlich ein Arsch?

PPS: Ich arbeite gerade die To-Do-Liste für Dich ab – nächster Punkt: mit Delfinen schwimmen!

Von: Rosie
An: Mrs. Hughes (über Agatha)
Datum: 18. Januar

Hallo Mama,

bitte entschuldige, dass es mit dem Schreiben so lange gedauert hat. Ich wollte abwarten, bis sich die Dinge hier ein wenig beruhigt haben. Die Wahrheit ist (und ich nehme Dich immer noch beim Wort, dass Du nichts als die Wahrheit von mir hören willst), dass wir in einem Zug sitzen, der mit Höchstgeschwindigkeit auf den Krieg zurast. Je mehr Fahrt wir aufnehmen, desto mehr wird der Wüstenboden von der westlichen Militärmacht erschüttert. Und ungeachtet dessen, was die Politiker Euch zu Hause erzählen mögen, bin ich vollkommen überzeugt davon, dass dieser unkontrollierbare Zug mittlerweile viel zu schnell rast, um noch aufgehalten werden zu können.

Es ist schwer, meine Gefühle zu beschreiben, ohne dabei abgestumpft zu wirken, weil ich eine solche Distanz zu den Dingen um mich herum entwickelt habe. In unserem Hauptquartier läuft rund um die Uhr Fox News, es kommt mir alles so unwirklich vor. Bei Ausbruch des Krieges werden die Typen vom Hauptquartier, mit denen ich zusammenarbeite, den Ablauf der Operation organisieren. Wie der Rest der Welt werden auch sie den Horror des Krieges – der sich nur drei Kilometer entfernt abspielen wird – über den Fernseher mitverfolgen. Stell Dir ein Gefängnis in Form eines Zeltes vor, ohne Duschen, ohne irgendwelche Zerstreuungen, ohne Ausgang wegen guter Führung – ein Gefängnis, das in der Nacht viel zu kalt und am Tag viel zu heiß ist. Und genau wie in einem

Gefängnis kann ich keinen Horizont, keine Menschen und kein Leben sehen, wenn ich vor die Tür trete. Nichts als eine Mauer aus Sand.

An dieser Stelle mache ich Schluss, aber könntest Du mir bitte einen Nachschub an Erfrischungstüchern und Tampons schicken? Ich habe vor meiner Abreise angefangen, die Pille zu nehmen, damit ich meine Periode nicht bekomme, aber dummerweise habe ich die Packung in der Seitentasche meines Rucksacks vergessen, den ich mir mittlerweile vom Hals geschafft habe, weil er zu schwer war. Da ich bereits seit mehreren Tagen keine Pille mehr genommen habe, werde ich wohl in ungefähr einer Woche meine Periode bekommen. Vielen Dank für die Hilfe, Mama. Es tut mir so leid, dass ich Dir und Papa so viele Sorgen bereite. Mir ist bewusst geworden, wie egoistisch es von mir war, hierherzukommen.

Ich vermisse Euch beide sehr.

Hab Euch lieb, Rosie

Von: Rosie
An: Aggie
Datum: 18. Januar

Hi Ag,

neeeein, Gethyn ist kein Arsch. Nicht mal ein kleiner Arsch. Er ist wirklich nett, nur ein bisschen verschroben und äußerst intelligent. Wieso? Hat er Dir etwa geschrieben? Was hat er gesagt?

Hier draußen hat sich Einiges verändert. Wir haben das amerikanische Lager hinter uns gelassen und sind nun mitten in der Wüste auf der Landstraße in Richtung Bagdad, Irak unterwegs. Ich schlafe auf dem Sand in einem Feldbett neben einem Truck. Die Nächte sind noch immer sehr kalt, und mein Schlafsack wärmt einfach nicht genug. Ich trage meine gesamte Montur zum Schlafen, und selbst das reicht nur so gerade, um mich halbwegs warm zu halten. Bilde Dir nicht ein, dass ich hier wie Lawrence von Arabien durch die Dünen stolziere. Stell Dir eine flache Landschaft vor, wie Norfolk, nur dass sie mit einer dicken Sandschicht und einer schwarzen Flüssigkeit bedeckt ist, die hier und da an die Oberfläche dringt. Vermutlich Öl, was weiß ich schon? Die Armee hat eine Berme um unser Lager herum gebaut. Eine Berme ist ein langgezogener Sandhaufen in Form eines Quadrats, der als eine Art Wall das Lager umschließt. Ungefähr so wie ein umgekehrter Festungsgraben. Als wir von Kuwait City aus in Richtung Norden gefahren sind, ist mir aufgefallen, dass die Wüste voller verlassener Bermen und Müll ist, der entweder einfach an Ort und Stelle liegen gelassen oder von der Armee vergraben worden ist. Was Toiletten angeht, so wird dafür von der Armee ein tiefer Graben ausgehoben und darauf eine Reihe von Plumpsklos platziert. In diesen Klos gibt es keine Böden, was bedeutet, dass Dein Geschäft direkt im Graben darunter landet. Was mich zu meiner größten Furcht bringt, nämlich, dass ich meine Waffe verlieren könnte. Um meine Hosen herunterzuziehen, muss ich meinen Gürtel öffnen, an dem sie befestigt ist (Männer haben dieses Problem nicht). Und ich habe eine Heidenangst davor, dass die Waffe aus Versehen im Graben landen könnte. Deine Waffe zu verlieren, ist ein ernstes Vergehen. Ich glaube, ich würde weniger Schwierigkeiten bekommen, wenn ich die Queen erschießen würde. Als ich mir eben den Brief noch mal durchgelesen habe, musste ich über mein eigenes Gejammer lachen. Ich meine, was habe ich hier in der Wüste erwartet? Das Hilton? Wie naiv ich doch war. Ich muss aufhören, mich selbst zu bemitleiden und das Ganze als eine Übung in Selbstdisziplin und dem Zurechtkommen mit dem Allernötigsten ansehen. Das ist alles, was mir momentan einfällt. Bitte verzeih, dass ich über nichts Spannenderes schreiben kann als Toiletten, aber es ist mir verboten, über Kriegsangelegenheiten zu schreiben.

Alles Liebe, Rosie

PS: Ich wollte noch sagen, wie schade ich es finde, dass Du Marias Problem nicht lösen konntest. Aber wie Du schon gesagt hast: zur Hölle mit ihnen.

PPS: Vergleiche Deine Mutter nicht mit meiner. Es gibt keine perfekten Mütter, auch wenn wir das gerne hätten, oder? Und Du warst ja auch nicht immer eine Vorzeigetochter. Erinnerst Du Dich, als Du Deine Große-Frauen-der-Geschichte-Phase hattest und als Boudicca verkleidet einen ganzen Monat lang durch Midhope stolziert bist? Ausgerechnet Boudicca. Hättest Du Dir nicht eine etwas zeitgenössischere Frauengestalt aussuchen können, oder zumindest eine, die ihre Beine rasiert und nicht mit einem Schwert durch die Gegend läuft? Und dann war da ja auch noch Dein Faible für die Jungfrau von Orleans.

Von: Aggie
An: Rosie
Datum: 19. Januar

Liebe Rosie Hughes,

sinke augenblicklich auf die Knie und bitte den Unsterblichen um Vergebung, Du armseliges Exemplar eines Weibes, Du! Boudicca war zweifellos die beeindruckendste Kriegerin, die es je gegeben hat, und ich würde für dieses schöne rote Haar glatt jemanden umbringen. Mich wie eine Kriegergöttin zu verkleiden und mein Haar eine Weile sprießen lassen zu können – absolute Freiheit!

Na ja, es hatte wohl seinen Sinn, dass ich für die Rolle der Maria abgelehnt wurde. Es ist beschlossene Sache: Ich motte hier alles für sechs Monate ein und gehe nach Schottland! Am 23. nehme ich den Zug nach Mallaig. Ein kleiner Mann namens Hector wird mich am Pier mit seinem Boot erwarten und nach Appledart bringen. Die Post wird mir weitergeleitet, also falls Du noch einen Brief nach Yorkshire geschickt haben solltest, keine Sorge, den werd ich schon bekommen. Ich kann es kaum erwarten. Caseys Café heißt *The Café at Road's End*, es befindet sich nämlich buchstäblich am Ende einer Straße in einer der abgelegensten Gegenden Großbritanniens – Appledart ist nur auf dem Seeweg zu erreichen, oder zu Fuß über die Highlands. Vielleicht gefährde ich meine Schriftstellerkarriere, indem ich gerade jetzt so einen Schritt wage, vielleicht ist es unbewusste (oder auch vollkommen bewusste) Selbstsabotage. Der Abgabetermin für meinen neuesten Roman ist Ende April, aber im Moment fehlt mir die nötige Konzentration. Alle paar Stunden platzt Mum bei mir rein, und alle im Dorf sind total aufgewühlt wegen der abgebrannten Schule und dem geplanten Siedlungsbau. Ich komm mir vor, als wär ich auch in einem Kriegsgebiet – Irak ist nichts dagegen. Ich versuche, in meinen Briefen optimistisch zu klingen, aber im Moment bin ich an einem Tiefpunkt angelangt. Gott weiß, wieso ich mit diesem irischen Typen ins Bett gegangen bin. Das riecht nach Verzweiflung. Wer fliegt denn überhaupt extra bis nach Italien, um einen vollkommen Fremden zu treffen? Noch schlimmer: Welche Frau schläft mit einem Fremden, obwohl sie ihn nicht mal heiß findet? Ich verwandle mich langsam in meine Mutter, das macht mir Angst.

Manchmal hab ich den Eindruck, mein Leben ist unrealistischer als meine Romane. Ich nähere mich langsam der 40, bin Single und verdammt einsam, und ich weiß nicht, wie sich das ändern lässt. Letztes Jahr war ich bei einem Therapeuten, aber das war Zeitverschwendung. Ich habe fast tausend Pfund ausgegeben, nur um zu der Einsicht zu gelangen, dass ich eine fette alte Kuh bin, die niemand will.

Aber das ist nicht der einzige Grund, wieso ich nach Schottland fliehe. Ich hasse es mittlerweile, mich vor den Laptop zu setzen, aber ich muss weiter die Isabelle-Gambini-Kuh melken, um die Hypothek abzuzahlen. Außerdem helfe ich Mum finanziell aus. In meinen Briefen habe ich bisher die 18 Jahre alte unbeschwerte Aggie Braithwaite gespielt, weil ich nicht wollte, dass Du mitbekommst, in was für einem Schlamassel ich stecke, aber wenn Du mir Deine Sorgen und Nöte beichtest, kann ich das wohl auch.

Meine neue Adresse ist: Skye View Cottage, Aisig, Appledart, Schottland.

Das Einzige, was ich bereue, ist, dass ich mich jetzt nicht um Deine Eltern kümmern kann, obwohl Du mich darum gebeten hast. Es tut mir so leid. Ich bringe ihnen einen Kuchen vorbei, bevor ich abreise. Ich hätte mich nie von ihnen distanzieren sollen – das hat Deine Mum nicht verdient, nach allem, was sie für mich getan hat, als ich klein war.

Alles, alles Liebe,
Aggie

PS: Du hast mich gefragt, ob ich gern ein Kind hätte. Ja, auf jeden Fall. Aber ich habe mich schon oft gefragt, ob ich nicht am Ende genauso wie meine eigene Mutter wäre, und wenn das der Fall ist, würde ich es vorziehen, die genetische Linie der schrecklichen Mütter lieber nicht fortzusetzen. Ich vermute, Du fragst, weil das ein Thema ist, das Dich beunruhigt?

Von: Mrs. Hughes
An: Rosie
Datum: 19. Januar

Hallo Rosie, mein Liebes.

Agatha Braithwaite zieht wieder weg – hast Du das mitbekommen? Sie geht für eine Weile in eine Art Yoga-Klausur. Ich weiß nicht, was sie wirklich vorhat, aber so wie ich Agatha kenne, ist es bestimmt nicht Yoga. Ihre Mutter hat mir irgendwas weiszumachen versucht, von wegen, sie sei die Ghostwriterin einer berühmten Köchin und brauche ein wenig Freiraum, um ihren neuesten Bestseller zu schreiben. Glaubst Du, dass ihre Mutter jetzt den Verstand verloren hat? Ein bisschen seltsam war sie ja schon immer, nicht wahr? Na ja, ich habe Mrs. Jenkins gesagt, dass Du Deine Briefe an mich ans Postamt schicken wirst. Sie wird sie dann vorbeibringen.

Dein Vater steckt ein wenig in der Bredouille. Diese Sache mit der Schule bringt ihn ziemlich auf die Palme. Ich habe ihm schon vor Jahren geraten, dass er sich aus dem Stadtrat zurückziehen soll, und jetzt wünscht er sich langsam, er hätte es getan. Die Beschäftigung tat ihm gut, nachdem er in Rente gegangen war – nicht dass er jemals ganz von seiner Arbeit hätte lassen können. Tja, es ist nun mal schwierig, so richtig loszulassen nach all den Jahren. Dass Du weg bist, macht die Sache auch nicht gerade leichter, und seit Simon weggezogen ist, ist sowieso nichts mehr, wie es mal war. Pass gut auf Dich auf.

Hab Dich lieb,
Mama.

Von: Rosie
An: Agatha
Datum: 21. Januar

Hi Aggie,

also momentan habe ich mit Boudicca mehr gemeinsam als Du, liebe Frau »Ich-mach-mir-ein-schönes-Leben«. Wer von uns beiden hat zu jeder Tageszeit eine geladene Pistole umgeschnallt? Und meine Achselhaare sind mittlerweile so lang, dass ich sie flechten könnte! Von meiner Bikinizone und meiner Beinbehaarung will ich erst gar nicht reden. Ich bin hier die Amazonenkriegerin! Sei's, wie's sei, ich wünsche Dir eine gute Reise nach Appledart. Du wirst es nicht glauben, aber Josh und ich sind schon einmal dort gewesen. Wir sind die ganzen zwölf

Kilometer von unserem Ferienhaus zum Café Deiner Freundin gewandert und haben dort wirklich gut gegessen. Wir konnten den Sonnenuntergang über der Isle of Skye bewundern. Das hätte eigentlich der romantischste Moment meines Lebens sein sollen, aber ich hab's versaut und war am Ende ziemlich schlecht gelaunt. Du wirst es dort lieben.

Und wenn Du mich fragst: Du bist keine alte Jungfer. Du bist umwerfend! Du bist die liebenswerteste, gutmütigste Frau, die sich ein (vom Glück gesegneter) Mann nur wünschen kann.

Alles Liebe, Rosie

PS: Ja, das mit dem Kinderkriegen bereitet mir schon Sorge, aber davon erzähle ich Dir vielleicht ein andermal. Es tut mir leid zu hören, dass Dein Leben auch nicht so ist, wie Du es Dir vorgestellt hast. Wir zwei geben in dieser Hinsicht ein gutes Team ab. Und mach Dir keine Gedanken darüber, dass Du Dich nicht um meine Eltern kümmern kannst, die können schon auf sich selbst aufpassen.

Von: Aggie
An: Rosie
Datum: 23. Januar

Liebe Rosie,

Hurra! Ich bin in Appledart angekommen.

Wie erwartet war Mum verärgert über meinen Entschluss wegzuziehen und weigert sich jetzt, mit mir zu kommunizieren. Sie meinte, dass das nur wieder eine meiner lächerlichen Nacht-und-Nebel-Aktionen sei und dass ich für sie gestorben bin, aber ich mache mir keine allzu großen Gedanken darüber. Sie hat mich schon mindestens vier Mal für gestorben erklärt, und irgendwie schaffe ich es wundersamerweise jedes Mal, wieder aufzuerstehen. Casey ist schon unterwegs nach Argentinien, aber ich bin zu fertig, um mich heute noch auf den Weg zum Cottage zu machen, also übernachte ich im Pub. Heute Abend gönne ich mir ein Essen, das ich nicht selbst kochen muss und ein Bett, das ich nicht selbst machen muss.

Ich hab die Zeit im Zug damit verbracht, aus dem Fenster zu starren und über meinen Roman nachzudenken – in welche Richtung das Ganze gehen soll. Als wir Glasgow hinter uns ließen, kam mir plötzlich die Idee, dass ich die Geschichte ja mit einer lebensbejahenden Zugfahrt enden lassen könnte. Ich weiß, der Topos wurde schon totgeritten, aber das ist mir egal, ich brauch einfach einen Schluss. Ungefähr so: Das rhythmische Schaukeln des Waggons beruhigt die aufgewühlten Nerven der Heldin. Sie lehnt die Stirn gegen das kalte Fenster und betrachtet die vorüberziehende Landschaft, ohne dass ihr Blick an etwas Bestimmtem hängen bleibt. Die fremde Landschaft ist ihr willkommen – sie birgt keine schmerzhaften Erinnerungen an die Vergangenheit. Als sie ihr Ziel erreicht, steigt sie aus, blickt sich um und nimmt all ihre Energie zusammen, um den unbekannten Gesichtern mit einem Lächeln zu begegnen. Mit der plötzlichen Überzeugung, dass alles gut werden wird, holt sie tief Luft, schultert ihre Tasche und schreitet durch die Dampfwolken in Richtung einer strahlenden Zukunft. Bevor sie den Bahnsteig verlässt, wirft sie noch einen letzten Blick zurück auf die Schienen und sieht mit Tränen in den Augen zu, wie der Zug in der Ferne verschwindet. Jetzt gibt es kein Zurück mehr, der Zug ist weg, das Ende entpuppt sich als Neuanfang … (und so weiter).

Halb habe ich erwartet, dass mich meine eigene abenteuerliche Zugreise (von Huddersfield nach Mallaig) zu einer augenblicklichen Offenbarung und einem glücklichen Leben führen würde. Ich hab sogar einen Platz im alten Touri-Dampfzug gebucht, der von Fort William aus abfährt, um sicherzugehen, dass die Umgebung meiner Fantasie entspricht. Als ich auf den Bahnsteig trat, habe ich mir vorgestellt, ich sei Ingrid Bergman in *Die Herberge zur 6. Glückseligkeit* – warmherzig und zart, nur mit weniger Kindern um mich herum. Leider löste sich diese Vorstellung in Luft auf, als ich bemerkte, dass ich im Begriff war, in den verdammten Hogwarts-Express einzusteigen. Dutzende – nein, hunderte – Kinder tauchten auf dem Bahnsteig auf, alle gekleidet in Schuluniformen und mit roten Perücken (zweifellos eine Hommage an Ron Weasley). Sie schwangen dünne Zweige und riefen »Expelliarmus«.

Ich wünschte mir nur, der Entwaffnungszauber wäre ihnen gelungen!

Ich überlebte die Zugfahrt, indem ich mit dem Mädchen, das mir gegenübersaß, »Ich sehe was, was du nicht siehst« gespielt habe. Was für ein miesepetriges Ding! Vielleicht hat sie auch nur Hermine Granger nachahmen wollen. Eine Stunde lang zogen vor dem Fenster Berge und Moore vorbei. Nach einem finalen »Ich sehe was, was du nicht siehst, und das beginnt mit T« hustete der Zug schließlich seine letzten Dampfwölkchen aus und fuhr in den Bahnhof von Mallaig ein, gerade als es zu regnen begann. Entschlossen, meine spirituelle Offenbarung doch noch zu erleben, sagte ich im Stillen ein paarmal »Expelliarmus« und wartete darauf, dass die Kinder verschwanden, bevor ich selbst aus dem Zug stieg. Doch meine alte Freundin Enttäuschung ließ sich nicht abschütteln, denn als ich auf den Bahnsteig trat, erkannte ich vorne auf dem Gleis den Prellblock, und es dämmerte mir, dass ich nicht in einer Wolke aus

Dampf gehüllt auf dem Bahnsteig stehen würde – Mallaig war nämlich die Endstation.

Es wird Dich nicht überraschen zu hören, dass ich mehr Gepäck mitgenommen habe, als ein einzelner Mensch benötigt. Während ich meine Taschen über die Straße Richtung Hafen zerrte (*natürlich* regnete es), musste ich an Dich denken, und ich schalt mich, dass ich nicht mit leichterem Gepäck aufgebrochen war. Du kommst im Irak schließlich mit nur zwei Outfits und einem Päckchen Babytücher zurecht, wieso also brauche ich dieses ganze Zeug? Ich stellte mir außerdem den ganzen emotionalen Ballast vor, den ich noch zusätzlich mit mir rumschleppe. In meiner Fantasie manifestierte er sich als ein großer Stapel Teekisten, der von einem kleinen indischen Jungen in traditioneller Kolonialkleidung getragen wurde (der Arme hatte auch noch ein lahmes Bein). Als sich meine Augen bei dem Gedanken an das arme indische Waisenkind mit Tränen füllten, realisierte ich, dass ich unbedingt mal eine Pause von meiner Fantasie brauche, sonst bin ich wahrscheinlich nur noch eine schlechte Metapher davon entfernt, mich komplett von meinem Verstand zu verabschieden.

Ein alter Herr in gelben Gummistiefeln und einem Wollpullover, der so dick war, dass es aussah, als hätte er ein ganzes Schaf angezogen, holte mich in die Realität zurück, indem er mich ansprach: »Hallo, Sie müssen Agatha sein. Ich bin Hector. Kommen Sie an Bord.« Wie schaffen es manche Menschen, gleichzeitig zu reden und zu lächeln? Wundervoll! Er nickte in Richtung des Bootes. Eine Handvoll Touristen hatte sich bereits zum Schutz vor dem Regen vorne wie die Sardinen in der Büchse dicht an dicht in die Plicht gedrängt. Ich stellte mich wie eine Idiotin an beim Einsteigen, rutschte aus und fiel die letzten Sprossen der Leiter runter, wovon mir immer noch das Knie wehtut. In der Sardinenbüchse gab es keinen Platz für mich, aber das machte mir nichts aus. Meine Jeans war eh schon nass.

Ich parkte meinen Hintern auf einem Hummerfangkorb, rieb mein Bein und warf einen Blick in die Plicht, wünschte jedoch sofort, ich hätte es nicht getan. Ein junges Pärchen knutschte gerade wild herum. Der Typ legte beschützend einen Arm um die Schulter der Frau, und in meinen Augen brannten die Tränen, während die Gischt einer Welle mich seitlich erwischte.

Doch die Gischt wirkte zugleich wie eine Ohrfeige. Ein Gefühl der Leichtigkeit überkam mich. Als das Boot sich vom Pier wegbewegte und wir über die Wellen dahinhüpften, hatte ich plötzlich das überwältigende Gefühl, dass alles gut werden würde. Ich warf einen Blick zurück und sah den kleinen indischen Jungen am Pier stehen und wild gestikulierend auf den Stapel Teekisten zeigen, den ich zurückgelassen hatte. Doch ich ignorierte ihn einfach – was im Hinblick auf seine Behinderung ein wenig grausam war –, richtete meinen Blick geradeaus, auf die Berge vor mir, und erlaubte mir, das Auf und Ab der Wellen zu genießen. Es kam mir vor, als rieten mir die Engel, dieses Mal mit leichtem Gepäck zu reisen, und es fühlte sich gut an.

Pass auf Dich auf, meine liebe Rosie. Schreib bald wieder.

Aggie

PS: Und mach Dir keine Sorgen, Casey hat ihre Telefonleitung nicht abstellen lassen, also werde ich Dir Gott sei Dank Feldpost übers Internet schicken können.

PPS: Bezüglich Gethyn – hast Du seine Rezension gar nicht gelesen? Ich bin immer noch am Überlegen, was ich ihm antworten soll …

Von: Mr. Hughes
An: Rosie
Datum: 23. Januar

Mein Kleines,

Deine alte Freundin, die früher immer Dein Geigenspiel auf dem Klavier begleitet hat, ist uns neulich besuchen gekommen. Sie hat uns ganz schön aufgeheitert. Deine Mutter konnte sich kaum halten vor Lachen, als ich in die Küche gegangen bin, um Wasser aufzusetzen. Ihr Gekicher hat sogar den Wasserkocher übertönt. Agatha erzählte Deiner Mutter eine haarsträubende Geschichte über eine Campingtour, die sie kürzlich unternommen hat. Angeblich ist sie während eines Orkans in einem abgelegenen walisischen Tal voller Nudisten gelandet. Meinst Du, dass sie sich die Hälfte dieser Geschichten ausdenkt? Jedenfalls hat sie uns einen köstlichen Kuchen mit drei Schichten mitgebracht! Zu schade, dass Simon mit ihr Schluss gemacht hat, sie kann echt verdammt gut backen!

Hier ist alles wie immer. Deine Mutter hatte gestern einen ihrer Termine. Nichts Schlimmes, nur eine Routineuntersuchung. Es war gut, dass sie mal raus kam. Sie ist ganz versessen darauf, sich ständig Nachrichten anzusehen, was ich nicht ausstehen kann. Ich schwöre Dir, sie wird Tony Blair umbringen, falls Dir irgendetwas zustoßen sollte. Ganze zwei Stunden hat sie sich über Dich mit der Frau unterhalten, die im Wartezimmer neben uns saß. Am Ende des Gesprächs gab es fast nichts, was diese arme Frau nicht über Dich wusste. Aber zumindest hat sich Deine Mutter mit einer Fremden unterhalten, was als ein Fortschritt angesehen werden kann, findest Du nicht auch? Wir hoffen beide sehr, dass Du dauerhaft zu uns nach Yorkshire ziehst, wenn diese ganze schlimme Sache im Irak vorbei ist. Ich bin sicher, Du wirst hier einen Job finden. Du könntest sogar noch mal studieren. Dafür ist man niemals zu alt. Und Du weißt ja, dass wir Dich dabei finanziell unterstützen würden. Lass es Dir zumindest mal durch den Kopf gehen.

Hab Dich lieb, Kleines,
ISD (Immer schön ducken!)
Mama und Papa

Von: Agatha
An: Rosie
Datum: 1. Februar

Liebe Rosie,

jetzt habe ich die ersten paar Tage meines neuen Lebens als exzentrische Einsiedlerin in Schottland hinter mir. Ich kann bestätigen, dass Appledart nass, windig und überrannt von Wandertouristen ist. Aber das macht nichts, denn die majestätischen Hügel und das aquamarinblaue Meer sind bei jedem Wetter atemberaubend. Außerdem hat es zum Glück gestern aufgehört zu regnen. Wie Du sehen kannst, achte ich jetzt auf solche »Kleinigkeiten«.

Leider ist mir bisher noch kein sexy Schotte im Kilt begegnet. Tatsächlich scheint es hier überhaupt keine Schotten zu geben, ob mit oder ohne Kilt, oder überhaupt irgendwelche alleinstehenden Männer in meiner bevorzugten Altersspanne (die mit jedem Jahr größer wird). Die Einwohner von Appledart setzen sich aus Eigenbrötlern aus aller Herren Länder zusammen, von denen alle, außer einem, Ishmael, schon älter als 55 sind. Shaun, der Besitzer des Pubs, besitzt den einzigen fahrbaren Untersatz auf der ganzen Halbinsel (bis auf Hectors Traktor aus den Fünfzigern natürlich) und benutzt ihn, um Besucher zwischen Aisig und Morir hin und her zu befördern. Er war es auch, der mich nach meiner Nacht im Pub nach Aisig gefahren hat.

Was Aisig betrifft – es ist hier wie im Himmel auf Erden. Schon am ersten Tag habe ich meine Nachbarn getroffen. Zuerst einmal ist da Anya, eine weiße Hexe Anfang Sechzig, die im Cottage neben mir wohnt. Sie hat sich zwar nicht selbst als Hexe bezeichnet, aber ihre schwarze Katze, ihr ziemlich abgenutzter Mörser und Stößel und ihr Tarotkartendeck verraten sie. Sie hat einen Kurzhaarschnitt, ein großartiges schmutziges Lachen, einen guten Sinn für Humor und die richtige Sicht auf die Dinge. Ich mag sie schon jetzt sehr gern. Dann ist da noch Ishmael, ein Dichter, der ein wenig älter ist als ich. Ich habe nicht die geringste Ahnung, wie es Ishmael nach Appledart verschlagen hat oder woher er ursprünglich kommt. Sein Akzent klingt osteuropäisch. Ich muss ihn mal fragen. Ist Ishmael nicht ein jüdischer Name? Er hat sich ein tolles Haus gebaut, mit bodentiefen Fenstern, die auf den Strand hinausgehen. Ich dachte, Dichter sind normalerweise arme Schlucker?

Mein Cottage wiederum ist gemütlich, aber feucht und dunkel. Es befindet sich gleich neben dem Café, so nah am Wasser, als würde es die Zehen reinhalten. Anya mag Whiskey, Ishmael nicht.

Dann gibt es da noch »die Familie«, die in der Nähe des Strandes wohnt und ursprünglich aus Brighton kommt. Die Leute sorgen für den nötigen Trubel hier und gehen mir (Achtung Zickenalarm!) unglaublich auf den Geist. Sie sind seit März hier. Haben wahrscheinlich zu viele Reality Shows geguckt, in denen die Leute aufs Land flüchten. Er arbeitet von zu Hause aus (irgendwas im Bereich Investment), während sie den ganzen Tag herumstolziert, grüne Smoothies trinkt und Kunst aus Strandgut herstellt. Die Kinder werden zu Hause unterrichtet, was bedeutet, dass sie nach dem Frühstück aus dem Haus geworfen und zur Teestunde wieder reingelassen werden (ein ganz angenehmes Leben, schätze ich). Die Kinder, an deren schwachsinnige, piekfeine Namen ich mich nicht erinnern kann, schauen jeden Tag einmal im Café vorbei. Danach sieht es immer aus, als ob ein Tornado hier gewütet hätte. Spätestens nach zehn Minuten scheuche ich sie wieder raus. Mein Geduldsfaden, was Kinder anbelangt, ist nicht wirklich länger geworden.

Das Café ist perfekt – zumindest jetzt, nachdem ich es einmal gründlich durchgeputzt habe. Bald werden auf dem Hygienezertifikat fünf Sterne prangen! Anya hat den Laden hier am Laufen gehalten, jedoch das Angebot an frischen Meeresfrüchten auf der Karte eingeschränkt, worüber einige Gäste enttäuscht sind. Ihre Stews sind wundervoll, aber ihre Kuchen sind zu trocken – sie macht sie einfach nicht mit genug Liebe, weshalb von morgen an *ich* das Kuchenbacken übernehmen werde! Pro Tag haben wir – dank Shaun und seinem Landrover – ungefähr zwölf Gäste, wenn eine Wandergruppe durch den Ort kommt, sogar mehr. Glücklicherweise haben Wandertouristen anscheinend nichts gegen das Winterwetter in Schottland.

Kurz gesagt: Ich finde es super hier. Außerdem gibt's keinen Handyempfang, was bedeutet, dass ich mich wochenlang vor meinem Verleger und vor Isabella verstecken kann. Und ich sag Dir, Rosie, zum ersten Mal seit Jahren fühle ich mich nicht einsam, obwohl ich mich an so einem abgelegenen Ort befinde. Ich schätze mal, weil auch Anya und Ishmael alleine leben, und weil ich jeden Tag im Café bin. Wir sind alle allein, aber wir sind *zusammen* allein.

Ich hab die To-Do-Liste noch mal abgeschrieben und an den Kühlschrank gepinnt. Als letzten Punkt hab ich noch mit aufgenommen: *Nimm eine Kleidergröße ab, du fette Kuh – nur Aggie.*

So weit meine Neuigkeiten. Pass auf Dich auf, meine Schöne.

Aggie

PS: Nein, ich steh absolut NICHT auf Ishmael (falls Du Dir so was denkst).

Von: Agatha
An: Rosie
Datum: 2. Februar

Hi Rosie,

gerade ist meine Schicht im Café beendet, und ich bin jetzt wieder im Cottage. Ich habe den Kamin und ein paar Kerzen angezündet und mein Abendessen zum Aufwärmen auf die Herdplatte gestellt (die Reste eines Stews mit Chorizo und Kichererbsen, das Anya gezaubert hat). Jetzt werde ich es mir mit einem Buch bequem machen. Wer braucht schon einen Mann? Im Cottage steht ein Bücherregal voller wunderbarer Romane, viele davon Klassiker, was bedeutet, dass ich jetzt ganz selbstgefällig diesen Punkt auf der Liste abarbeiten kann. Soll ich Dir ein paar Bücher schicken?

Ich war in den letzten Jahren so mit Schreiben beschäftigt, dass ich das Lesen praktisch ganz aufgegeben habe. Und wie

Du sicher noch weißt, waren Bücher meine erste große Liebe. Na gut, meine erste große Liebe waren eigentlich Kuchen, aber danach kommen gleich Bücher. Außerdem steht hier ein reizendes kleines Klavier, das fast richtig gestimmt ist. Bücher und ein Klavier – da kann ich zumindest zwei der Punkte auf der Liste in naher Zukunft abhaken!

Die weniger gute Nachricht ist, dass das Schreiben immer noch nicht rund läuft, obwohl ich mehrere hundert Kilometer Richtung Norden gereist bin, um mich in selbst auferlegte Klausur zu begeben. Jeden Tag setze ich mich vor den Laptop und zelebriere mein kreatives Ritual: Ich zünde eine Kerze an, stelle meine Elfenfigur aus Cornwall neben den Laptop auf den Schreibtisch und beginne zu schreiben. Nur, dass ich nicht beginne … zu schreiben, meine ich. Es wird Zeit, dass ich mit der Liste vorankomme, vielleicht inspiriert mich das ja ein bisschen. Zuallererst werde ich mal die Flaschenpost verschicken – und ich weiß auch schon genau, was für eine Nachricht ich versenden werde.

Ich mach jetzt Schluss, ich möchte noch eine Mail an Mum schreiben. Drück mir die Daumen!

Tausend Küsse,
Aggie

Von: aggieb@yahoo.com
An: sexymamma@yahoo.com
Datum: 2. Februar
Betreff: Sei nicht sauer auf mich, Mama

Hallo Mama,

ich weiß, dass Du regelmäßig Dein Postfach wegen Deiner Dating-Nachrichten checkst, also tu bitte nicht so, als hättest Du meine Mail nicht gelesen. Zuallererst möchte ich Dir sagen, dass ich Dich lieb habe. Der wichtigste Grund für meinen Umzug nach Schottland war, meiner Freundin zu helfen, bitte versteh das. Und ja, ich gebe zu, dass ich auch einfach für eine Weile weg wollte. Aber der springende Punkt ist: Ich brauchte Abstand von meinem Leben, nicht von Dir. Ich muss dahinterkommen, wieso ich mich nicht mehr aufs Schreiben konzentrieren kann. Wie Du immer sagst: Abwechslung bewirkt Wunder. Erinnerst Du Dich noch an meine Freundin Rosie? Ich habe mal ihren Bruder gedatet, diesen Simon (und das soll jetzt kein Seitenhieb auf Dich sein, über die Sache bin ich schon seit Langem hinweg). Rosie und ich haben mal eine Liste mit Dingen aufgestellt, die wir in unserem Leben unbedingt machen wollen – eines davon ist, eine Flaschenpost zu verschicken. Ich habe beschlossen, noch heute meine Nachricht zu schreiben, sie in eine Flasche zu stecken und ins Meer zu werfen. Sie wird folgendermaßen lauten: *Wer auch immer das hier liest: Verschenke heute deine Liebe, denn das Morgen existiert nicht, und das Gestern ist schon vorbei.*

Bitte heb ab, wenn ich anrufe – oder vielleicht kannst Du mich anrufen? Meine Nummer und meine Adresse stehen auf dem Kärtchen, das ich Dir auf dem Kaminsims hinterlassen habe, neben dem Pantoffel. Bestrafe mich nicht wieder mit

Schweigen, Mama. Du hast das die letzten Jahre zu oft getan, jedes Mal tut es mir mehr weh, als Du Dir vorstellen kannst, weil es keinen Sinn ergibt. Bitte heb ab, wenn ich Dich anrufe, bitte. Hab Dich lieb.

Agatha

Von: Rosie
An: Mrs. Hughes (übers Postamt)
Datum: 2. Februar

Hallo Mama,

Du hast Dir wahrscheinlich schon gedacht, dass ich Papas Schneeschaufel kaputt gemacht habe. Aggie hat sie durch eine neue ausgetauscht, bevor sie nach Schottland aufgebrochen ist. Sieh mal hinter dem Gewächshaus nach. Außerdem hat Josh Papas Hobelmaschine ruiniert, als er die Küchentür vom Rose Cottage abgeschmirgelt hat. Und mir fällt gerade ein, dass wir auch seinen verstellbaren Schraubenschlüssel und seinen Tapetenlöser entwendet haben könnten. Ich werde Josh bitten, die Sachen wieder zurückzugeben, sobald er das mit dem Haus geklärt hat. Was Aggie angeht, so hast Du recht, sie ist nicht in einer Yogaklausur. Sie ist nach Schottland gegangen, um auf das Café einer Freundin aufzupassen. Ich glaube, dass ihre Fröhlichkeit meistens nur Fassade ist. In Wahrheit ist sie sehr einsam. Ich frage mich, ob sie sich zu sehr an die Männer hängt, sobald sie sich verliebt. Simon meinte, dass das der Grund war, warum er sich von ihr getrennt hat. Er hat sich ein wenig eingeengt gefühlt. Ihre Mutter ist sauer auf sie, weil sie wieder weggegangen ist und sich nicht meldet. Die beiden sind sich sehr ähnlich. Aggie macht sich bei der nächstbesten Gelegenheit immer aus dem Staub, während ihre Mutter sie ständig bei sich behalten will und sich wie ein kleines Kind aufführt, wenn ihr das nicht gelingt. Das Seltsame ist, dass Aggie nach Appledart gegangen ist – Appledart! Das war der Ort, an dem ich mit Josh diese katastrophalen Ferien verbracht habe und dabei so getan habe, als sei alles in Ordnung. Kannst Du Dich daran erinnern? Das war auch der Ort, an dem ich dieses berühmte Medium besucht habe. Und ob Du es glaubst oder nicht, aber wegen ihrer Vorhersage habe ich den Posten bei der Armee angenommen. Sie prophezeite mir nämlich, dass ich eines Tages in der Wüste meinen Frieden finden würde. Wäre das nicht toll, wenn das möglich wäre? Morgens ohne Verzweiflung aufzuwachen. Ein paar Stunden zu erleben, in denen nicht alles, was ich sehe und tue, von Angelicas Tod überschattet ist.

Hab Dich lieb,
Rosie

Von: Mr. Hughes
An: Rosie
Datum: 4. Februar

Mein Kleines,

wir sind eingeschneit! Aber mach Dir keine Sorgen, Deine Kollegen von der Wetterstation haben uns vorgewarnt, und wir konnten uns am Freitag noch mit allem Wichtigen eindecken. Wir haben uns verkrochen und können es, wenn nötig, bis April aussitzen. Es gibt aber auch gute Neuigkeiten: Vor ein paar Tagen ist meine Schneeschaufel hinter dem Komposthaufen wiederaufgetaucht. Das Seltsame ist nur, dass das Blatt nicht schwarz, sondern rot ist und der Griff aus Holz und nicht aus Kork. Deine Mutter sagt, dass ich mir das nur einbilde, aber ich bin mir sicher, dass es nicht dieselbe Schaufel ist. Aber egal, es ist eine gute Schaufel, wo immer sie auch herkommen mag. Deine Mutter hat mich dazu angetrieben, schnell die Einfahrt freizuräumen, damit der Hund rauskann, um sein Geschäft zu machen. Vorhin haben wir uns *Lovejoy* auf Sky Gold angesehen und trinken nun eine Tasse Tee mit einem Schuss Whiskey, bevor es ins Bett geht. Die Sache mit der Schule ist weiterhin heikel. Die Stadtverwaltung will sparen und plant einen Ausbau der Grundschule in Oakworth. Aber Oakworth ist doch viel zu weit weg, als dass unsere Kleinen die Strecke jeden Tag zurücklegen könnten. Wir kämpfen weiter. Die Bewohner von Midhope sind zäh. Ich habe dem Stadtrat bei der Versammlung gesagt, dass die Schule das Herz unserer kleinen Gemeinde ist und dass das Dorf durch diesen Verlust seine Seele verlieren wird. Endlich ist es mal von Vorteil, dass die Stadtverwaltung so langsam funktioniert. Dadurch bleibt uns noch ein wenig Zeit bis zu einer endgültigen Entscheidung. Ich gehe davon aus, dass das vor Mai nichts wird. Drück uns die Daumen, dass wir die alte Schule am Ende vielleicht doch noch retten können!

Hab Dich lieb und denk dran, ISD.
Mama und Papa

Von: Agatha
An: Rosie
Datum: 4. Februar

Hi Rosie,

es ist offiziell: Ich bleibe für immer in Appledart!

Das Cottage ist wunderschön, wenn auch verdammt kalt. Manchmal verbringe ich die Nacht unten auf dem Sofa vor dem Kamin, da ist es schön gemütlich. Aber trotz der Kälte ist mir die Natur hier ein guter Freund geworden (während wir in Yorkshire normalerweise höchstens einen knappen Gruß ausgetauscht haben). Na gut, ich gebe zu, gestern hat sie mich in falscher Sicherheit gewiegt, aber so sind manche Freunde eben. Die Sonne hat mich nach draußen gelockt, also bin ich raus mit einer Ladung Wäsche im Arm, Wäscheklammern und ohne Jacke. Minuten später stand ich im strömenden Regen und riss die Wäsche wieder von der Leine, während die Wäscheklammern in der Gegend herumflogen und mir das nasse Haar am Kopf klebte. Aber alles in allem hält mich die Kälte nicht davon ab hinauszugehen, obwohl mein Gesicht und meine Hände mittlerweile ganz schön vom Wind mitgenommen sind. Als ich gestern ganz hinten im Badezimmerschrank eine Dose Vaseline entdeckt habe, bin ich vor Freude herumgehüpft. Anya hat mir einen Shetland-Pullover geschenkt. Zusammen mit meinen gefütterten Thermo-Gummistiefeln und meinen Ohrenschützern bin ich jetzt ganz gut ausgestattet.

Woran liegt es, dass wir das Vertraute nach einiger Zeit verachten? Zu Hause konnte ich den Wind nie ertragen. Ich weiß, ich hab mir oft vorgestellt, Cathy aus *Sturmhöhe* zu sein, die draußen auf dem Moor nach Heathcliff sucht, aber wenn es mal *wirklich* windig war, habe ich mich nicht hinausgewagt. Später bin ich sogar tagelang dringeblieben, wenn eine Schlechtwetterfront über uns hinwegzog, und hab mir aus Resten aus dem Gefrierschrank seltsame Mahlzeiten zusammengestellt. Hier hingegen ist der Wind wie ein Elixier für mich. Jeden Tag renne ich zum Strand runter, um ihn zu begrüßen. Nur die Hühner tun mir leid. Die machen Gesichter wie sieben Tage Regenwetter. Ich hab sie alle sehr gern, bis auf das eine, das diesen stechenden Psychoblick drauf hat. Doch der Rest meiner Vogelfreunde ist putzig – Schnäbel, Flaumballen und dürre Füße. Sie haben mich inspiriert, eine kleine Geschichte mit dem Titel *Kein Platz für Hühner* zu schreiben. Regelmäßig vertreibe ich mir die Zeit damit, mir Kindergeschichten auszudenken, weil es der einzige Weg ist, die nervigen Kinder dieser Bilderbuchfamilie zu beruhigen. Zuerst wische ich mit dem Geschirrtuch ihre Gesichter sauber, dann erzähle ich ihnen Geschichten. Diese letzte handelte von einem kleinen Jungen, der seine besten Freunde – die Hühner – heimlich mit in den Urlaub nehmen wollte. Sie fanden sie super! Es beunruhigt mich, dass es das Beste ist, was ich seit Monaten geschrieben habe.

Wo wir gerade von Federn sprechen: Ich fühl mich selber wie ein gerupftes Huhn. Dein Kumpel Gethyn hält mich für ein gehorsames Rädchen in der Liebesroman-Maschinerie. Offenbar haue ich in regelmäßigem Takt oberflächliches Geschwafel raus, um die Gier der ungebildeten Massen zu befriedigen, für die eine schnelle, stumpfsinnige Lektüre schon stimulierend genug ist. Er findet, ich solle ein Buch schreiben, das dieses komplexe und faszinierende Rätsel der »conditio humana« genauer abbildet. Frag ihn mal, über welche »conditio humana« ich denn genau schreiben soll. Syphilis?

Muss jetzt Schluss machen, aber tritt Gethyn doch für mich gegen das Schienbein, wenn er das nächste Mal an Deinem

Schreibtisch vorbeikommt – gerne kannst Du auch ein bisschen höher zielen.

Alles Liebe, Aggie

PS: Zeig ihm meinen Brief bitte nicht.

PPS: Ach egal, kannst ihm den ruhig zeigen. Ist mir egal.

PPPS: Habe es mir doch noch mal anders überlegt – bitte tu's nicht. Ich mach mich jetzt auf den Weg ins Café. Heute backe ich Isabellas dreistöckige tropische Kokosnusstorte. Ich denk dann während des Backens darüber nach, was ich Gethyn antworten soll.

Von: Aggie
An: Gethyn
Datum: 4. Februar

Lieber Gethyn,

vielen Dank für Ihre Rezension, die ich jetzt erst mal eine Weile verdauen musste. Sie fragten nach meiner Meinung zu Ihrer Meinung. Hier kommt sie:

Sie sagen, mein Roman sei formelhaft und realitätsfern. Da muss ich widersprechen. Wenn Liebesromane formelhaft sind, dann ist es das Leben auch. Über Jahrhunderte wurden die Menschen im Westen von klein auf mit der Idealvorstellung einer monogamen Beziehung erzogen. Das Christentum hat sicher eine wichtige Rolle dabei gespielt, indem es die Ehe unterstützte (um dem Christentum Gerechtigkeit widerfahren zu lassen – es ist sicher angenehmer, verheiratet zu sein, als in einem Harem zu leben). Im Großen und Ganzen folgen meine Leserinnen und Leser also einem Schema, d.h. sie treffen einen Partner, verlieben sich, heiraten, haben Kinder, bleiben zusammen (oder lassen sich scheiden, falls es langweilig wird) und sterben dann. Während der romantischen »Sich-verlieben«-Phase kann alles entweder glatt oder eben nicht verlaufen, und es ist gut, dass bei der Liebe nicht immer alles glatt läuft, denn »glatt« verspricht keine spannende Lektüre. Es ist viel faszinierender, wenn das betreffende Paar Höhen und Tiefen erlebt, bevor sie die Ehe vollziehen – und ja, damit meine ich Sex. Wir wollen ja, dass unsere Protagonisten für ihre Belohnung arbeiten müssen.

Wussten Sie, dass das Gehirn eines Lesers Endorphine ausschüttet, sobald dieser die letzte Seite eines Wohlfühl-Romans gelesen hat? Es ist dieselbe Reaktion, die wir während eines Orgasmus durchlaufen. Ich schätze mal, als Arzt dürfte Ihnen das bekannt sein. Würden Sie denn nicht lieber einen Orgasmus statt Kopfschmerzen haben, wenn Sie die Wahl hätten?

Außerdem: Der Aufbau eines Liebesromans mag vielleicht formelhaft sein, die Charaktere und deren individuelle Entwicklung sind es aber nicht. In jeder Geschichte, die jemals erzählt wurde, geht es im Kern um die Entwicklung des Helden, und jede moderne Geschichte ist nur die Nacherzählung bereits existierender Geschichten. Ich glaube, es war Aristoteles, der diese Theorie aufgestellt hat. Und Hand aufs Herz (oder auf den Darm, wenn Ihnen das lieber ist), ich kann Ihnen versichern, dass das Schreiben eines Liebesromans viel mehr Denken erfordert, als Ihnen vielleicht bewusst ist. Nichtsdestotrotz spiegeln sich in meinen Geschichten meine eigenen Erfahrungen wider. Ich zerbreche mir darüber nicht allzu sehr den

Kopf, und die Tatsache, dass ich für meine Charaktere Happy Ends schreibe, ist nicht nur eine Vorgabe des Verlags, sondern auch eine bewusste Wahl. Isabellas Leserinnen und Leser sind nicht auf der Suche nach Büchern, die sie am Ende aus Frust gegen die Wand werfen, weil die Hälfte der Charaktere entweder tot oder verstümmelt ist – sie wollen eine befriedigende Auflösung. Jane Austen ist ungestraft damit davongekommen, wieso also nicht auch ich? Natürlich ist im wahren Leben nicht jedem ein Happy End vergönnt. Das Leben ist eine Reihe von Enden, auf die Anfänge folgen, dazwischen eingestreut finden sich Liebesepisoden, Humor und ein wenig Drama. Die Länge dieser Geschichte ist die einzige Variable, die wir nicht kontrollieren können.

So weit meine Gedanken dazu. Ich schätze, Sie werden in naher Zukunft keine weiteren Bücher von mir lesen, aber ich bin froh, dass ich Ihnen an einem, wie Sie sagen, »ereignisarmen Tag« ein wenig die Zeit vertreiben konnte.

Beste Grüße,
Agatha

PS: Der Darm mag das Emotionszentrum sein, doch eine Valentinskarte mit einem verdrehten Darm auf der Vorderseite (vielleicht noch mit einem Pfeil durchbohrt, oder mit einem kleinen sich übergebenden Engel daneben, der menschliche Fäkalien aufwischt) würde sich vermutlich nicht gut verkaufen. Kann ich Sie also – um der Ästhetik willen – darum bitten, das Herz als universelles Symbol der Liebe zu akzeptieren?

PPS: Ich kann *Romeo und Julia* nicht ertragen.

Von: Mrs. Hughes
An: Rosie
Datum: 4. Februar

Liebe Rosie,

wie geht es Dir, mein Kleines?

Wir hatten eine schwierige Woche. Dein Vater hatte am Mittwoch im Dorfladen eine kleine Konfrontation. Der alte Mr. Butterworth war gerade dabei, seine Zeitung zu kaufen, wie er es jeden Morgen tut, und Dein Vater wollte eine Packung Kekse besorgen, weil der Pfarrer zum Tee vorbeikommen wollte (ein Seelsorgebesuch wegen Dir und Deiner Situation – Dein Vater brachte es nicht übers Herz, Nein zu sagen).

Na ja, es ist eine traurige Geschichte, aber die Kurzfassung geht so: Er hörte, wie Mr. Butterworth Janet erzählte, dass er an den Premierminister geschrieben habe, um sich über den Krieg zu beschweren – und dass wir auch nicht besser als die Nazis seien. Dein Vater stand am Brotregal, außer Sichtweite. Ich bin sicher, Mr. Butterworth hätte den Mund gehalten, wenn er gewusst hätte, dass er im Laden ist. Dein Vater hat die Beherrschung verloren und unter anderem (laut Janet, die es dem Pfarrer erzählt hat) gesagt: »Niemand nennt meine Tochter einen Nazi, Sie dummer alter Trottel«, was überhaupt nicht zu Deinem Vater passt. Mr. Butterworth regte sich so auf, dass er sich gleich hinsetzen musste. Er meinte, es sei nicht seine Absicht gewesen, jemanden zu beleidigen, aber man dürfe ja wohl seine eigene Meinung haben. Sie hatten einen heftigen Streit. Dein Vater warf ihm vor, nicht loyal der Armee gegenüber zu sein, und dann musste er sich ebenfalls setzen. Janet rief den

Arzt, zufälligerweise schaute der Pfarrer auf dem Weg zu uns auch noch im Laden vorbei, und am Ende tranken sie alle zusammen eine Tasse Tee.

Dein Vater verbrachte den Rest des Tages damit, mit seinem Metallsuchgerät im Schnee zu stöbern (Wer ist hier der dumme alte Trottel?), und ich habe mit dem Pfarrer über die Schule geplaudert. Warum ich Dir das alles erzähle: Mr. Butterworth hat den Pfarrer um Deine Adresse gebeten. Er möchte Dir schreiben. Vielleicht könntest Du ihm eine kurze Antwort zurücksenden, er ist immerhin schon 92 und war mal Kriegsgefangener.

Hab Dich lieb,
Mum

Von: Aggie
An: Rosie
Datum: 4. Februar

Liebe Rosie,

hier die Zusammenfassung von Woche zwei:

Anzahl der geschriebenen Wörter: Null

Anzahl der gebackenen Kuchen: Zehn

Anzahl der gegessenen Kuchen: Zehn

Anzahl der Stunden, die ich mit Anyas Katze zusammen Strandgut sammeln war (sie folgt mir ständig und macht mich noch ganz kirre): ungefähr vierzig

Scheißfantastisch!

Ich habe versucht, mich am Mittwoch mal ein paar Stunden dahinterzuklemmen (Schreibkrisensitzung), habe aber stattdessen drei Stunden lang aus dem Fenster gestarrt und einem Boot mit einem roten Segel zugesehen, das Richtung Skye segelte. Irgendwann haben die Leute an Bord aufgegeben, aber sie haben sich echt angestrengt, muss man sagen. Auf einmal dämmerte es mir, dass ich in genau derselben Situation bin: Der Wind ist gegen mich. Egal, wie sehr man sich mit etwas Mühe gibt, solange man keinen Rückenwind hat, ist es besser, die Segel zu streichen, nach Hause zu gehen und es an einem anderen Tag zu versuchen. Also hab ich in Einklang mit den Seemännern auf dem Boot den Laptop zugeklappt, meine Gummistiefel angezogen und bin wieder raus zum Strand. Meine armen Protagonisten habe ich dabei mal wieder in der Schwebe zappeln lassen. Als ich den Laptop runterfuhr, erschien auf einmal die Heldin vor mir. Sie sah zu mir auf und sagte: »Wo zum Teufel willst du hin?« (Sie ist nicht gerade gebildet.) Manche Protagonisten sind so verdammt bedürftig, das nimmt mir echt die Luft zum Atmen.

Doch die gute Nachricht ist, dass ich mein Cottage immer noch sehr gern mag, obwohl ich so selten drin bin. Ich wandere ein paarmal die Woche nach Morir und wieder zurück, um Vorräte einzukaufen (und Anyas Kristalle in einem Fluss zu reinigen) und helfe jeden Tag im Café aus, da bleibt nicht viel Zeit, sich schuldig zu fühlen. Apropos Anya: Ich wusste bis dato gar nicht, wie umtriebig und bekannt sie ist. Stell Dir das mal vor: Anya mit ihrem schmutzigen Lachen und ihren derben Witzen ist eine international renommierte Wahrsagerin. Also hatte ich recht, sie ist wirklich eine Hexe! Wer hätte das gedacht? Ganze Scharen von Touristen pilgern zu ihrem Haus. Na ja, wir sind in Appledart, »Scharen« heißt also, dass sie ungefähr fünf Kunden die Woche hat, aber für fünfzig Pfund pro Nase ist das kein schlechter Nebenverdienst. Kannst Du Dir vorstellen, wie verzweifelt jemand sein muss, um den ganzen Weg nach Appledart auf sich zu nehmen, nur um gegen Geld die Zukunft vorausgesagt zu bekommen? Ich habe sie gebeten, mir die Karten zu legen – sie weigert sich. Freunde sind tabu. Aber sie hat mir eine hellgelbe Aura bescheinigt, was gut klingt – zumindest hoffe ich das!

Die letzten Tage war das Wetter ziemlich gut. Auf der Weide neben meinem Cottage stehen Anyas zwei Pferde, Jekyll und Hyde. Jekyll ist ein Shetlandpony, und Hyde ist ein großes Shire Horse. Witzigerweise ist Jekyll der Boss. An den meisten Tagen klebt Pferdesabber an meinen Jeans. Sie bekommen miese Laune, wenn ich ihnen nicht jedes Mal etwas Süßes mitbringe. Mein Zitronenkuchen geht weg wie warme Semmeln. Es ist so lustig, ich schwöre, dass Hyde jedes Mal das Gesicht verzieht, sobald er den sauren Geschmack der Zitrone an seinem Gaumen spürt!

Ich muss jetzt weiterbacken, also bye-bye!

Alles Liebe,
Aggie

PS: Denk nicht, dass ich über die Geschehnisse in Kuwait nicht auf dem Laufenden bin. Wir haben hier zwar keine Zeitungen, aber ich höre jeden Tag Radio. Ich habe schon eine Weile nichts mehr von Dir gehört. Hoffe, Dir geht's gut.

PPS: Oh, und ich gehe übrigens morgen mit Delfinen schwimmen – extra für Dich! (Und das auch noch bei diesem Wetter!)

Von: Mr. Butterworth
An: Rosie
Datum: 4. Februar

Liebe Rosanna,

ich hoffe, dass Dich Dieser Brief gesund und munter erreicht und Du Deine Zeit bei der Armee gut überstehst. Du sollst wissen, wie sehr wir an Dich denken. Dein Vater und ich hatten neulich im Laden eine kleine Meinungsverschiedenheit, und Du sollst nicht den Eindruck bekommen, als ob wir Dich nicht unterstützen würden. Auch wenn ich die Einstellung des Premierministers gegenüber Irak nicht gutheiße. Ich bin gegen den Einsatz unserer Truppen und habe meine Meinung bereits in Form eines Schreibens an den Premier geäußert. Ich hoffe inständig, dass Tony Blair Einsicht zeigt und es nicht zum Krieg kommt. Ich weiß, was es heißt, Krieg zu führen. Aber so schlimm die Lage 1942 auch war, zumindest wussten wir, gegen wen wir kämpfen. Ich denke, dass ein Soldat sein Leben bereitwilliger riskiert, wenn der Feind klar ist. Aber im Irak scheint das nicht der Fall zu sein. Ich hoffe, dass ich mich irre, aber mit 92 werde ich wahrscheinlich nicht mehr lange genug leben, um es herauszufinden. Trotz meiner Einwände möchte ich, dass Du weißt, wie stolz wir auf Dich sind, auf Euch alle da draußen.

Pass auf Dich auf,
Edward und Margery Butterworth

Von: Gethyn
An: Agatha
Datum: 5. Februar

Liebe Agatha,

vielen Dank für Ihre Antwort, die mich zum Nachdenken gebracht hat. Möglichweise bin ich zu weit gegangen. Falls dem so ist, tut es mir leid. Ich schreibe normalerweise nur über medizinische Themen und bin es gewohnt, meine Meinung ehrlich und vielleicht etwas distanziert zu formulieren. Jedoch genieße ich unsere Diskussion und wollte Sie fragen, ob Sie bereit wären, unsere Korrespondenz fortzusetzen? Der Krieg ist eine seltsame Angelegenheit. Ein wenig Abwechslung wäre sehr erfrischend.

Sie meinten in Ihrem Brief, dass Ihre Geschichten Ihre eigenen Erfahrungen widerspiegeln. Eines der Bücher, das Sie Rosie geschickt haben, heißt *Die Muse des Millionärs*. Bedeutet das, dass Sie irgendwann mal die Muse eines exzentrischen Millionärs waren? Falls ja, haben Sie sich wirklich nackt vor dem Eiffelturm ablichten lassen, oder war das künstlerische Freiheit?

Ihr Gethyn

PS: Sie gehen ziemlich verschwenderisch mit Anführungszeichen um. Berufsrisiko?

Von: Mr. Hughes
An: Rosie
Datum: 5. Februar

Mein Kleines,

heute standen die Zeugen Jehovas vor unserer Tür. Sie haben gehört, dass Du in den Krieg gezogen bist und haben versucht, das als Ausrede zu benutzen, um hereingelassen zu werden. Aus Mitleid hat sich Deine Mutter mit ihnen an der Tür unterhalten. Ich wollte mir das nicht anhören, also bin ich mit dem Metalldetektor nach Bickersthwaite gefahren. Ich bin mir sicher, dass es dort einen vergrabenen Römerschatz geben muss. Wie üblich habe ich nicht bemerkt, wie schnell die Zeit vergeht. Ich habe kalte Füße bekommen und mir eine leichte Erkältung eingefangen. Deine Mutter hat Angst, dass es auf die Bronchien geht, weshalb sie einen Termin beim Arzt für mich ausgemacht hat, aber ich sehe darin keinen Sinn. Du musst zwei Wochen im Voraus wissen, ob Du krank wirst, weil Du sonst nicht rechtzeitig einen Termin bekommst. Und um Antibiotika zu bekommen, muss man heutzutage schon fast tot sein, also werde ich darauf verzichten. Der Hund hat gestern eine Pflegebehandlung bekommen. Danach war er blitzsauber und wohlriechend. Aber leider war dieser Zustand nicht von langer Dauer, denn sobald wir wieder zu Hause waren, hat das Vieh ein Loch in den Schnee unter der Hecke zwischen uns und den Nachbarn gegraben und sich da hineingelegt. Die Nägel wurden ihm auch geschnitten. Kann mir gar nicht denken, wie die so lang werden konnten, wenn man bedenkt, wie viel er ständig herumbuddelt.

Übrigens habe ich einen hübschen silbernen Armreif in Bickersthwaite gefunden. Er lag unter einer großen alten Eiche am Feldrand. Er scheint aus dem 19. Jahrhundert zu stammen. Ich frage mich, wem er wohl gehört hat. Ich werde ihn Dir per Post schicken, er gehört jetzt Dir.

Hab Dich lieb, ISD
Mama und Papa

PS: Was ich Dir noch sagen wollte: Nach meinem Tod gehört mein bester Spaten Dir. Deine Mutter meint, dass Simon ihn bekommen soll, aber bei ihm würde er nur rosten. Er hat einen wirklich guten Griff. Eines Tages wirst Du wieder einen Garten haben, mein Liebes. Und dann wirst Du Dein Gemüse mit meinem Spaten ausgraben und dabei an Deinen alten Herrn denken, der tagelang auf den Feldern unterwegs war und mit just diesem Spaten in der Hand nach Goldschätzen gesucht hat.

Von: Agatha
An: Rosie
Datum: 5. Februar

Liebe Rosie,

so, wieder einen Punkt auf der Liste abgehakt – mit Delfinen schwimmen. Obwohl ich nicht wirklich Delfine gesehen habe, aber ich bin sicher, dass sie im Geiste bei mir waren. Wir hatten doch den Zusatz, dass Robben auch gelten, oder? Ich habe gesehen, wie ein paar hundert Meter entfernt eine Robbe ihren Kopf aus dem Wasser gestreckt hat – obwohl, es könnte auch Treibgut gewesen sein, ich hatte meine Brille nicht auf.

Zum Hintergrund: Shep und Casey haben letztes Jahr ein paar Hummerfangkörbe da draußen versenkt, aber in der ganzen Aufbruchseile müssen sie sie vergessen haben. Die Fangkörbe waren einigen Fischern aus Mallaig im Weg und mussten wieder rausgefischt werden. Zwei davon hatten sich jedoch in den Seilen einer Boje verfangen, was bedeutete, dass jemand runtertauchen und alles entwirren musste. Dieser »Jemand« war meine Wenigkeit. Anya hat Angst vor Hummern, und Ishmael erträgt das Gefühl eines Taucheranzugs auf seiner Haut nicht – jeder hat so seine Macken. Ich habe in dem Taucheranzug wie ein verdammter Wal ausgesehen, aber zumindest habe ich jetzt wieder einen Punkt auf der Liste erledigt – und ob Du es glaubst oder nicht, mir hat es irgendwie gefallen. Ishmael hat mich zu den Fangkörben rausgerudert und war nicht gerade begeistert, als ich ihn aus Versehen (oder absichtlich) nass gespritzt habe. Ich jedoch fühlte mich erfrischt und belebt, ja geradezu lebendig! Doch ich werde es ganz bestimmt nie wieder tun!

Also alles in allem läuft es ganz gut. Ich hatte vergessen, wie viel Spaß es macht, neue Leute kennenzulernen – es ist super. Das Café ist so gemütlich, mit dem Kamin und der Musik. Den ganzen Tag backe ich und plaudere mit den Touristen, ich hab gar keine Zeit, groß nachzudenken. Die Besucher stolpern meistens richtig ins Café rein – erschöpft, aber glücklich –, und während ich ihnen Tee nachschenke, erzählen sie mir alles Mögliche. Dinge, die man normalerweise eher einem Priester erzählen würde als einem Fremden. Anya meint, das liegt an meiner goldenen Aura (jetzt bin ich schon von Gelb zu Gold aufgestiegen). Aber das wahre Erfolgsgeheimnis liegt in meiner unschlagbaren Kombination aus wohlgeformten Hüften, großen Brüsten und einem verlockenden Kuchen in den Händen. Da müssen mir die Leute einfach ihre Geheimnisse anvertrauen.

Ach, ich hab schon einige schlimme Geschichten gehört. Kaum ein Tag vergeht, an dem ich nicht am Morgen noch mit einem Gast weine und mich mit derselben Person dann am Nachmittag vor Lachen wegwerfe. Ich könnte ein ganzes Buch mit all den Geschichten füllen – oder sogar mehrere. Aber ich unterliege der kellnerischen Schweigepflicht. Außerdem ist das wahre Leben viel zu verrückt und voller bizarrer Zufälle, das wäre als Erzählung gar nicht glaubwürdig. Meine Lippen sind also versiegelt. Ich glaub, ich hab Anya mittlerweile ein wenig an den Rand gedrängt, aber das macht ihr nichts aus. Anya ist eines dieser ruhigen Wesen, die stets im Einklang mit dem Universum leben. Ich bin sicher, dass sich die Gezeiten nach ihrem Willen formen, nicht nach dem des Mondes. Und der Rest der Schöpfung ist ihr spätestens nach dem Genuss ihrer magischen Muffins verfallen. Sie hält immer ein paar unter dem Tresen versteckt, für Besucher, die gerade eine Extraportion Gutherzigkeit nötig haben. Für mich bleiben dann die Krümel übrig.

Die weniger gute Nachricht ist, dass ich endlich meinen Mut zusammengenommen und in mein E-Mail-Postfach geschaut habe. Isabella Gambini hat mir diese Woche schon zwei Mails geschrieben, mein Verleger drei. Gott sei Dank habe ich hier keinen Handyempfang. Keiner von ihnen sagt es explizit, aber beide haben angedeutet, dass sie sich um meine geistige Gesundheit sorgen. Ich habe ihnen nicht geantwortet. Was soll ich auch schreiben? Um eine Verlängerung der Deadline zu bitten, ist aussichtslos. Ich bin zu dem Schluss gekommen, dass ich ausgelaugt bin. In den letzten beiden Wochen hab ich mich wieder daran erinnert, wie es ist, seine Zeit in der Gesellschaft von Freunden zu verbringen – echte Freunde, keine fiktiven –, und es gefällt mir. Ich habe Isabella im Moment nichts zu geben – am wenigsten erotische Geschichten. Außerdem war Gethyns Brief der letzte Nagel im Sarg, in dem mein Selbstvertrauen begraben liegt. Beim Gedanken, auch nur eine weitere

Liebesgeschichte zu schreiben, werde ich ganz deprimiert. Ich wünschte, ihre Mails würden jetzt nicht wie ein Damoklesschwert über mir hängen. Ich wünschte, ich hätte den Mut, ihnen zu antworten. Aber mal ehrlich, wer wird mich hier jemals finden? Ich könnte mich hier für immer verstecken, oder zumindest bis mir das Geld ausgeht, was, wenn ich nicht weiterschreibe, sehr bald sein wird, so schnell, wie meine Mutter es ausgibt.

Ich hoffe, Du bist in Sicherheit.

Alles Liebe,
Aggie

Von: Rosie
An: Aggie
Datum: 6. Februar

Hi Aggie,

bitte verzeih, dass ich Dir diese Woche nicht geschrieben habe. Das Hauptquartier hat den Standort gewechselt, aber es ist trotzdem alles derselbe Mist, derselbe Sand, dieselben Leute. Schwimmen im Meer im Februar? Bist Du Dir sicher, dass Du noch immer dieselbe Agatha Braithwaite wie früher bist? Aber im Ernst, ich bin so neidisch. Was würde ich dafür geben, mich derart frei fühlen zu können. Es freut mich zu hören, dass unsere Liste Dich motiviert, also lass es krachen und denk dran: Dein Vergnügen ist mein Vergnügen. Gestern gab es hier einen Sandsturm (zum Glück habe ich ihn richtig vorhergesagt).

Gerade als der Sturm am schlimmsten war, habe ich das Hauptquartier in Richtung Toiletten verlassen, was sich als Riesenfehler herausgestellt hat. Ich habe mich nur ein paar Meter vom Zelt entfernt, aber durch den aufgewirbelten Sand verlor ich sofort die Orientierung. Ich war total verängstigt und beging einen furchtbaren Fehler: Weil ich so dringend auf die Toilette musste, entfernte ich mich noch weiter vom schützenden Zelt. Es war reines Glück (oder vielleicht mein sechster Sinn), dass ich plötzlich gegen das Klohäuschen rannte. Mit großem Kraftaufwand konnte ich die Tür gegen den Wind aufstemmen und mich im Häuschen verstecken, bis das Schlimmste vorüber war. Gethyn hat mir einen arabischen Schal aus dem amerikanischen Lager mitgebracht, in dem er vor ein paar Wochen war. Zum Glück hatte ich den Schal in diesem Moment bei mir. Obwohl ich ihn mir um den Kopf gewickelt hatte, musste ich mir Wasser aus meiner Flasche in meine roten tränenden Augen träufeln, um überhaupt etwas sehen zu können. Ich ziehe daraus die Lehre, dass es eine Sache ist, schlechtes Wetter vorherzusagen, aber eine ganz andere, zu wissen, wie man sich in einer solchen Situation am besten verhält. Aber zurück zu etwas normaleren Themen. Es tut mir leid zu hören, dass Gethyn Dich aufgeregt hat. Vermutlich ist es mein Fehler. Ich hatte ihm gesagt, dass Du Dir eine ehrliche Kritik wünschst und dass eine männliche Perspektive erfrischend wäre. Hoffentlich habe ich nicht alles noch schlimmer gemacht. Er ist ein guter Kerl, ehrlich.

Alles Liebe, Rosie

PS: Wahrscheinlich wirst Du es mir nicht glauben, aber ich habe Anya auch schon mal getroffen. Sie hat mir die Karten gelegt, als ich mit Josh in Appledart war. Ihre Vorhersagen haben sich bisher als äußerst zutreffend erwiesen, leider.

Von: aggieb@yahoo.com
An: sexymamma@yahoo.com
Betreff: Ernsthaft, Mama. Mach das nicht noch mal.
Datum: 6. Februar

Hi Mama,

ich habe schon mehrmals angerufen, aber Du hebst nie ab – warum? Ich weiß, dass Dir nichts passiert ist, weil ich das Postamt angerufen habe und die gesagt haben, dass Du zur Arbeit gekommen bist. Du bist böse auf mich, schon klar, aber schreib mir doch einfach eine Mail und erklär mir, wieso Du nicht mehr mit mir reden willst. Ich kann Deine Feindseligkeit bis hier spüren, und ich will nicht, dass sie meine Zeit hier in Appledart überschattet – nicht dieses Mal. Es tut mir leid, wenn mein Weggehen Dich verärgert hat, aber es geht mir wirklich gut hier. Bitte freu Dich für mich. Ich liebe Dich bedingungslos. Kannst Du mich nicht auch bedingungslos lieben?

Ich ruf heute Abend noch mal an.

Hab Dich lieb,
Agatha

Von: Aggie
An: Rosie
Datum: 6. Februar

Hallooo aus dem sonnigen Appledart!

Na ja, eigentlich gab's die ganze Woche Schneeregen, und mein Hirn war wegen meiner Schreibkrise völlig düster und vernebelt. Aber Anya meinte, dass sie die Engel veranlasst hätte, Strahlen göttlichen Lichts auf mich herabzusenden, was ziemlich nützlich wäre.

Auf dem Fensterbrett in Anyas Badezimmer hab ich ein Selbsthilfebuch gefunden: *Sei vorsichtig, was du dir wünschst.* Ich bin sicher, dass es mein Leben verändern wird. Die Kernthese des Buches ist folgende: Das Universum wird mir alles geben, was ich will/ brauche/ begehre. Alles, was ich tun muss, ist, darum zu bitten – wer hätte gedacht, dass das Leben so leicht sein kann? Wenn die Autorin, Summer Santiago (mhm …), recht hat, ist alles, was ich tun muss, um dem Mann meiner Träume zu begegnen, seine Charaktereigenschaften auf ein Stück Papier zu schreiben, und – voilà – er wird an meiner Seite auftauchen. Der Zeitraum, innerhalb dessen sich mein Wunsch manifestieren soll, ist nicht festgelegt. Anya meint, Engel weigern sich, nach Deadlines zu arbeiten.

Eine Vorgabe gibt es aber: Wenn ich meine Wünsche niederschreibe (vorzugsweise auf recyceltem Papier), muss es in einer Vollmondnacht geschehen (was für eine Überraschung …), und ich muss das Papierstück mindestens eine Stunde lang im Mondlicht baden und danach verbrennen. Wenn es bewölkt ist, ist der Plan wohl im Eimer. Denkst Du, es schwächt den magischen Effekt des Mondes, wenn ich Streichhölzer benutze? Oder soll ich lieber Feuerstein verwenden? Ich gebe zu, dass ich in Bezug auf Summers Hypothese ein wenig skeptisch bin. Schließlich ist es ja mein Beruf, ständig Dinge aufzuschreiben, aber bisher hat sich noch keiner der Männer aus meinen Büchern materialisiert. Na ja, wer nicht wagt, der nicht gewinnt, schätze ich. Ich werde jetzt den Nachmittag damit verbringen, alle Eigenschaften meines Traummannes aufzuschreiben – an welcher Stelle er eine Warze haben soll und so weiter. Oh, Mist, falls Du gerade zuhörst, Universum: Das mit den Warzen war nur ein Witz. Gott, man muss echt so verdammt aufpassen. Aber ich werde nichts Unrealistisches verlangen. Nur einen ganz normalen, liebevollen und fürsorglichen Mann –, der zufälligerweise auch perfekte Bauchmuskeln und eine Villa in Florenz besitzt.

Wir werden heute Abend ein Feuer am Strand machen und dann das Ritual durchführen. Es ist nicht ganz Vollmond, aber Anya sagt, dass es das Universum nicht kümmert, ob der Mond voll ist, das ist nur eine Arbeitsschutzmaßnahme, weil man dann besser sehen kann, wohin man tritt. Wenn ich Glück habe, wird mein Seelenverwandter morgen ins Café kommen, und unsere Blicke werden sich treffen, während ich gerade die Baisertorte anschneide, und das war´s dann. Ishmael kommt heute Abend auch mit zum Strand, aber er wird ein bisschen fischen und uns aus der Entfernung zusehen. Er ist zu gehemmt, um um ein Feuer herumzutanzen und zu singen. Ich glaube, er ist besorgt, dass wir uns aus Versehen anzünden könnten, also will er auf uns achtgeben und einen Eimer Sand bereitstehen haben – eigentlich ein bisschen dämlich, wenn man bedenkt, dass wir von Sand umgeben sein werden und das Meer gleich vor der Nase haben, aber es ist schön zu wissen, dass sich jemand um uns sorgt. Bye-Bye!

Alles Liebe,
Aggie

Von: Aggie
An: Rosie
Datum: 7. Februar

Hi Rosie,

ich schon wieder. Es ist ein Uhr in der Nacht, und ich habe zu viel Kaffee getrunken und bin jetzt viel zu aufgedreht, um schlafen zu können.

Also … Ich habe eine Liste mit allen Eigenschaften gemacht, die mein Traummann besitzen sollte. Das hat einen ganzen Nachmittag gedauert und war schwieriger, als Du denkst. Zuallererst hab ich mich mal vom Idealbild des romantischen Helden verabschiedet und mir einen ganz normalen Mann vorgestellt – ich hab ihn Jason genannt. Unglücklicherweise war Jason am späten Nachmittag unter einem Berg von Kartoffelschalen im Komposthaufen begraben. Er war so verdammt langweilig, dass ich schon beim bloßen Gedanken an ihn auf dem Tresen eingeschlafen bin. Ich beschloss, Ishmael um Rat zu fragen, der gerade am Strand seine Fischernetze repariert hat. Nachdem wir das Ganze ausdiskutiert hatten, meinte Ishmael, dass ich einfach abwarten solle, bis ich mich auf ganz natürliche Weise in jemanden verliebe – hoffentlich in einen netten, treuen Normalo – und die Magie einfach vergessen sollte.

Pah!

Ich sagte ihm, dass ich verdammt noch mal keinen Normalo wolle. Falls dies meine einzige Chance sei, meinen Traumtypen zu manifestieren, dann würde ich es auch versuchen. Ich würde den tollsten Hengst heraufbeschwören, den ich mir vorstellen kann!

Gegen 7 Uhr saß ich immer noch im Café, den Kuli zwischen den Zähnen, und starrte auf ein zerknittertes Stück Papier vor mir auf dem Tresen. Sogar bei meiner Abschluss-Matheprüfung war weniger durchgestrichen. Um 9 Uhr hat mich Anya dann aus dem Café gezerrt (wobei ihr der Heiligenschein ein wenig verrutscht ist) und erklärte mir, das Feuer sei jetzt auf dem Höhepunkt, und wir würden wohl oder übel mit dem arbeiten müssen, was ich bisher aufgeschrieben hätte. Also sind wir nach draußen gegangen und haben den *Mann ohne Namen* (möglicher Buchtitel?) eine halbe Stunde lang im magischen Mondlicht gebadet. Summer Santiago meinte ja, wir sollten das eine ganze Stunde lang tun, aber wir konnten auch nicht ewig tanzen und singen, besonders, wenn man bedenkt, dass wir mit Gummistiefeln, Ohrenschützern und Argyle-Pullis bekleidet waren. Irgendwann haben wir ihn zusammengerollt und angezündet, aber plötzlich, als er halb abgebrannt war, bin ich in Panik geraten, habe das Feuer gelöscht, bin zurück ins Café gerannt und habe ihn auf das Abtropfbrett gelegt. Ich konnte noch die Worte *muss einen respektablen Leibesumfang haben* lesen. An diesem Punkt hat Anya aufgegeben und ist nach Hause gegangen, um *Inspektor Morse* auf Sky anzuschauen.

Der Grund für meine Panik war folgender Gedanke: Was, wenn sich das alles wirklich manifestiert? Was, wenn mein Traummann wirklich auf einmal vor meiner Tür steht? Das Buch heißt nicht umsonst *Sei vorsichtig, was du dir wünschst*, und wenn es eines gibt, das ich über das Konzipieren von Charakteren weiß, dann, dass der Held sympathisch sein, aber auch seine Fehler haben soll – und mein Traummann hat absolut keine Fehler. Mir wurde klar (hoffentlich noch rechtzeitig), dass ich gar nicht möchte, dass das Universum mir Mr. Perfect (hmm, noch ein Buchtitel) sendet, weil ich dann so tun müsste, als sei ich Mrs. Perfect, und ich bin mir nicht sicher, ob ich das hinkriege.

Darf Mrs. Perfect in Gegenwart ihres Mannes aus Versehen furzen, dann in den Himmel schauen und fragen: »Hast du es auch gerade donnern hören?« Darf sie Winkfett haben und ein Auge, das ganz leicht in die falsche Richtung schaut? (Warum nur hat mir Mum keine Augenklappe verpasst, als ich noch klein war?) Darf sie die Angewohnheit haben, über Monty Don zu fantasieren, während sie fernsieht und das Innere eines Ferrero Rocher auslutscht?

Nein, darf sie nicht.

Nachdem ich zwanzig Jahre mit der menschlichen Verkörperung von Barbies Ken verbracht habe, würde ich schließlich gen Himmel blicken und zum Universum sagen: »Also ehrlich! Was habt ihr euch nur dabei gedacht, mir diese verdammte Perfektion auf zwei Beinen zu senden?« Und das Universum würde nur mit den Schultern zucken und antworten: »Wir haben dir doch gesagt, dass du vorsichtig sein sollst, was du dir wünschst, du Idiotin.«

Ich bin dann noch auf dem Papierstück rumgetrampelt, damit die Flamme ganz ausging, was leider einen grässlichen schwarzen Fleck auf Caseys Fliesen hinterlassen hat. Aber jetzt mach ich mir Sorgen, weil das ja zumindest eine Mini-Zeremonie war – was, wenn diese Zeremonie genügend Magie erzeugt hat, dass er sich manifestiert? Was bedeuten würde, dass ich keinen Mr. Perfect, sondern eine verstümmelte Version von Mr. Perfect am Hals hätte …

Auf diesem Weg liegt Wahnsinn

Ciao, Süße!
Aggie

Von: Rosie
An: Aggie
Datum: 8. Februar

Hi Aggie,

ich habe Dich wahnsinnig gern, aber Du bist echt total durchgeknallt. Hat sich Mr. Perfect schon blicken lassen?

Tut mir leid zu hören, dass Du gerade eine Schreibkrise durchmachst. Wahrscheinlich ist es kein Trost für Dich, aber mir hat *Aber so meinte ich das doch gar nicht* so gut gefallen, dass ich es in einem Rutsch durchgelesen habe. Und wahrscheinlich wirst Du in Ohnmacht fallen, wenn ich Dir das sage, aber Gethyn hat seine Mutter dazu gebracht, ihm Exemplare von all Deinen Büchern zu schicken. Du hast richtig gehört, von allen! Verrückt, oder? Ich glaube, er hat ein schlechtes Gewissen wegen seiner Kritik. Du solltest sein Gesicht sehen, wenn er etwas von Dir liest: Er sieht aus, als ob ihn jemand zu Tode kitzeln würde.

Gestern Abend habe ich gemeinsam mit ihm über unsere Liste nachgedacht (er will auch mitmachen), und wir haben beschlossen, dass wir zumindest mal versuchen werden, ein paar Sachen abzuhaken, solange wir hier draußen sind. Folgendes könnten wir hinkriegen:

1. River Dance. Gethyn meint, wir sollten uns das für unseren letzten Tag hier aufheben. Er ist fest davon überzeugt, dass es machbar ist. Ich habe da so meine Zweifel.
2. Zusammen einen Sonnenauf- und -untergang beobachten.
3. Einen Flickflack oder zumindest einen Salto auf dem Trampolin schaffen (Gethyn hat bereits einen Plan für mein Training).

4. Eine Sache tun, vor der wir beide Angst haben (Das ist nicht schwer hier draußen. Dieser Ort ist immer furchteinflößend).
5. Unter freiem Sternenhimmel schlafen (bereits abgehakt).
6. Eine Flaschenpost verschicken (Hmm, ich sehe hier nur Sand).

Sonst gibt es nicht viel zu erzählen. Sich auf den Krieg vorzubereiten, ist ziemlich langweilig. Das gibt mir viel Zeit zum Nachdenken. Was genau habe ich mir davon versprochen, als ich mich dazu entschlossen hatte, hierherzukommen? Leider musste ich feststellen, dass das viele Nachdenken nur noch mehr zu meiner geistigen Verwirrung beiträgt. Es gibt Gerüchte, dass das Hauptquartier bei Ausbruch des Krieges höchstwahrscheinlich entweder einem Terror- oder einem Chemieangriff zum Opfer fallen wird. Das sind doch mal rosige Aussichten! Halte mich über die Neuigkeiten aus Appledart auf dem Laufenden.

Alles Liebe, Rosie

Von: Andrea Evans, Midhope on the Moor
An: Rosie
Datum: 8. Februar

Liebe Rosie,

wahrscheinlich erinnerst Du Dich nicht an mich. Ich heiße Andrea Jones und saß in der Elften in Erdkunde neben Dir.

Ich arbeite jetzt im Dorfladen. Ich weiß, dass Dir Janet schon geschrieben hat, aber ich wollte Dir auch noch schreiben und sagen, wie sehr ich Dich dafür bewundere, dass Du mit der Armee in den Irak gegangen bist und was Du in Deinem Leben alles erreicht hast. Dein Vater ist sehr stolz auf Dich, er erzählt uns immer alle Neuigkeiten über Dich, wenn er im Dorfladen einkauft.

Über mein Leben gibt es nicht wirklich viel zu erzählen. Ich habe nach der Schule keinen richtigen Job gelernt, sondern Kev Evans geheiratet und eine Familie gegründet. Wir haben eins der neuen Häuser gekauft, die sie auf dem ehemaligen Sportplatz gebaut haben. Wir haben vier Kinder, ich bin also ziemlich beschäftigt. Vor ein paar Jahren haben Kev und ich uns getrennt. Er lebt jetzt mit Abbie Peterson zusammen, darf die Kinder aber einmal pro Woche sehen, das ist für ihn okay.

Ich glaube, Du hast es richtig gemacht, dass Du Dich erst mal um Deine Karriere gekümmert hast. Ich habe nichts aus meinem Leben gemacht. Ich wollte immer Krankenschwester sein, aber Kev meinte, ich sei zu schüchtern und zu zart besaitet und sollte lieber zu Hause bei den Kindern bleiben. Na ja, jetzt ist es jedenfalls zu spät, und selbst wenn es nicht zu spät wäre, wie könnte ich überhaupt die Ausbildung machen, solange ich mich um meine Kinder kümmern muss? Dass Du Deinen Weg so gut gemeistert hast, überrascht mich nicht. Du warst damals schon so hübsch und so klug. Ich kann mich daran erinnern, dass Deine Mutter Dir immer so schöne Schuhe gekauft hat.

Was ich Dir noch sagen wollte: Nie werde ich Dir vergessen, wie nett Du in der Schule immer zu mir gewesen bist. Wegen meines Haarausfalls wollten viele nicht neben mir sitzen, aber Du hast immer neben mir Platz genommen. Bist Du noch in Kontakt mit Agatha Braithwaite? Sie schaute ziemlich oft im

Laden vorbei, seit sie wieder nach Midhope gezogen war. Aber jetzt ist sie ja schon wieder woanders. Das ist wohl typisch für sie. Niemand weiß so richtig, wo sie hin ist. Man munkelte zuerst Schottland, aber dann sagte jemand, dass sie wegen Betrugs im Gefängnis sei. Ihre Mutter sieht furchtbar aus.

Janet kann Aggie nicht ausstehen. Ich schon – sie bringt mich immer zum Lachen! Pass auf Dich auf.

Alles Liebe, Andrea

Von: Aggie
An: Gethyn
Datum: 8. Februar

Lieber Gethyn,

um Ihre Fragen zu beantworten:

1. Ich fühle mich durch Ihre Rezension keineswegs angegriffen, ich stimme nur nicht mit Ihrer Hypothese überein.
2. Ja, ich war mal eine Muse – allerdings die eines Künstlers. Er hatte grauen Star und musste daher meine Form auch »fühlen«, anstatt sie nur anzusehen. Er war reich an Geld und arm an Seele, zudem nicht mal besonders exzentrisch, das war eher künstlerische Freiheit. Er war zwar recht romantisch (wenn man romantisch sein will, hilft es, Geld zu haben; arme Männer können sich Romantik nicht leisten), aber ich mochte die Art nicht, wie er küsste. Stellen Sie sich einen Conger-Aal vor, der an einer Melone saugt – ungefähr so.

3. Anführungszeichen stellen kaum ein Risiko dar. Allerdings wurde ich einmal beinahe von einem riesigen Ausrufezeichen enthauptet. Sicher ist es besser, Anführungszeichen zu verwenden, als jedes Mal, wenn man etwas Zweideutiges sagen will, »zwinker« zu schreiben?

Im Hinblick auf eine Weiterführung der Korrespondenz: Man hat mich noch nie als »Ablenkung« bezeichnet, und ich bin nicht sicher, ob ich mit dieser Betitelung einverstanden bin. Ich bringe das Briefeschreiben kaum in meinem vollen Tagesplan unter und möchte nicht fallen gelassen werden wie eine heiße Kartoffel, sobald der Herr keine Ablenkung mehr nötig hat. Wenn Sie bestätigen können, dass Sie unsere Korrespondenz ernst nehmen und nicht nur als temporäre Unterhaltungsquelle betrachten, nehme ich Ihren Vorschlag an.

Beste Grüße,
Agatha

Von: Aggie
An: Rosie
Datum: 9. Februar

Hi Rosie,

es ist später Nachmittag, und ich sitze in meinem Cottage und schaue rüber zur Isle of Skye. Ich liebe die Stille zu dieser Tageszeit, wenn sich die Vögel nach einem letzten aufgeregten Herumflattern langsam zur Ruhe begeben und es noch nicht dunkel ist, aber auch nicht mehr hell. Das Meer ist von wundervoller durchscheinender nachtblauer Farbe – die perfekte Mischung aus Blau und Violett –, und nach und nach fangen die Lichter in den winzigen Dörfern auf der Isle of Skye an zu funkeln. Anya sagt, dass die Natur mithilfe der Dämmerung die Säugetiere und Vögel (und alles andere, was auf diesem Planeten kreucht und fleucht) beruhigt, bevor es dann Zeit zum Schlafengehen ist – so wie uns warme Malzmilch oder Kamillentee einlullt. Doch die meisten Menschen bemerken mittlerweile schon gar nicht mehr, wie alles, sogar das Meer, sich zur Dämmerzeit eine kleine Auszeit nimmt – was für ein Jammer. Ist Dir schon mal aufgefallen, wie wir zu den ruhigsten Tageszeiten umherhetzen? Wenn wir mehr mit der Natur im Einklang wären, würde aus der Stoßzeit vielleicht die Schlenderzeit werden. Wäre das nicht wundervoll?

Ach, aber ich bin melancholisch gestimmt, weil die Dämmerung so eine besondere Bedeutung für mich hat. Ich muss dann immer an Mum denken, an diese wundervollen Jahre, die ich mit ihr hatte, als ich klein war. Sie hat immer mein Haar gestreichelt und mir dabei ein Gutenachtlied vorgesungen. Ich wollte jeden Abend dasselbe Lied hören:

Just a song a twilight, when the lights are low,
And the flickering shadows, softly come and go,
Tho' the heart be weary, sad the day and long,
Still to us at twilight, comes Love's old song.

Vielleicht sollte ich mir meinen Mantel schnappen, den letzten Abglanz der Dämmerung genießen und ein wenig in der Dämmerung flanieren.

Alles Liebe,
Ag

Von: Gethyn
An: Aggie
Datum: 9. Februar

Liebe Agatha,

doch, Sie waren eine Ablenkung – eine sehr willkommene. Vorhin habe ich über dem Lesen Ihres Briefes so die Zeit vergessen, dass ich zu spät zum Meeting mit dem Stabschef gekommen bin.

Aber zurück zu unserer Diskussion. Ja, ich stimme mit Ihnen überein, es werden tatsächlich immer wieder die gleichen Geschichten erzählt (es gibt nichts Neues unter der Sonne) und sie können so individuell erscheinen, wie sie zeitlos sind. Aber ich hab noch ein wenig über das Formelhafte von Liebesromanen nachgedacht und habe das Gefühl, dass dieses Schemadenken dem weiblichen Geschlecht keinen Gefallen tut.

Der klassischen Vorstellung eines stereotypen romantischen Helden, der (nachdem er eine große Zahl von Hindernissen überwunden hat) auf seinem Ross dahergeprescht kommt und die Jungfrau in Nöten errettet, werden Männer im Allgemeinen einfach nicht gerecht. Da stellen sich mir die Fragen: Sorgen Liebesromane nicht dafür, dass Männer in der Wirklichkeit von vornherein zum Scheitern verurteilt sind? Und waren weiße Ritter in Wirklichkeit nicht ziemlich finstere Gestalten? Männer verarbeiten Dinge anders und unterliegen nicht den gleichen hormonellen Schwankungen wie Frauen, aber auch wir wollen dem anderen Geschlecht gerne gefallen und sind in der Lage, uns zu verlieben.

Was passiert also, wenn wir eine Frau treffen, die wir wirklich mögen? Wir jagen ihr hinterher (Männer jagen gerne), doch zugleich wissen wir, dass Frauen bestimmte Vorstellungen haben, was als romantisch gilt. Wir versuchen, dieses Bedürfnis, diese Erwartungen zu erfüllen, obwohl es nur eine Show ist, damit das Ego der Frau befriedigt wird und sie in den Augen der anderen gut dasteht. Irgendwann hat man sich dann aufeinander eingespielt und die künstlich hochgezüchtete romantische Phase (die dem Mann von Anfang an unnatürlich vorkam) neigt sich dem Ende zu. Seltsamerweise ist die Frau dann enttäuscht, wenn sein wahres Ich (vielleicht auch wieder nur eine Fassade) zum Vorschein kommt. Und noch ein anderer Punkt: Ich bin mit dem Ausdruck »Happy End« unzufrieden (Anführungszeichen sind in diesem Fall erlaubt). Statt einem Buch oder einem Film ein Happy End zuzuschreiben, sollten wir nicht eher sagen, dass im modernen Liebesroman eine Art Forderung an die Protagonisten gestellt wird, bis zum Ende des Buches ein akzeptables Ergebnis zu erzielen, wobei der Leser die Überzeugung erlangen soll, dieses Ergebnis würde zu ewigem Glück und Zufriedenheit der Helden über das Ende der Geschichte hinaus führen?

Was Ihren Schreibstil betrifft: Wenn Kunst das Leben abbildet, dann sind Sie, Agatha, die Heldin Ihrer eigenen Geschichte. Und wenn alle Geschichten im Kern dieselben sind und sich zugleich ständig transformieren, sollten Sie dann nicht selbst auch versuchen, sich weiterzuentwickeln?

Ihr Gethyn

PS: Ich stimme nicht mit Ihnen darin überein, dass arme Männer nicht romantisch sein können. Vielleicht ist der Knackpunkt hier, dass wir verschiedene Vorstellungen von Romantik haben.

PPS: Offensichtlich sind Sie zwar gewillt, die Muse für einen Millionär zu spielen, jedoch nicht, eine Ablenkung für mich zu sein.

PPPS: Sie meinten, Sie seien fast von einem riesigen Ausrufezeichen geköpft worden. Was hat es damit auf sich?

PPPPS: Harems können an sich ein ziemlich erfolgreiches Konzept für ein harmonisches Zusammenleben darstellen, aber darüber diskutieren wir vielleicht besser ein andermal.

PPPPPS: Irgendwie haben Sie mich jetzt dazu gebracht, unglaublich verschwenderisch mit den Postskripta umzugehen. Ich hoffe, Sie schreiben bald wieder.

Von: Rosie
An: Aggie
Datum: 10. Februar

Hi Aggie,

es ist Mittag, und ich sitze gerade auf einem Sandsack und trinke Tee. Zur Abwechslung habe ich mal gute Nachrichten.

Endlich haben wir ein eigenes Zelt!

Gethyn hat ein Zelt für uns zum Schlafen besorgen können (na ja, eigentlich hat er es gestohlen). Er will mir nicht sagen, wo er es herhat, aber es ist ein amerikanisches Zelt, und Gethyn ist sehr gut im Kartenspielen.

Ich kann Dir gar nicht sagen, was für eine Erleichterung es ist, eine eigene Schlafstelle zu haben. Ich muss nicht mehr neben einem Lkw schlafen und kann meine Ausrüstung an einem Ort lassen, anstatt jeden Morgen mein Bett zusammenfalten zu müssen. Ich gehe zwar immer noch zum Waschzelt, um Wasser von der Zapfsäule für meine Morgentoilette zu bekommen, aber zumindest habe ich jetzt während meiner Katzenwäsche ein wenig Privatsphäre. Obwohl ich fairerweise sagen muss, dass die Jungs hier draußen schamhafter zu sein scheinen als die paar Frauen, die das Waschzelt mitbenutzen. Dieser Einsatz bringt mich irgendwie dazu, meine Weiblichkeit vollkommen zu vergessen. Obwohl mich die meisten Männer hier definitiv zuerst als Frau sehen, dann als eine Frau aus dem Norden (ständig machen sie sich über meinen Akzent lustig) und dann erst als eine Meteorologin. »Hier kommt wieder unser Sonnenschein, das Wettermädchen.« Körperlich ist das Leben für mich hier anstrengender als für die Männer, aber zum Glück haben mich meine Tage bei der Navy zäh werden lassen. Ich habe genug zu essen und trinken, muss niemanden erschießen (hoffentlich), und solange ich mir meine Entschlossenheit bewahre, ist alles in Ordnung.

Die Hitze steigt. Und ich sollte es wissen, schließlich muss ich den Truppen jeden Tag die Temperaturen ansagen. Die Situation hier draußen wird auch immer brenzliger, weshalb die Armee damit angefangen hat, rund um das Hauptquartier Gräben auszuheben, in die wir uns im Fall eines plötzlichen Kriegsausbruchs flüchten können. Für mich sehen diese Gräben aber eher wie leere Massengräber aus.

Was gibt es Neues aus Appledart? Hat sich Dein Seelenpartner schon manifestiert (oder zumindest jemand, den Du vernaschen wollen würdest)? Dass Du im Café mithilfst, finde ich eine gute Idee. Früher oder später muss sich da doch einfach ein attraktiver Rucksacktourist oder ein mysteriöser Fremder blicken lassen. Hoffentlich.

Schreib mir bald.
Alles Liebe, Rosie

Von: Aggie
An: Rosie
Datum: 14. Februar

Hi Rosie,

alles Liebe zum Valentinstag!

Das sind ja großartige Neuigkeiten mit dem Zelt. Ich schätze, ich muss etwas nachsichtiger mit Gethyn sein (obwohl ich es ungern zugebe), da er tatsächlich Wort gehalten hat. Hat er Dir erzählt, dass wir uns weiterhin Briefe schreiben werden? Ich schreibe ihm, weil er einer unserer Männer »an der Front« ist und sich meine Dankbarkeit verdient hat, obwohl ich noch nicht ganz überzeugt bin, dass er nicht doch ein kleiner Arsch ist.

Das Feuerritual am Strand hat Wirkung gezeigt. Am nächsten Tag hatte ich bereits ein Date. Sein Name ist Sven, ein Meeresbiologe aus Schweden (ich schwöre Dir, so heißt er wirklich – nicht einmal ich würde mir so ein wandelndes Klischee ausdenken), er war hier zum Tauchen und hat zwei Nächte im Pub übernachtet.

Er stand plötzlich wie ein Adonis im Türrahmen des Cafés: Der Regen tropfte von seinem ausgeprägten Kiefer, seine Hose klebte ihm an den muskulösen Schenkeln, und – Gott ist mein Zeuge – genau in dem Moment drang ein Strahl Sonnenlicht ins Café, der seine umwerfenden blauen Augen zum Strahlen brachte und seine Zähne so weiß wie auf einer Zahnpastawerbung glänzen ließ.

Die ersten zehn Minuten hab ich mich zurückgehalten, dann aber geflirtet, was das Zeug hielt. Anya hat ununterbrochen die Nase gerümpft, also hätte ich sein Angebot, mit ihm im Pub zum Abendessen zu gehen, besser nicht annehmen sollen, aber ich konnte einfach nicht ablehnen.

Habe ich Dir erzählt, dass ich jetzt immer ins nächste Dorf reite? Ich reite auf Hyde und führe Jekyll an Halfter und Leine hinter mir her – er hält es einfach nicht alleine aus. Um 7 Uhr abends habe ich mir also ein Herz gefasst, ließ Ishmael das Pferd satteln, gab Hyde einen Klaps auf den Hintern (was in dem Moment ziemlich riskant war für Ishmael) und machte mich mit einer Fackel in der Hand und einem Ziel im Herzen im Dunkeln auf den acht Kilometer langen Weg zum Pub.

Sehen wir's endlich ein, die Steigerung von »verzweifelt« heißt Aggie.

Zum Glück kam ich wohlbehalten an. Ich brachte nur einen leichten Stallgeruch mit ins Pub. Wir hatten ein tolles Abendessen – typisch für die schottische Westküste: Austern, Jakobsmuscheln, dünne Pommes – und unterhielten uns gut. Aber mein Gott, der Kerl hört sich echt gern selbst reden. Das Pub war voller Touristen, die die Tage zuvor schon im Café gewesen waren. Nach mehreren Gläsern Sauvignon Blanc ging Sven auf die Toilette, und ich merkte plötzlich, dass alle um mich herum nur einen Gedanken im Kopf hatten: *Wird sie oder wird sie nicht?* Absolut alle im Pub, einschließlich Sven, und auch ich selbst, wenn ich ehrlich bin, erwarteten, dass unser Abend im Bett enden würde. Ich fühlte mich wie eine Nutte.

Also dachte ich: Was würde Boudicca tun?

Als Sven von der Toilette zurückkam, übernahm ich das Ruder, küsste ihn kurz auf die Lippen, dankte ihm für den wundervollen Abend, schwang mich auf Hyde und ritt davon. Sven zeigte sich unbeeindruckt (oder er war zu überrascht) und hielt mich nicht auf.

Als ich nach Hause kam, wartete Anya bereits in meinem Haus auf mich. Sie hatte den Kamin und ein paar Kerzen angezündet. Was diese Frau nicht weiß, ist es auch nicht wert zu wissen. Sie stellte mir keine Fragen, bestand aber auf einen gemeinsamen Schlummertrunk. Wir spielten Karten, bis ich irgendwann auf dem Sofa einschlief. Als ich aufwachte, bemerkte ich, dass mich Anya mit einer Kaschmirdecke zugedeckt und das Feuer geschürt hatte – hach, das sind wohl die Vorzüge der Schwesternschaft. Ich schätze, die Zeit der flüchtigen Affären ist vorbei, doch falls ich mich wieder umentscheide (ich kann nicht glauben, dass ich so einen gestählten Körper wie Svens einfach links liegen gelassen habe), sollte ich auf Folgendes achten: Sobald Anyas Nase zu zucken anfängt, muss ich sofort aufhören zu flirten.

Alles Liebe, Aggie

Von: Rosie
An: Aggie
Datum: 15. Februar

Hi Aggie,

ein paar Beobachtungen: Das Leben in der Wüste stinkt! *Ich* stinke! Die passende Sammelbezeichnung für die Soldaten ist »Wichser«. Sie mögen diesen Krieg gewinnen, aber die Iraker werden niemals aufgeben, nicht wirklich. Wahrscheinlich werde ich bei einem Chemieangriff draufgehen. Die Klos sind beschissen, aber zumindest kann ich mich jetzt hinsetzen, da mein Hintern mittlerweile genauso schmutzig ist wie der Toilettensitz. Ich muss nur aufpassen, dass ich mir nicht ein paar Fliegen einfange, wenn ich mir die Hose hochziehe. Gethyn ist auch schlecht drauf. Er steckt in einer moralischen Krise, weil er weiß, dass er nach Downing Street marschieren und dabei einen Antikriegs-Banner schwenken würde, wenn er nicht in der Royal Air Force wäre.

Munter mich auf, Aggie! Hat sich Mr. Perfect schon blicken lassen? Vielleicht sollte ich mal versuchen, meine eigene Wunschliste aufzuschreiben, solange ich in der Wüste bin. Ein Vollmond in der Wüste ist atemberaubend. Der scheint hier bestimmt viermal so hell wie bei uns zu Hause. Ich werde es beim nächsten Vollmond mal versuchen, aber so hell wie der strahlt, sollte ich sehr vorsichtig mit meinen Wünschen sein, stimmt's?

Ich habe Deinen Brief erhalten, in dem Du von dem Verhalten Deiner Mutter erzählst, und wünschte, ich könnte mit Dir telefonieren. Ob es mich überrascht, wie sie sich verhält? Nein, überhaupt nicht. Ich fand sie schon immer irrational. Sie ist ein Kind, Aggie. Und genau wie ein Kind merkt sie nicht, wie absurd sie sich verhält. Sie scheint unfähig zu sein, ihre Emotionen zu rationalisieren. Es stimmt zwar, dass sie ein passiv-aggressiver Albtraum ist, aber daran wirst Du nichts ändern können. Du wirst sie nicht ändern können. Laut meinem Psychologie-Handbuch hat sie Angst davor, dass Du sie für immer verlässt. Daher stößt sie Dich von sich, bevor Du dasselbe mit ihr machen kannst. Ich dachte, Du könntest vielleicht Anya um eine spirituelle Heilung bitten, aber wenn es eine Sache gibt, die ich während meiner Zeit hier draußen realisiert habe, dann, dass Zeit die einzige Macht auf Erden ist, die Wunden heilen kann.

Gethyn und ich hatten vor ein paar Tagen ein Gespräch über eine Sache, die mich schon länger bedrückt. Er meinte, ich solle das Problem visualisieren, indem ich es in einen Heißluftballon lege. Danach sollte ich mir vorstellen, wie ich mich verzweifelt an der Unterseite des Ballons festklammere. Solange ich nicht loslasse, sagte er, werde ich in die falsche Richtung gezogen. Und ganz gleich, wie lange oder wie sehr ich es auch versuche, am Ende werde ich mich nicht mehr halten können und mir bei meinem Absturz sehr wehtun. Seiner Meinung nach ist es das Beste, einfach loszulassen, solange meine Füße noch auf dem Boden sind. Und sobald der Schmerz zurückkehrt, soll ich ihn akzeptieren, mir dabei aber den Ballon vorstellen und ihn weiterhin versuchen loszulassen. Aber weißt Du, selbst wenn wir direkt in die Hölle marschieren sollten – manche Ballons sind so sehr mit uns verwachsen, dass man sie unmöglich loslassen kann. Ich habe die Hoffnung, dass dieses Ding eines Tages einfach von selbst wegfliegt, während ich mal kurz nicht hinsehe und es gar nicht bemerke.

Außerdem, weil ich gerade dabei bin: Ich hoffe, Du nimmst es mir nicht übel, wenn ich das sage, aber ich finde, dass Du mal für eine Weile aufhören solltest, nach einem Typen zu suchen und Dich stattdessen auf wichtigere Dinge konzentrieren solltest. Isabella zu ignorieren, ist unsinnig. Ich fürchte, ich muss jetzt mal ein wenig streng sein, aber Du bist ihr gegenüber unfair, wenn Du E-Mails, Telefonanrufe und Textnachrichten unbeantwortet lässt. Und Du verhältst Dich genauso wie Deine Mutter Dir gegenüber. Selbst wenn Isabella und der Verleger Dir auf die Nerven gehen, ist es sehr unhöflich, sie einfach zu ignorieren, Agatha Isadora Braithwaite. Es beweist einen Mangel an Courage. Anstatt davonzurennen, solltest Du Isabella einen aufrichtigen Brief schreiben. Damit wäre die Sache sicher sofort erledigt. Du wirst in den nächsten paar Wochen bestimmt nicht plötzlich einen fertigen Roman aus dem Ärmel schütteln, also sag es ihnen einfach. Und danach kannst Du dann Klavier spielen oder singen oder in Dein Café gehen und Spaß haben oder weinen oder tanzen oder was auch immer.

Kannst Du Dich erinnern, wie ich meine Mutter einmal in den Park mitgenommen habe, damit sie Dich zur Besinnung bringt und Du nicht wieder mit Shane Jackson beim Karussell kiffst? Das war ein Wendepunkt in Deinem Leben. Wenn ich

Dich Dir selbst überlassen hätte, wärst Du nie so erfolgreich geworden. Und ich werde auch jetzt nicht einfach tatenlos dabei zusehen, wie Du das Handtuch wirfst. Du musst einfach mal eine Pause vom Geschichtenschreiben machen, das ist alles. Im Café auszuhelfen ist genau das Richtige, aber lass Dich nicht zu sehr ablenken. Ich weiß, dass Du einsam bist, aber bitte tu Dir selbst einen Gefallen und nimm mal eine Weile Abstand davon, einen Mann finden zu wollen. Versuch, ein glücklicher Single zu sein. Ich weiß, dass sich das aus meinem Mund sehr heuchlerisch anhören muss, aber es ist eben viel einfacher, Lösungen für die Probleme anderer zu finden als für die eigenen. Nur wenn wir es beide schaffen, ganz allein auf uns gestellt (ohne Ehemänner, Kinder oder Mütter) glücklich zu sein, werden wir auch in einer Beziehung wahres Glück erfahren. Und dadurch sind wir dann auch besser auf die Zukunft vorbereitet – zumindest theoretisch.

Alles Liebe, Rosie

Von: aggieb@yahoo.com
An: igambini@hotmail.com
Betreff: Die schlechteste Ghostwriterin aller Zeiten!
Datum: 19. Februar

Hallo Isabella,

es tut mir furchtbar leid, dass ich mich in letzter Zeit so abgeschottet habe. Bist Du sehr böse auf mich? Es ist so: Bei einer sehr guten Freundin von mir, die in einer fast unzugänglichen

Gegend Schottlands lebt, gab es einen Notfall in der Familie und so flehte sie mich an, so schnell wie möglich nach Schottland zu kommen, um mich um ihr kleines Café zu kümmern, damit das Geschäft nicht vor die Hunde geht. Was hätte ich anderes tun können, als alles stehen und liegen zu lassen und ihr zu Hilfe zu eilen? Es hat eine Weile gedauert, bis der Internetzugang eingerichtet war, und die Telefonverbindung ist auch äußerst labil. Ich bete und bange, dass diese Mail bei Dir ankommt.

Mit dem Manuskript geht es im Moment ehrlicherweise nicht besonders gut voran. Ich befürchte, ich werde die Deadline nicht einhalten können. Du hast Dir sicher eine andere Nachricht von mir erhofft. Ich wollte für eine Weile aus meinem Umfeld ausbrechen, in der Hoffnung, dass das die kreativen Säfte wieder zum Fließen bringt. Zu dieser Jahreszeit ist im Café nicht viel los, daher ist es bestimmt zu schaffen, in den nächsten paar Wochen was aufs Papier zu bringen und den ersten Entwurf bis Ende April fertig zu haben – kannst Du das den anderen verklickern? Aber – was wichtiger ist – wie geht's Dir? Wie geht's Saffron und Anise-Star? Hat Anise schon ihr neues Pony bekommen?

Alles Liebe, Aggie.

PS: Es tut mir wirklich leid, dass ich Dich enttäuscht habe, besonders nach all dem, was Du für mich getan hast. Ich würde es vollkommen verstehen, wenn Du beschließen würdest, Dir eine andere Ghostwriterin zu suchen.

Von: Rosie
An: Aggie
Datum: 19. Februar

Hi Aggie,

vor ein paar Tagen habe ich Dir einen ziemlich strengen Brief geschrieben, was ich nun bereue. Bitte verzeih mir. Deine E-Mail, in der Du von Deinem Date mit Sven erzählst, hat mich zu spät erreicht, und jetzt fühle ich mich furchtbar. Deine Briefe sind ganz wunderbar, und ich weiß, dass Du mich nur bei Laune halten willst. Bitte, bitte, ignoriere einfach alles, was ich gesagt habe.

Zur Abwechslung hab ich mal gute Neuigkeiten aus diesem Drecksloch. Gethyn und ich hatten heute Morgen eine tolle Zeit zusammen. Ob Du es glaubst oder nicht, aber es kann echt Spaß machen, einen Graben auszuheben. Der Oberstabsfeldwebel warf ein paar Spaten in unsere Richtung und wies uns an, direkt vor dem Zelt einen Graben auszuheben, für den Fall, dass der Krieg überraschend ausbricht und der Alarm ausgelöst wird, während wir schlafen. Gehorsam, wie wir sind, haben wir sofort mit dem Graben angefangen. Ich sage »Graben«, aber treffender wäre wohl die Bezeichnung »an der Oberfläche kratzen«. Du hast keine Ahnung, wie schwer es ist, einen Graben auszuheben, selbst im Sand. Wir haben ungefähr 30 cm tief gegraben, bevor wir lachend aufgegeben haben. Wir machen uns aber keine Sorgen. Wenn es wirklich ernst wird, werden wir eh nicht in unserem Zelt, sondern im Hauptquartier sein und die Jungs an der Front unterstützen. Die Tiefe des Grabens dürfte also nicht so wichtig sein, aber zumindest hatten wir für ein paar Stunden etwas zu tun, was wahrscheinlich die

Absicht dahinter war. Falls wir ihn wirklich benutzen müssen und eine Rakete uns trifft, wird der Graben zu unserem Sarg. Klasse, oder?

In den Augen der anderen dürften Gethyn und ich also noch nutzloser sein, als sie ursprünglich gedacht haben. Aber wie Gethyn sagt: »Wir sind nicht nutzlos, wir sind nur pragmatische Freidenker, die sich weigern, der Herde zu folgen.« Die britischen Streitkräfte haben sehr tiefsitzende Vorurteile: Die Armee verachtet die Royal Air Force und toleriert die Navy. Die Navy toleriert die Armee und blickt herab auf die Royal Air Force. Die Royal Air Force verachtet niemanden, weil das eine Emotion ist, die nur diejenigen verspüren, die mit ihrer Situation unzufrieden sind. Und die Royal Air Force ist ein relativ zufriedener Haufen, der den Großteil der Zeit in Hotels verbringt (nach Aussagen der Armee). Und alle respektieren die Royal Marines.

Weil wir entspannte Nonkonformisten sind (na ja, Gethyn ist einer, und ich folge ihm), werde ich als einfache Zivilistin eingestuft. Und um ehrlich zu sein, liegen sie da nicht mal falsch. Obwohl Du neulich sehr stolz auf mich gewesen wärst. Ein junger Offizier rief »Hey, Wettermädchen« durch die Wüste, um meine Aufmerksamkeit zu erregen. Es macht mir nichts aus, angeschrien zu werden, aber ich weigere mich, als »Mädchen« bezeichnet zu werden. Das mag sich ein wenig kleinlich anhören, aber wenn Du am Rande eines Krieges stehst und nur eine von wenigen Frauen bist, die sich in einer feindseligen Umgebung durchschlagen, dann ist es sehr wichtig, nicht wie ein blondes Dummchen rüberzukommen. Ich drehte mich um, ging in seine Richtung, lächelte und sagte: »Nenn mich noch mal so, und ich schneid dir die Eier ab«. Dann ging ich einfach weg. Ich weiß! ICH! Ich habe das gesagt! Keine Ahnung, was da über mich kam, aber am nächsten Tag habe ich meine Periode bekommen.

Alles Liebe, Rosie.

PS: Weißt Du was? Gethyn ist in einer Beziehung. Anscheinend schon seit Jahren. Sie kommt aus Surrey – ziemlich nobel (er scheint aber nicht allzu enthusiastisch zu sein, was sie anbelangt).

Von: Josh
An: Rosie
Datum: 19. Februar

Rosie,

natürlich war mein Brief unpersönlich. Du hast mich vor mehr als einem Jahr einfach verlassen. Du wolltest die Scheidung. Seitdem habe ich kaum etwas von Dir gehört. Was hast Du erwartet? Und was den »Lebensgefahr«-Kommentar angeht, so hast Du in Deinem ersten Brief selbst geschrieben, dass Du in dem Zelt des Generalstabs vollkommen sicher bist, was ich Dir geglaubt habe. Wieso erzählst Du mir so etwas, wenn es nicht stimmt? Hör auf, mich auf die Probe zu stellen.

Josh

Von: igambini@hotmail.com
An: aggieb@yahoo.com
Betreff: Aw: Die schlechteste Ghostwriterin aller Zeiten!
Datum: 19. Februar

Liebe Aggie,

Du bist nicht die schlechteste Ghostwriterin aller Zeiten, und Du hast mich auch nicht enttäuscht. Ich bin erleichtert, von Dir zu hören. Und ich bin nicht auf der Suche nach einer anderen Ghostwriterin, Du Dussel! *Du* bist meine Stimme, und auf diese Stimme lohnt es sich zu warten, also werde ich veranlassen, dass die Deadline nach hinten verschoben wird. Du hast immer alles zu unserer Zufriedenheit abgeliefert, also mach Dir keine Sorgen.

Den Mädchen geht es gut, aber Anise hat ihr Pony noch nicht bekommen. Sie ist gerade in einer Phase, in der sie mich hasst, also musste die Sache mit dem Pony erst mal auf Eis gelegt werden. Über Ostern fahren die beiden zu ihrem Vater in die Schweiz. Ich mag es nicht, wenn sie weg sind. Ich hoffe, dass Anise mich dieses Mal wenigstens vermisst, aber ich versuche, nicht zu viel zu erwarten. Der Winter scheint ewig zu dauern, ich bin froh, wenn der Frühling kommt. Wo genau bist Du jetzt? Wo ist das Café? Bitte bleib in Kontakt.

Herzliche Grüße, Isabella

Von: aggieb@yahoo.com
An: igambini@hotmail.com
Betreff: Aw: Aw: Die schlechteste Ghostwriterin aller Zeiten!
Datum: 19. Februar

Liebe Isabella,

danke, danke, danke! Ich bin so erleichtert. Du bist wirklich eine wundervolle Freundin. Das Café befindet sich in Appledart, an der Westküste Schottlands. Es ist himmlisch hier, aber ich muss gleich losdüsen, um eine Ladung Kuchen für den heutigen Tag zu backen. Haha, es kommt mir echt komisch vor, dass ich Dir das schreibe – normalerweise ist es genau anders herum! Vielleicht solltest Du Dich währenddessen mal im Schreiben versuchen, aber bitte sei nicht zu gut darin, sonst bin ich meinen Job los.

Alles Liebe.
Aggie

Von: Aggie
An: Gethyn
Datum: 19. Februar

Mein Herr,

zwei Dinge:

1. Ihr Postskriptum »Vielleicht ist der Knackpunkt hier, dass wir verschiedene Vorstellungen von Romantik haben« war zweifellos ein Versuch, mich gegen Sie aufzubringen. Sie wollten damit sicher Ihre Meinung zum Ausdruck bringen, dass ich eine materialistische Vorstellung von Romantik hätte, während Sie von tieferen Idealen gelenkt werden.

2. Glauben Sie es mir, ein armer Mann hat wichtigere Dinge im Kopf als Romantik, und wenn nicht, dann ist er ein Trottel.

3. Ich möchte weder jetzt noch zu irgendeinem Zeitpunkt die sozialen und ökonomischen Vorteile eines Harems mit Ihnen diskutieren. Ich habe zwei weibliche Vorbilder, die eine ist Boudicca (offensichtlich), die andere Scheherazade (die Geschichtenerzählerin aus *Tausendundeiner Nacht*), wahrscheinlich kannte sie sich auch mit Harems aus. Falls Sie es nicht wissen, Scheherazade war eine sehr kluge Frau, die schon in ihrer Jugend Romane und Geschichtsbücher verschlang. Der König (ein ziemlicher Vollidiot) in dem Land, in dem sie lebte, heiratete jeden Tag eine neue jungfräuliche Königin und ließ die alte Königin köpfen. Seine erste Frau war ihm untreu gewesen, deshalb beschloss er, alle seine weiteren Frauen für ihr Vergehen zu bestrafen. Scheherazades Vater war derjenige, der dem König jeden Tag eine neue Jungfrau überbringen musste. Als schließlich keine Jungfrauen mehr übrig waren, erzählte er das Ganze seiner Tochter, die sich am nächsten Abend freiwillig

in das Schlafgemach des Königs begab, denn sie hatte einen Plan, wie sie ihren Vater und die weibliche Bevölkerung retten konnte. Scheherazade beschloss, den König zu überlisten, indem sie ihm jede Nacht eine neue Geschichte erzählte, sie aber gerade dann abbrach, wenn es spannend wurde. Der König, der an ihren Lippen hing, ließ sie immer bis zum nächsten Tag am Leben, damit sie ihre Geschichte weitererzählen konnte. Und so kam es dazu, dass sie ihm eintausend und eine Nacht lang diese wie ein magischer Teppich miteinander verwobenen Geschichten erzählte, bis der Armen dann am Ende die Ideen ausgingen. Ich weiß, wie sie sich fühlen musste.

Wenn man genau darüber nachdenkt, gab es in diesem Schlafgemach zwei Waffen – das Schwert des Königs und die Worte Scheherazades. Am Ende siegten natürlich die Worte. Der König verliebte sich in Scheherazade, sie wurde seine Gemahlin, und die Ermordung der Frauen fand ein Ende. Alles in allem wehrte sich Scheherazade also gegen die Unterdrückung der Frau, und da tue ich auch.

4. Ich hab mich schon oft gefragt, was man von der Aussichtsplattform der moralischen Überlegenheit für einen Ausblick hat. Vielleicht könnten Sie mir das schildern? Wenn man lange Zeit in solchen Höhen verbringt, wird einem dann ein bisschen schwummrig im Kopf? Das würde vieles erklären.

5. Bezüglich Ihrer Frage zu dem Ausrufezeichen: Ich habe Isabella mal bei einer Signierstunde in der Oxford Street beigestanden. Direkt über ihrem Kopf hing ein riesiges Satzzeichen an der Decke. Es lockerte sich irgendwann und drohte, hinunterzufallen. Ich bemerkte es gerade noch rechtzeitig und stieß sie schnell zur Seite. Ja, die Situation war tatsächlich genauso dramatisch, wie sie sich anhört. Unglücklicherweise war ich selbst nicht schnell genug, der Gefahr auszuweichen, verlor für einige Minuten (na gut, Sekunden) das Bewusstsein und trug eine tiefe Schnittwunde am Kopf davon. Da mein Lektor mich

zu Beginn meiner Schreibkarriere gezwungen hatte, das Verwenden von Ausrufezeichen ganz zu unterlassen, könnte man es als karmische Rache ansehen.

Anbei sende ich Ihnen ein weiteres Buch von mir: *Wenn Sie mich fragen.* (Das ist nicht nur der Titel, sondern auch buchstäblich genauso gemeint).

Beste Grüße,
Agatha

Von: Rosie
An: Aggie
Datum: 21. Februar

Hi Aggie,

wir sind weitergezogen – wir sind immer am Weiterziehen. Das Zelt wurde abgebaut, und ich bin erneut gezwungen, mit ein paar anderen neben einem Lkw zu schlafen. Um uns herum ist eine Plane drapiert. Die Nächte sind immer noch furchtbar kalt, aber bald wird es wieder heiß werden, und dann werde ich mich wahrscheinlich über die Hitze beschweren. Letzten Freitag habe ich es geschafft, mir einen Ausflug mit Gethyn nach Kuwait zu erschleichen. Dort arbeitet ein Zivilist, den er aus dem Medizinstudium kennt. Er hat uns zu sich eingeladen. Das war der schönste Tag meines Lebens. Rate mal wieso. Ich konnte ein Bad nehmen – ein richtiges Bad! Und danach habe ich einen Gin Tonic getrunken. Besser kann es nicht werden. Mittlerweile bin ich zurück in der Wüste bei der Armee und durchlebe Momente blanken Horrors, wenn ich daran denke, was bald passieren könnte. Ein Teil von mir wünscht sich sogar, dass der Krieg endlich ausbricht. Wenn ich schon sterben muss, dann lieber, solange ich sauber bin und noch den Nachgeschmack eines guten Gin Tonic auf der Zunge habe.

Alles Liebe, Rosie

Von: Rosie
An: Mrs. Hughes (über das Postamt)
Datum: 21. Februar

Ach, Mama, wie bin ich nur in diesen Schlamassel geraten?

Wieso bin ich nicht verheiratet geblieben und habe weiterhin in meinem schönen Haus in Devon gelebt? Ich wünschte, meine Zukunft wäre sicherer, aber von meinem gegenwärtigen Standpunkt aus sehe ich nichts als einen breiten Abgrund, weder Ziel noch Struktur.

Ich bin Deinem Rat gefolgt und habe aufgehört, in meinem Tagebuch Briefe an Angelica zu schreiben, aber ohne Erfolg. Ganz egal, was ich tue oder wohin ich gehe, sie wird immer bei mir sein. Ich weiß, dass das seltsam klingt, aber ich habe ständig den Geruch von Tomaten in der Nase. Nicht die Art von Tomaten, die man im Supermarkt findet, sondern die echten Tomaten in Papas Gewächshaus. Kannst Du Dich noch an den Tag erinnern, an dem ich Angelica verloren habe? Ich hielt sie in meinen Armen. Ihre Haut war so rein, sie war so makellos, aber so kalt. Dann kam Papa und nahm sie mir weg. Er roch an dem Tag nach Tomaten.

Gerade sitze ich da und sehe zu, wie das Hauptquartier um mich herum abgebaut wird. Und wieder geht es für uns weiter, wie Nomaden in der Wüste. Gestern hatte ich meine Milzbrand-Impfung. Mein Arm schmerzt wie verrückt. Was würde ich dafür geben, jetzt zu Hause zu sein. Ich bin eine jammernde, wehleidige Frau und dieser Uniform nicht würdig. Mach Dir über mein Geschwafel nicht zu viele Gedanken. Ich lass nur ein wenig Dampf ab. Das Leben hier draußen ist so paradox. Man kann nicht anders, als jeden Tag so zu leben, als wäre er der letzte, und gleichzeitig hat man zu viel Freizeit, um ganz im Moment zu leben. Ich würde alles dafür tun, um jetzt zu Hause bei Dir und Papa zu sein. Ich stelle mir vor, wie ich mit Euch und dem Hund vor dem Kamin sitze, Kindersendungen ansehe, Tee trinke, Toast mit Marmelade esse und Papa darum bitte, kurz in den Laden zu gehen und mir ein Video und ein paar Süßigkeiten zu kaufen, so wie er das früher immer für mich getan hat. Wenn Josh und ich uns doch wieder zusammenraufen und auf wundersame Weise noch ein Kind bekommen würden, dann würde die Traurigkeit vielleicht verschwinden. Hat das bei Dir funktioniert? Habe ich Anna jemals wirklich ersetzen können?

Ich weiß, dass Du nie über sie reden wolltest, aber vielleicht ist jetzt der richtige Zeitpunkt.

Hab Dich lieb.
Rosie

Von: Gethyn
An: Aggie
Datum: 21. Februar

Agatha,

Ihr Buch ist heute angekommen. Vielen Dank. Wollen Sie, dass ich es rezensiere?

Gethyn

Von: Aggie
An: Gethyn
Datum: 21. Februar

Lieber Gethyn,

noch eine Sache: Ich bereue es nun, Ihnen einen weiteren Roman von mir geschickt zu haben, da ich Ihre Überzeugung nicht teile, irgendetwas zustande bringen zu können, das Ihre Zustimmung findet. Ich habe nicht die Absicht, meinen Schreibstil zu ändern. Für diese snobistische Haltung mache ich Lesezirkel verantwortlich. Die Mitglieder solcher Zirkel trauen sich nie, anderer Meinung zu sein als die Vorsitzenden, die oft wahre Diktatoren sind. Ich schwöre, dass die meisten Lesezirkelmitglieder, nachdem sie beim Treffen über ein literarisches Werk diskutiert haben, zu Hause dann heimlich die Romane von Jilly

Cooper verschlingen. Der Lesezirkel in meinem Heimatort ist ein trauriger Verein, außer im Dezember, wenn ich das Treffen leite und sicherstelle, dass keiner nach Hause geht, ohne ein paar Gläschen Rumpunsch getrunken zu haben.

Rosie hat mir berichtet, dass Sie nicht mit dem Krieg einverstanden sind und es für moralisch verwerflich halten, in den Irak einzumarschieren. Wieso sind Sie dann dort, wenn Sie gegen den Krieg sind? Könnte es sein, dass Sie um Ihres Jobs willen Ihre Prinzipien über Bord geworfen haben? Ihrer Meinung nach habe ich ja auch so gehandelt, da ich des Geldes wegen formelhafte Prosa schreibe, aber tun Sie nicht genau das Gleiche? Der einzige Unterschied zwischen Ihrer und meiner Situation ist meines Wissens nach der, dass meine Romane noch niemanden umgebracht haben – obwohl Isabella mal einen Brief von einer Frau erhalten hat, die beinahe ihren Mann erschlagen hätte, als sie ihn aus Wut darüber, dass er mit einem »jungen Flittchen« bei einer Kreuzschifffahrt Tango tanzte, mit einem meiner Bücher bewarf. Da war ich doch froh, helfen zu können.

Agatha

Von: Aggie
An: Rosie
Datum: 21. Februar

Hi Rosie,

ich kann nicht mal ansatzweise erahnen, was Du gerade durchmachst, aber bitte denk immer daran, dass wir im Geiste bei Dir sind. Mach Dir wegen Deiner Predigt in Bezug auf die Liebe keine Gedanken. Ich habe das gebraucht. Und Du hattest recht wegen Mum, aber diese emotionale Achterbahnfahrt kann so nicht weitergehen. Solange ich zurückdenken kann, habe ich ein Loch in meinem Herzen, das die Form meiner Mutter hat. Wenn sie nett zu mir ist, beginnt das Loch ein wenig zu heilen, aber sobald sie sich gegenüber mir wieder kühl verhält, öffnet sich die Wunde erneut und entzündet sich. Jedes Mal, wenn sie sich von mir distanziert, verhärtet sich die weiche Haut ein wenig, und die Chance wird geringer, dass mein Herz je wieder ganz zusammenwächst. Um die Gesundheit meines Herzens willen sollte ich also loslassen, bevor es noch komplett verhärtet, und nicht über die Tatsache nachdenken, dass sie niemals »Es tut mir leid« oder gar »Ich liebe Dich« sagen wird.

Alles Liebe, Aggie

PS: Ich bin Deinem Rat gefolgt und habe Isabella geschrieben – jetzt ist alles gut. Vielen Dank, meine wundervolle Freundin.

Von: Aggie
An: Gethyn
Datum: 21. Februar

Hi Gethyn,

ich habe Ihnen vorher einen Brief geschickt, der einige schroffe Worte enthielt. Es tut mir leid. Ich habe das alles nicht so gemeint – manchmal verbeiße ich mich in etwas wie ein tollwütiger Hund

und weiß nicht, wann und wie ich meinen Biss wieder lockern soll. Kann es sein, dass Sie da einfach gewisse Knöpfe bei mir drücken?

Liebe Grüße,
Aggie

Von: aggieb@yahoo.com
An: sexymamma@hotmail.com
Betreff: Letzter Versuch
Datum: 21. Februar

Liebe Mama,

das ist jetzt das letzte Mal, dass ich Dir schreibe. Ich kann nicht ständig gegen eine Wand rennen. Jedes Mal, wenn ich unvorsichtig werde und mich Dir wieder annähere, schlägst Du mir die Tür vor der Nase zu. Ich weiß, Du wolltest nicht, dass ich aus Midhope weggehe, aber es ist ja nicht für immer, und selbst wenn es für immer wäre, sollten Kinder nicht mal ihre eigenen Wege gehen? Als ich nach Midhope zurückkam, habe ich nie behauptet, für immer zu bleiben ... Okay, doch, habe ich, aber die Dinge ändern sich – *ich* muss mich ändern.

Ich bin mir nicht sicher, wann ich zurückkommen werde. Vielleicht verkaufe ich das Haus und fange irgendwo neu an. Meine Tür wird immer für Dich offen sein – komm einfach rein und wirf den Wasserkocher an, wenn Du zurückkommen willst. In der Dose werden immer Blue-Ribbon-Kekse auf Dich warten.

Ich hab Dich lieb.
Agatha

Von: Rosie
An: Aggie
Datum: 22. Februar

Hi Aggie,

lange kann es jetzt nicht mehr dauern. Gestern haben wir für den Ernstfall eines Raketenangriffs geübt. Leider wurde ich angeschrien, weil die Riemen an dem Atemgerät auf meinem Rücken wegen meines Haardutts nicht straff genug waren und deshalb die Maske vorne nicht dicht genug verschlossen war. Ich habe mich wie eine Amateurin gefühlt. Und Du weißt ja, wie sehr ich es hasse, wie ein unbeholfenes Mädchen zu wirken. Also musste ich mir meine Haare abschneiden. Gethyn hat mir geholfen. Er hat sich die Schere des Kartografen ausgeliehen. Jetzt habe ich eine kurze Bob-Frisur. Er hat gute Arbeit geleistet. Zumindest soweit ich das sehen kann. Ohne Spiegel ist das recht schwer zu beurteilen. Aber es spielt keine Rolle. Gethyn hat mich daran erinnert, dass ich mich nicht in einen Mann verwandeln muss und nicht mehr gut aussehen darf, nur weil ich in der Armee bin. Er meinte, ich soll mir einen Teil meiner Weiblichkeit bewahren. Doch ich muss sagen, sobald die Haare ab waren, habe ich mich erstaunlich frei und leicht gefühlt, fast wie Jo in *Little Women*. Ich bin froh, dass der Schopf weg ist.

Aber mein Rucksack wiegt immer noch schwerer als meine Haare. Was für ein elender Mist. Als ich von zu Hause loszog, hätte ich nicht gedacht, meine Grundausrüstung noch weiter reduzieren zu können, aber mittlerweile trage ich tatsächlich nur noch meine Pistole, mein Atemgerät und einen kleinen Sack bei mir, in dem ich ein paar Hosen, eine Ersatzuniform, eine Stirnlampe, Briefpapier, Stifte, ein Notizbuch, eine

Packung Erfrischungstücher und mein Tagebuch verstaut habe. Dadurch kann ich mich leichter bewegen, ohne zu sehr wie ein Mädchen zu wirken.

Nach dem Haarschnitt saßen wir lachend in unserem Zelt, mein goldenes Haar zu meinen Füßen. Mein langer Rapunzel-Zopf hat mich jetzt lange genug zu Boden gezogen. Viele Jahre der Traurigkeit haben sich in den Atomen dieser Haare angesammelt, und es fühlte sich echt gut an, es loszuwerden. Ich mag vielleicht nicht mit meinem Atemgerät verbunden gewesen sein, bevor wir meine Haare geschnitten haben, aber mit Gethyn werde ich für den Rest meines Lebens verbunden sein. Rate mal, was er gemacht hat, um mich zum Lachen zu bringen? Er hat *Stayin Alive* auf seinen MP3-Player geladen, die Lautstärke auf Maximum gestellt und mit mir auf dem Sand in unserem kleinen Zelt getanzt, das wir an unserem gegenwärtigen Standort wieder aufbauen konnten. Danach haben wir dann Dir zu Ehren zu *Let's Face The Music And Dance* geswingt. Ich habe Gethyn schon erzählt, wie gut Du diesen Song singen kannst! Es war echt super. Wir haben beschlossen, das jetzt immer zu machen, wenn einer von uns beiden mal einen schlechten Tag hat. Echt schade, dass er vergeben ist, er hätte wirklich gut zu Dir gepasst. Ich werde versuchen, ein wenig mehr über seine Beziehung herauszufinden. Vielleicht kriselt es ja zwischen den beiden. Wollen wir es hoffen!

Schreib mir bald mit Neuigkeiten über Dein Café. Ich kann es kaum erwarten. Dicke Umarmung.

Alles Liebe, Rosie

Von: Rosie
An: Mr. Hughes
Datum: 22. Februar

Hallo Mama and Papa,

abgesehen davon, dass es mir gut geht und ich in Sicherheit bin, gibt es eigentlich nicht viel zu erzählen. Mein guter Freund Gethyn und ich haben den Vormittag damit zugebracht, Sandsäcke zu füllen. Nachdem wir ungefähr zwanzig Säcke gefüllt hatten, gönnten wir uns eine Tasse Tee und spielten mit einem Sandsack, den wir zu einem Fußball geformt haben. Eher wir uns versahen, gesellten sich ein paar Amerikaner zu uns, und wir spielten zusammen eine Runde Fußball. Es war wie an der Westfront, nur diesmal mit Amerikanern anstatt Nazis.

Die meiste Zeit über besteht mein Leben hier aus extremer Langeweile, die nur von meinen Wettervorhersagen unterbrochen wird. So müssen sich alte Leute fühlen. Eine halbe Stunde pro Tag bringe ich damit zu, meine Pistole zu reinigen. Meistens jedoch übernimmt das Gethyn für mich. Er empfindet das als eine Art Seelenreinigung. Und dann gibt es da noch die paar Zeitschriften, die hier regelmäßig die Runde machen. Die restliche Zeit vertreibe ich mir durch Gespräche mit Gethyn. Es ist ein echt merkwürdiges Leben. Ein Offizier hat uns durch die Einrichtung einer Lotterie einen vergnüglichen Zeitvertreib beschafft. Gewettet wird auf das Startdatum des Krieges. Gethyn hat auf den 19. März gesetzt, und ich habe mich für den 21. März entschieden. Wenn ich richtigliege, könnte ich ungefähr 200 Pfund gewinnen, also drückt mir die Daumen.

Mehr fällt mir jetzt nicht ein.

Liebe Grüße an alle,
Rosie

Von: Mrs. Hughes
An: Rosie
Datum: 22. Februar

Liebe Rosie,

ich spreche deshalb nicht mit Dir über Anna, weil es dazu nichts zu sagen gibt. Ich kann Dir auch in Bezug auf Josh keinen Rat geben, lass mich nur so viel sagen: Ein weiteres Kind zu bekommen, wird Deine Traurigkeit sicher nicht auf wundersame Weise vertreiben. Ich denke, der erste Schritt auf dem Weg nach vorne ist folgender: Akzeptanz. Beginne, eine neue Geschichte für Dich zu schreiben – und bitte eine positive. Weißt Du, wieso Dad und ich Dich Rosanna genannt haben? Wir wollten so nicht etwa Annas Namen in Deinem weiterleben lassen, sondern uns gefiel einfach die Atmosphäre des Songs *La Vie En Rose*. Das ist es, was wir für Dich wollten: ein Leben in Rosarot. Wir dachten, dass Du automatisch mit Glück gesegnet sein würdest, wenn wir Dich Rosie Hughes nennen – als sei es sozusagen Deine Bestimmung, Dein Recht. Wenn Du also nach Hause kommst, schreibe Deine Geschichte so weiter, dass sie Dir Freude bereitet, und sei gut zu Dir selbst. Ich glaube, Du machst gerade einen Prozess durch, der sich schon vor einiger Zeit angekündigt hat. Das wird jetzt eine Weile immer wieder wehtun, bis Du da durch bist. Vielleicht ist es jetzt genau das Richtige, dass Du einige Zeit weg von zu Hause verbringst – dann siehst Du möglicherweise wieder klarer. Du trauerst, Rosie, und dieser Prozess wird seine Zeit brauchen. Irgendwann wirst Du es durchgestanden haben und Dich unglaublich befreit fühlen. So weit meine Gedanken zu Anna.

Was meine Depression betrifft (ja, ich weiß, das ist diese schwarze Wolke, die über allem schwebt und über die wir nie sprechen), will ich, dass Du weißt, dass ich nicht deprimiert bin, weil ich ein Kind verloren habe. Ich leide an klinischer Depression und Angstattacken, weil es in mir angelegt ist. Manchmal mache ich mir Sorgen, dass die gleiche schwarze Wolke auch über Dir schweben könnte. Aber ich bin jeden Tag dankbar für die Geduld und die Liebe Deines Vaters, und seit einiger Zeit schöpfe ich wieder neue Hoffnung. Was Josh angeht: Wenn Du das Gefühl hast, dass Deine Ehe gerettet werden kann und seine Liebe es wert ist, dass Du um sie kämpfst, dann kämpfe. Aber sei vorsichtig, was Du Dir wünschst, mein Schatz, und stell sicher, Deine Gefühle nicht von Deiner gegenwärtigen Situation in Kuwait beeinflussen zu lassen. Vielleicht wäre es am besten, wenn Du und Josh den Hausverkauf verschiebt und erst darüber entscheidet, wenn Du wieder da bist.

Zu Aggie: Ich hätte es Dir schon eher sagen sollen: Nicht lange, nachdem Ihr beide Euer Studium angefangen hattet, kam sie mich besuchen. Sie war übers Wochenende nach Hause gefahren und wollte mit mir persönlich über Simon sprechen. Sie hatte sich von Dir distanziert, weil sie herausgefunden hatte, dass Du Simon Geld gegeben hattest, damit er mit ihr auf ein Date geht. Das hat er ihr selbst erzählt, um sie zu »vergraulen«. Simon mag mein Sohn sein, aber manchmal ist er einfach ein rücksichtsloser Widerling. Aggie war am Boden zerstört und kam sich wie eine vorgeführte Idiotin vor. Außerdem hattest Du sie komplett fallen gelassen, als Du anfingst, diesen Jungen aus Huddersfield zu daten – was bedeutete, dass sie ihr Zuhause verlor, denn ihr Zuhause war ja unser Haus. Und als sie einmal während dieses Sommers doch bei uns vorbeischaute, bekam sie mit, dass Simon jetzt dieses andere Mädchen traf. Das muss Aggie wirklich weh getan haben. Ich gebe Dir gar nicht die Schuld, mein Liebes, ich möchte Dich nur darauf aufmerksam machen, dass es eine schwere Zeit für Aggie war. Falls man Aggie überhaupt irgendetwas vorwerfen kann, dann, dass sie zu gutgläubig war.

Alles, alles Liebe. Pass auf Dich auf.
Mama

Von: Rosie
An: Josh
Datum: 23. Februar

Josh,

Du hast recht. Ich fühle mich gerade ein wenig verloren und hätte das nicht an Dir auslassen sollen. Bitte verzeih mir. Ich bin alles andere als perfekt. Deine Mutter kann die Lampe haben. Du findest sie in meiner Kiste mit den besonderen Gegenständen.

Rosie

Von: Sekretärin von Nathan Brownes, Browns Kulinarischer Almanach
An: Mr. Shepherd, Das Café am Ende der Straße, Appledart
Datum: 20. Februar

Sehr geehrter Mr. Shepherd,

hiermit möchten wir Sie darüber informieren, dass wir darüber nachdenken, *Das Café am Ende der Straße* in der Ausgabe des *Browne's Café Guide* für das Jahr 2004 zu nennen. Aufgrund der einzigartigen Lage Ihres Cafés hat sich Nathan entschlossen, persönlich bei Ihnen vorbeizuschauen, da er danach einige Tage in Skye verbringen möchte. Sie werden verstehen, dass er unangemeldet vorbeikommen muss, damit er eine faire Rezension verfassen kann, deshalb können wir Ihnen das genaue Datum des Besuchs nicht nennen, aber ich kann Ihnen zumindest verraten, dass es vor dem 15. April sein wird. Wenn alles gut geht, wird der Artikel über *Das Café am Ende der Straße* eine oder zwei Seiten in unserem diesjährigen Führer einnehmen. Falls nicht, trösten Sie sich bitte mit der Tatsache, dass der Wettbewerb hart ist und es bereits eine große Auszeichnung darstellt, für eine Rezension in Betracht gezogen zu werden.

Mit freundlichen Grüßen,
Rebecca Geary

Von: Rosie
An: Aggie
Datum: 24. Februar

Hi Aggie,

ist es in Ordnung, wenn wir uns über Simon unterhalten? Ich will nur ganz kurz etwas dazu sagen. Dann ist es erledigt, und hoffentlich kannst Du mir vergeben. Gestern habe ich von meiner Mutter einen Brief erhalten, in dem sie mir mitgeteilt hat, dass Simon Dir gesagt hat, dass ich ihm angeblich Geld gegeben habe, damit er mit Dir ausgeht. Das ist absolut NICHT wahr. So etwas würde ich nie tun. Jetzt verstehe ich, warum Du so verärgert warst. Mein Gott, Aggie, warum hast Du denn nie etwas gesagt? Vielleicht ist es besser, wenn Du diese Frage nicht beantwortest, sonst komme ich nur wieder in Teufels Küche. Ich will nur, dass Du weißt, dass ich unschuldig bin. Simon war – und ist noch immer, fürchte ich – ein Kind.

Mittlerweile sind vier Stunden vergangen. Ich musste aufhören zu schreiben, weil jemand zu mir kam und mich um ein Gespräch unter vier Augen gebeten hat. Also war heute doch kein so toller Tag – irgendwas ist eben immer. Ich kann es nicht glauben: Dieser Kerl hat mich zur Seite genommen und mir gesagt, dass ich doch bitte versuchen soll, etwas maskuliner aufzutreten. Er hat mich doch tatsächlich darum gebeten, nicht so viel zu lächeln und fröhlich zu sein, wenn ich Anweisungen erhalte. Er meinte, ich würde mich zu mädchenhaft verhalten. Ich wollte ihm in sein blödes Gesicht schlagen. Es kann doch nicht sein, dass jemand mit einer tieferen Stimme und einer aggressiveren Haltung als qualifizierter für diesen Job gilt. Ich kann dieses ganze breitbeinige, maskuline Getue nicht ausstehen.

Das Komische war, dass er während des Gesprächs zweimal meinen Arm gestreichelt hat. Was zur Hölle? Ich fühle mich richtig mies. Wurde ich sexuell belästigt, oder war er einfach nur nett? Bin ich in der Öffentlichkeit zu fröhlich? Wenn ja, dann bin ich eine größere Schauspielerin als alle anderen. Wenn sie nur wüssten, wie nah ich die letzten Jahre über dem Selbstmord war. Papa hat gesagt, ganz gleich was passiert, ich solle immer weiter lächeln. Das ist alles, was ich versuche zu tun, verflucht noch mal.

Ach, und der Verteidigungsminister ist heute bei uns im Lager aufgetaucht. Gethyn und ich wollten herausfinden, ob er das gleiche Kantinenessen bekommt wie wir, aber entgegen unserer Hoffnungen wurden ihm feine Sandwiches und eine ordentliche Tasse Tee vorgesetzt. Ich würde töten für eine richtig gute Tasse Tee.

Alles Liebe,
Rosie

PS: Wie geht's mit der Liste voran? Es wird Dich sicher freuen zu hören, dass ich an meinem Flickflack arbeite (und dabei immer wieder verdutzte Blicke zugeworfen bekomme). Ich schätze, dass Du bisher noch nicht: einen Berg bestiegen, einen Sonnenuntergang gesehen, eine Nacht unter offenem Sternenhimmel verbracht, eine Flaschenpost verschickt und ein Pferd am Strand geritten hast (wobei Du Dich meiner Meinung nach am idealen Ort befindest, um all diese Dinge an einem einzigen Tag abzuhaken!).

Von: Aggie
An: Rosie
Datum: 27. Februar

Liebe Rosie,

wegen der To-Do-Liste: Ja, Du hast recht. Wahrscheinlich könnte ich bis zur Teezeit ein paar Punkte abhaken. Aber ist das gut? Vielleicht hätten wir uns abenteuerlichere Sachen ausdenken sollen?

Wegen Simon: Ich weiß, dass Du es nur gut gemeint hast, doch unglücklicherweise hat er seine Rolle als Verehrer sehr überzeugend gespielt, und ich habe mich bis über beide Ohren in ihn verliebt. Ich hätte nie geahnt, dass das alles nur eine Show war. An einem Tag war ich sein Augapfel, am nächsten ein Käfer, den er unter seinem Schuh zertrat. Anfangs versuchte ich, mich an ihn zu klammern, weil der plötzliche Umschwung in seinem Verhalten für mich gar keinen Sinn ergab. Ich denke, ich hatte die naive Hoffnung, dass er seine Meinung doch noch ändern würde. Dann, um mich endgültig loszuwerden und mich davon abzuhalten, weiter bei Euch rumzuhängen, sagte er, dass er sich nur mit mir abgegeben hätte, weil Du ihn bezahlt hättest. Ich fühlte mich benutzt, besonders, da ich meine Jungfräulichkeit an ihn verloren habe, was doch so eine große Sache ist. Es kam mir vor, als hättet Ihr Euch alle vortrefflich auf meine Kosten amüsiert. Das Schlimmste war, dass ich mich, wie ich schon erwähnte, wirklich in ihn verliebt hatte. Deshalb bin ich auch Jahre später nicht zur Hochzeit gekommen. Außerdem waren wir damals noch sehr jung. Um ehrlich zu sein, ich bin in dem Sommer nicht wirklich damit klargekommen, dass Du einen Freund hattest – ich war unglaublich eifersüchtig. Natürlich hast Du mich in der Zeit regelrecht abserviert (und ich wette, Du kannst Dich nicht mal mehr an den Namen des Typen erinnern, mit dem Du ausgegangen bist!), aber ich hätte genau dasselbe getan, wenn ich zuerst jemanden getroffen hätte.

Da ist noch etwas anderes. Wenn ich Dir das erzähle, würdest Du noch besser verstehen, wieso ich mich nicht mehr gemeldet habe. Aber bitte frag nicht, weil ich es Dir nicht sagen werde. Natürlich liegt mir Deine Freundschaft am Herzen, aber einige Dinge sollten einfach im Verborgenen bleiben, um die Unschuld einer Beziehung zu bewahren, sogar die zwischen besten Freundinnen.

Aber was jetzt wichtiger ist: Ja, das fällt definitiv unter Belästigung, was Du da erlebt hast! Wenn es noch mal passieren sollte, sag ihm, dass Du Dich dabei unwohl fühlst, und wenn er es dann nicht unterlässt, schieß auf ihn! Auch wenn Du zur Mörderin nicht taugst, denke ich, es ist an der Zeit, dass Du Deine innere Boudicca erwecken musst – die ultimative Britin (und ich meine das vollkommen ernst). Du hast Dich immer darüber amüsiert, dass ich sie so sehr verehre, aber es wurmt mich wirklich, dass sie in unserem Land nicht entsprechend gewürdigt wird. Als ihr Mann starb, hat sie alles an die verdammten Römer verloren. Sie wurde ausgepeitscht, ihre Töchter vergewaltigt. Aber hat sie klein beigegeben? Verdammt noch mal, nein! Ihre Leute sind ihr, einer Frau, willig in den Krieg gefolgt, den sie sogar beinahe gewann. Doch anstatt sich dann versklaven zu lassen, brachte sie sich um. Das ist jetzt natürlich eine sehr verkürzte Version ihrer Geschichte – doch was für eine Geschichte, Mensch! Und jedes Detail ist wahr. Also, ich sag's Dir noch mal: Erwecke Deine innere Boudicca. Unterwirf die Männer nicht etwa – arbeite mit ihnen, führe sie an, falls notwendig –, aber lass Dich ja nie unterdrücken!

Ich schicke Dir auch noch ein paar »emanzipatorische Klassiker« aus Caseys Bücherregal mit. Dann kannst Du anfangen, diesen Punkt auf der Liste abzuarbeiten. Mir ist bewusst, dass es nicht meine Bücher sind, aber Casey wird sich schon nicht beschweren – gute Bücher sollten begeisterte Leser fangen, nicht Staub. Ich hab gerade die Regale überflogen und ein paar rausgezogen: *Emma* (immer gut, wenn man sich in ein wenig Selbstbetrachtung üben will), *Verzauberter April* (eine Lehrstunde in Sachen Charakterbildung), *Die Eisenbahnkinder* (ein Beispiel, wie man angesichts einer Katastrophe widerstandsfähig bleiben kann) und *Anne auf Green Gables* (jeder, der Chrysantheme richtig buchstabieren kann, ist für mich ein Held). Leider konnte ich keine Ausgabe der Vagina-Monologe finden. Wenn Du nur Zeit für ein Buch hast, dann lies *Die Wolfsfrau* – ich wusste, dass Casey das Buch besitzt. Zum Glück hat sie auch ein Faible für Jackie Collins. Soll ich Dir lieber *The Stud*, *The Bitch* oder *The Sinners* schicken? Ich entscheid mich mal für *The Stud*. Sehr gern geschehen!

Ich hab gute und schlechte Neuigkeiten. Auf der einen Seite hab ich endlich den Mut gefunden, das zu tun, wovor ich am meisten Angst habe. Ich hab Mum geschrieben und mich von ihr verabschiedet. Zugegebenermaßen in der Hoffnung, irgendeine Reaktion zu bekommen, aber es kam keine Antwort. Dann hab ich letzte Nacht in den Büchern nach Unterstützung gesucht und *Alice im Wunderland* aus Caseys Bücherregal gezogen. Darin sagt die Zeit zu Alice: »Früher oder später trennt sich jeder von allem, meine Teure«, und mir wurde klar, dass sich Mum nicht ändern wird. Es ist unmöglich, manche Beziehungen zu beenden, das muss ich akzeptieren.

Gethyn hat mir auch einen Gefallen getan. Aber bitte erzähl ihm nichts davon! Er meinte, dass der Stereotyp des weißen Ritters gar nicht existiere. Damit hat er vollkommen recht, und Du auch. Warum zur Hölle verschwende ich so viel geistige Energie damit, einen Mann zu finden? Ich hab wohl schon so lange romantische Geschichten geschrieben, dass ich irgendwann erwartet habe, mein Leben müsste dem gleichen Handlungsstrang folgen. Gut, von Natur aus bin ich nun mal romantisch veranlagt, aber ich werde meine geistigen Kräfte nun auf etwas Greifbares konzentrieren. Ich werde diesen Laden hier so gut schmeißen, dass Casey und Shep fette schwarze Zahlen schreiben werden, wenn sie wieder da sind. Und ich weiß auch schon genau, wie ich das anstellen werde. Und zwar so:

In den letzten paar Jahren hab ich Tausende von Abendklassen besucht. Ich habe schwedische Massagen drauf, habe Spanisch gelernt (*usted me puede decir el camino a la estación de tren, por favor?*). Ich kann Tango tanzen wie eine argentinische Hure und bekomme innerhalb einer Stunde ein passables Aquarell hin. Ich kann stricken (die Weihnachtskrippe war mein Glanzstück, obwohl das Jesusbaby ein wenig schäbig aussah). Ich kann Serviettentechnik, krümlige Seife und Filzblumen herstellen. Zugegebenermaßen nahm ich an jeder Abendklasse mit dem Ziel teil, einen Mann kennenzulernen. Das Problem war, dass alle anderen Frauen im Kurs aus demselben Grund hingegangen sind, was eine Win-Win-Situation für den einzigen relativ attraktiven Mann in der Gruppe war. Aber jetzt ist es an der Zeit, all diese brach liegenden Talente mal zum Einsatz zu bringen, und so habe ich beschlossen, im Café »Themenabende« zu veranstalten, zum Beispiel einen Abend, an dem sich die Gäste ihre Lieblingsstücke auf dem Klavier vorspielen lassen können. Ich sag Dir dann, wie es läuft.

Und, oh mein Gott, es gibt große Neuigkeiten! Nathan Browne (genau, *der* Nathan Browne von *Browne's Good Food Guides*) wird im nächsten Monat in unserem Café vorbeischauen. Das ist eine große Sache. Wenn unser kleines Café eine Seite in *Browne's Café Guide* bekommt, werden Casey und Shep ausflippen. Und was noch besser ist: Nathan Browne wird persönlich vorbeikommen – ja, genau, Nathan Browne wird hier im Café sitzen und meine Cupcakes probieren! Man sagte uns, dass wir ihn »irgendwann« vor dem 15. April erwarten sollen, was bedeutet, dass ich meine Backkünste perfektionieren muss, denn Nathan erwartet Originalität. Um die herzhaften Gerichte kümmert sich im Moment Anya, aber ich finde ihr Menü ein wenig *zu* originell, wenn Du verstehst, was ich meine (außer Nathan Browne hat nichts dagegen, ein wenig high zu werden). Ich bin schon sooo aufgeregt.

Alles Liebe,
Aggie

PS: Ich habe diese Woche noch nichts von Gethyn gehört und mache mir Sorgen, dass ich vielleicht zu weit gegangen bin. Ist er wütend auf mich?

PPS: Häh? Die Bee Gees? Ich dachte, Du sagtest, er sei 37, nicht 57!

Von: Rosie
An: Agatha
Datum: 27. Februar

Hi Aggie,

nur für den Fall, dass Du jemals in eine ähnliche Situation kommst: Ich kann Dir sagen, es ist gar nicht so leicht für eine 50 kg schwere Frau, mit einem Rucksack auf dem Rücken in einen Helikopter einzusteigen, dessen Propeller am Rotieren sind. Sehr viel mehr gibt es dazu nicht zu sagen. Trotzdem muss ich zugeben, dass es ziemlich aufregend ist.

Die Soldaten im Hauptquartier sind schon ein komischer Haufen, diese ganze hierarchische Struktur … Ganz klar ist für viele Offiziere gerade eine wichtige Zeit angebrochen, was ihre weiteren Karriereaussichten angeht. Wie sie sich vor dem Generalstabschef aufplustern, ist faszinierend mit anzusehen. Die Brigaden machen das Gleiche beim Telebrief. Man merkt es an der Art ihres Vortrags. Ich frage mich nur, ob sie damit den General beeindrucken oder beweisen wollen, dass ihr Spezialgebiet unverzichtbar in der modernen Kriegsführung ist. Die Fallschirmspringer bemühen sich krampfhaft, einen wichtigen Beitrag zu leisten. Die Einzigen, die hier nicht wie stolze Pfauen herumstolzieren, sind die Royal Marines – vermutlich weil sie nicht darauf angewiesen sind. Wenn der gefürchtete Tag kommt, wird sich dieses ganze Getue sicher in Luft auflösen. Ich habe meine Meinung geändert, was meinen Geschlechtsstatus angeht. Ich bin sehr dankbar dafür, eine Frau zu sein. Was für eine Erleichterung, in dieser Welt leben zu können, ohne ständig meine Männlichkeit unter Beweis stellen zu müssen.

Alles Liebe, Rosie

Von: Rosie
An: Aggie
Datum: 27. Februar

Hi Aggie,

ja, Gethyn ist in letzter Zeit etwas still. Wir haben schon länger nicht mehr zu den Bee Gees getanzt. Die Situation nagt im

Moment an ihm. Aber ich würde mir keine Gedanken darüber machen, was Du ihm in Deinem Brief geschrieben hast. Er ist ein strammer Waliser, der sich nicht so leicht schockieren lässt.

Tausend Dank für den MP3-Player. Das war wirklich nett von Dir, dass Du Dir die Zeit genommen hast, mir einen zu kaufen und die ganze Musik draufzuladen, obwohl Du mit Packen beschäftigt warst. Deine Musikauswahl ist fabelhaft. Ich schwelge in Erinnerungen an die Plattensammlung Deiner Mutter. Wir haben immer entweder ABBA, David Cassidy, Joni Mitchell oder die Carpenters gehört, je nachdem in welcher Stimmung sie sich befand, stimmt's?

Wo wir gerade über Mütter reden: Kannst Du mir bitte für nächsten Monat eine Muttertagskarte besorgen? Mir ist bewusst, dass das recht unsensibel von mir ist in Anbetracht der Situation mit Deiner Mutter. Willst Du Deiner Mutter vielleicht auch eine Karte schicken? Ich weiß, ich weiß, sie ist immer noch eine dumme Kuh. Aber ist es nicht manchmal leichter, in den alten Bahnen zu bleiben?

Wie wäre es eigentlich, wenn Du Isabella Gambini eine Speisekarte für das Café gestalten ließest?

Alles Liebe, Rosie

PS: Kurze Frage: Fändest Du es verrückt von mir, wenn ich Josh fragen würde, ob er bereit wäre, unserer Ehe noch eine Chance zu geben? Das könnte die Sache sein, vor der ich am meisten Angst habe (siehe Liste).

Von: Mr. Hughes
An: Rosie
Datum: 27. Februar

Mein Kleines,

Sandsäcke? Wozu brauchst Du Sandsäcke, wenn Du in einem Bunker in Kuwait arbeitest? Heute war der erste Tag, an dem man spüren konnte, dass der Frühling vor der Tür steht. Wie die Vögel gesungen haben und das Sonnenlicht durch das Küchenfenster schien, ließ mich glauben, dass es nun endlich bergauf geht. Mutter sagt, heute sei ein guter Tag, um meinen Metalldetektor auszuführen. Mit anderen Worten, sie will mich aus dem Haus haben. Es gibt da ein bestimmtes Feld außerhalb von Holmfirth, das schon seit Jahren Weideland ist. Der Bauer hat es vor Kurzem gepflügt, und ich wollte ihn heute Nachmittag fragen, ob ich das Feld absuchen kann, bevor er mit dem Säen anfängt. Ich weiß, ich suche schon seit Jahren nach dem großen Goldschatz, aber dieses Mal habe ich wirklich ein gutes Gefühl, dass in diesem Feld etwas sein könnte.

Deine Mutter meint, ich spinne (wie üblich). Aber ihr wird das Lachen schon vergehen, wenn ich einen Römerschatz ausgrabe und wir mit unserem neuen Wohnwagen losziehen!

Was die Schule angeht, so will die Stadtverwaltung im Mai darüber abstimmen, aber es sieht nicht gut aus. Ich habe getan, was ich konnte, um den alten Kasten zu retten, aber wahrscheinlich werden die, die im Rathaus am Geldhahn sitzen, stur ihr Ding durchziehen. Ein paar Mütter sind zur Selbstjustiz übergegangen und drohen damit, vor dem Schulbus zu demonstrieren, während andere der Meinung sind, dass die Schule eh zu klein und unterfinanziert sei. Diese Frauen gehören zu denen, die kein Problem damit haben, ihre Kinder um acht Uhr morgens in den Bus zu packen und bis zum Nachmittag keinen Gedanken mehr an sie zu verschwenden.

Was immer sie auch glauben mögen: Wenn die Schule einmal weg ist, dann ist sie weg. Die meisten sind der Überzeugung, dass unser Dorf dadurch seine Seele verlieren würde. Die Zeit wird es zeigen.

Wir haben Dich lieb, Kleines,
Mama und Papa

Von: Rosie
An: Mrs. Hughes (über das Postamt)
Datum: 27. Februar

Hallo Mama,

danke für Deinen Rat bezüglich Josh und wie ich Angelica loslassen kann. Danke auch, dass Du so offen über Deine Krankheit sprichst. Ja, ich habe Simon Geld gegeben, aber nur, damit er mit Aggie etwas trinken gehen kann und nicht, um mit ihr auf ein Date zu gehen. Das habe ich nur getan, weil sie einsam war und ich mich schuldig fühlte, da ich nicht mehr so viel Zeit mit ihr verbracht habe. Ich weiß, dass es falsch war, aber meine Absichten waren gut, das musst Du mir glauben. Ich hätte nicht gedacht, dass sich zwischen ihnen wirklich etwas entwickeln würde. Ich dachte nur, es wäre nett für Aggie, wenn sie jemanden hat, mit dem sie einen Abend verbringen kann. Nie hätte ich erwartet, dass er sich an sie ranmachen würde. Ich habe

Aggie geschrieben und mich bei ihr entschuldigt. Allerdings habe ich ihr nicht die volle Wahrheit gesagt, um sie nicht zu verletzen.

Neulich habe ich mir die Haare geschnitten und eine lange Unterhaltung mit einem befreundeten Arzt geführt. Dabei ist mir bewusst geworden, dass ich mir immer vorkam, als würde ich im Schatten meiner toten Schwester leben. Papa wollte mich stets daran hindern, mit Dir darüber zu reden, aber seitdem ich fort bin, habe ich realisiert, dass ich neben meiner eigenen Trauer auch Deine mit mir herumgetragen habe. Wir haben nie offen über Anna gesprochen. Daher hatte ich immer den Eindruck, Du würdest mir gegenüber niemals Dein Herz so öffnen, wie Du das bei ihr getan hast. Es gab Zeiten, in denen ich einen heimlichen Groll gegen meine Schwester gehegt habe, weil ich dachte, dass Du ihr mehr gegeben hast als mir. Ich glaubte, es in Deinen Augen sehen zu können. Ich habe es Papa erzählt, aber er meinte, dass ich mir das nur einbilde und Dich damit nicht behelligen soll. Ich habe ihm auch gesagt, dass mir mein Name nie so richtig gefallen hat, weil ich mich gefühlt habe, als würde er nicht gänzlich mir gehören. Ich bildete mir ein, dass ihr mich nur deswegen Rosanna genannt habt, damit ein Teil von Anna weiterleben würde – in mir. Wenn Anna nicht gestorben wäre, hättet ihr mich sicher anders genannt, oder vielleicht würde es mich dann gar nicht geben.

Aber durch Deinen Brief ist mir klar geworden, dass die Ursache dieses Traumas in mir selbst liegt. Wieso tun wir uns das nur an? Wieso bestrafen wir uns mit solchen furchtbaren Geschichten, die wir uns selbst zurechtlegen? Wieso habe ich nicht einfach mit Dir geredet? Papa hatte recht, das Ganze war total bescheuert. Als ich meine Versetzung in die Wüste angenommen hatte, war mir egal, ob ich leben oder sterben würde. Doch nun, nachdem der Krieg mich fast erreicht hat und die Raketen bald fliegen werden, ist mir eines klar geworden: Wenn ich mich entscheide, für dieses Leben zu kämpfen, muss ich Angelica sterben lassen, damit ich leben kann. Wieso habe ich mich nur so lange an all das geklammert? Bitte vergib mir, Mama, dass ich Dir die Schuld für meine eigenen Fehler gegeben habe. Wenn ich nach Hause komme, dann lass uns einen Weg finden, wie unsere Herzen in Harmonie sein können – für immer.

Von ganzem Herzen alles Liebe,
Rosie

Von: Gethyn
An: Aggie
Datum: 27. Februar

Liebe Agatha,

machen Sie sich keine Sorgen. Sie haben recht. Ich bin ein Heuchler. Vergessen Sie meine lächerlichen Ausführungen über Literatur bitte einfach, wahrscheinlich habe ich Sie damit ziemlich genervt.

Viele Grüße,
Gethyn

Von: igambini@hotmail.com
An: aggieb@yahoo.com
Betreff: Wegrennen
Datum: 27. Februar

Liebe Aggie,

das kommt jetzt vollkommen aus heiterem Himmel, aber hast Du zufällig ein Zimmer frei? Wenn ja, kann ich kommen und eine Weile bei Dir wohnen? Ich hab gerade eine Schreibblockade, was mein neuestes Kochbuch anbelangt. Mir fallen absolut keine neuen oder inspirierenden Rezepte mehr ein, und ich bin mir nicht mal sicher, ob mir das überhaupt etwas ausmacht. Kann ich zu Dir nach Appledart flüchten? Vielleicht bringt mich das Café ja auf neue Ideen?

Bitte sag mir, wenn diese Bitte unsere Freundschaft überstrapaziert. Ich hab mit einer engen Freundin über Dich geredet und sie meinte, in Deiner Nähe wohne so eine Art berühmte Wahrsagerin. Vielleicht sollte ich ihr einen Besuch abstatten?

Alles Liebe,
Isabella

Von: Rosie
An: Aggie
Datum: 28. Februar

Liebe Aggie,

heute war ein toller Tag! Gethyn hat sich einfach einen Land Rover geschnappt, mit dem wir spontan zu einem amerikanischen Militärlager gefahren sind. Und Du wirst es nicht glauben, aber es gab dort doch wirklich ein Trampolin zu kaufen, ein Trampolin! Wir haben zwei Stunden in dem Laden damit verbracht, Salto zu üben, und niemand hat uns aufgehalten. Und wir haben es geschafft! Das war den Anschiss hinterher wirklich wert. Dafür war der Tag einfach viel zu perfekt: Ich habe mir die Haare gewaschen, eine saubere Toilette benutzt, Eis gegessen und Cola getrunken. Die kleinen Dinge machen am meisten Spaß!

Bis dann.

Alles Liebe, Rosie

Von: Agatha
An: Rosie
Datum: 2. März

Hi Rosie,

Gethyn hat zurückgeschrieben. Seine Antwort war knapp und höflich. Manchmal bin ich echt so eine Idiotin. Hat er Dir gesagt, was ich geschrieben habe? Ich schäme mich so. Ich muss mir eine passende Antwort einfallen lassen, um ihm zu zeigen, dass ich kein Miststück bin. Ich lege noch ein paar lustige Comicbildchen dazu und sende ihm einen Kuchen oder so was, dann werd ich seine Freundschaft schon zurückgewinnen.

Was Josh und Deine Frage betrifft, ob ihr es noch mal miteinander probieren sollt: Du hast mir bisher nicht erzählt, was genau passiert ist, deshalb bin ich nicht sicher, ob ich Dir etwas dazu raten kann. Das ist die Art von Frage, über die man einen ganzen Tag (wenn nicht zwei) nachdenken müsste. Man stellt sich folgende Szene vor: Tee, Kuchen, zwei Frauen, die Arm in Arm den Strand entlang spazieren, während im Hintergrund *Wind Beneath My Wings* zu hören ist. Da Dir ja jetzt mein Arm und meine leckeren Kuchen nicht zur Verfügung stehen, könntest Du auch einfach eine Münze werfen. Bei Kopf kommt ihr wieder zusammen, bei Zahl nicht. Wenn die Münze mit der Zahl nach oben landet und Du enttäuscht bist, weißt Du, was Du zu tun hast. So einfach ist das.

Wie geht's mit der To-Do-Liste voran? Mein Klavierspiel wird immer besser, aber ich glaube, ich steige demnächst mal auf einen Berg!

Alles Liebe, Ag

Von: aggieb@yahoo.com
An: igambini@hotmail.com
Betreff: Aw: Wegrennen
Datum: 2. März

Hi Isabella,

natürlich kannst Du zu mir kommen! Ich fände das sehr schön. Mir scheint, dass hier göttliche Vorsehung am Werk ist, denn Du könntest mir unerwarteterweise bei etwas ganz Bestimmtem helfen – ich erzähl Dir mehr, wenn Du da bist.

Komm so bald Du kannst.

Alles Liebe, Ag

Von: igambini@hotmail.com
An: aggieb@yahoo.com
Betreff: Aw: Aw: Wegrennen
Datum: 2. März

Hi Aggie,

das ist ja fantastisch. Vielen, vielen Dank! Ich komme noch diese Woche. Kannst Du mir eine genaue Wegbeschreibung geben? Und was soll ich alles mitbringen?

Allerliebste Grüße,
Isabella

Von: aggieb@yahoo.com
An: igambini@hotmail.com
Betreff: Aw: Aw: Aw: Wegrennen
Datum: 2. März

Wow! Schon diese Woche? Na ja, warum nicht!

Bring Folgendes mit: Wanderschuhe, Gummistiefel, warme Kleidung, Handschuhe und den wärmsten Mantel, den Du finden kannst – nichts Schickes, eher etwas, wofür tausend Gänse ihre Federn haben lassen müssen. Nimm den Zug nach Fort William und steig dort in den Zug nach Mallaig um. Schreib mir Deine Ankunftszeit, dann kann ich Hector Bescheid sagen, wann er Dich mit seinem Boot abholen soll. Muss jetzt los, weiterbacken.

Aggie

Von: Rosie
An: Aggie
Datum: 4. März

Hi Ag,

ich bin Deinem Rat gefolgt und habe eine Münze geworfen. Genau genommen hatte ich keine Münze, also habe ich stattdessen einen Dollarschein in die Luft geworfen. Er ist auf der Vorderseite gelandet, was »Nein« bedeutet, ich soll nicht wieder mit Josh zusammenkommen. Und Du hattest recht, ich war enttäuscht. Also habe ich den Schein noch mal in die Luft geworfen, und er ist noch mal auf »Nein« gelandet! Daraufhin habe ich das verdammte Ding so oft in die Luft geworfen, bis es auf der richtigen Seite gelandet ist. Es scheint also, als ob ich Josh wirklich noch mal eine Chance geben möchte. Aber möchte er das auch? Das ist die Frage. Was soll ich nur tun?

Alles Liebe, Rosie

PS: Danke für die Bücher. Ich habe mit *Emma* angefangen. Gehe ich recht in der Annahme, dass das ein nicht sehr subtiler Hinweis auf die Risiken ist, die mit dem Versuch, sich in das Liebesleben eines Freundes einzumischen, einhergehen können?

Von: Aggie
An: Gethyn
Datum: 4. März

Lieber Gethyn,

Sie sind kein Heuchler. Wir stehen kurz vorm Krieg, und ich sollte mich wie eine dankbare Bürgerin benehmen, nicht wie eine geifernde alte Kuh.

Als Entschuldigung sende ich Ihnen ein signiertes Exemplar von Isabella Gambinis neuestem Kochbuch, *Nichts als Desserts.* Ich habe Isabella überredet, für dieses Buch Rezepte zu kreieren, in denen nur Fair-Trade-Bio-Zutaten verwendet werden. Ich schicke Ihnen ein Exemplar, weil ich das Vorwort verfasst habe. Vielleicht sollten wir mal über andere Dinge sprechen und diese ganze Romantik-Debatte ruhen lassen, da wir uns in diesem Punkt wohl nie einigen werden.

Was das Schreiben angeht: Ich reagiere auf dieses Thema im Moment superempfindlich, da ich eine Art Schreibblockade habe (oder vielleicht hängt mir das Schreiben auch einfach nur zum Hals raus). Als eine Freundin mich fragte, ob ich eine Zeit lang auf ihr Café in Schottland aufpassen könnte, hab ich deshalb gleich Ja gesagt. Rosie wird es Ihnen genauer erklären, aber kurz gesagt: Ich schreibe Ihnen aus einer Oase der Ruhe. Ich wohne im Cottage meiner Freundin, das sich zusammen mit einer Handvoll anderer Fischerhütten an einem kleinen, schnuckligen alten Pier befindet. Oberhalb des Hafens ist ein goldener Strand, der bei jedem Wetter idyllisch aussieht. Die Isle of Skye ist acht Kilometer entfernt. An einem klaren Tag wie heute kommt es mir vor, als bräuchte ich nur die Hand auszustrecken, um sie zu berühren. Zu meinen Nachbarn zählen eine Hellseherin und ein Dichter. Das Café ist ein umgebauter Kuhstall und wie der Rest der Halbinsel einfach perfekt. Es hat ein rotes Blechdach, weiß gekalkte Wände und Fenster, die auf den Pier und den Strand rausgehen. Es heißt *Das Café am Ende der Straße*, und ich liebe es einfach.

Alles in allem bin ich hier auf ein wahres Paradies für Aussteiger gestoßen. Doch obwohl die Landschaft aussieht, als hätte man sie von einer Shortbread-Dose abgemalt, hab ich bisher noch keinen schottischen Akzent vernommen. Ich frage mich, ob Appledart vielleicht mein Brigadoon ist – ein Ort, der immer mal wieder im Nebel auftaucht und wo die Einwohner keine Menschen, sondern Schutzengel sind. Es kommt mir vor, als hätte ich die reale Welt verlassen und wäre für eine Weile in eine fiktive Parallelwelt eingetreten. Ist es nicht seltsam, wie man jahrelang in der Tretmühle feststeckt, und dann auf einmal – boom! – ruft einen das Abenteuer, und es ist schier unmöglich, sich nicht darauf einzulassen?

Ihre Agatha

Von: igambini@hotmail.com
An: aggieb@yahoo.com
Betreff: Aw: Aw: Aw: Aw: Wegrennen
Datum: 4. März

Hi Aggie,

alles ist vorbereitet! Ich fliege morgen nach Inverness, übernachte dort und werde am nächsten Tag um ein Uhr nachmittags in Mallaig ankommen. Noch eine Sache, die mich etwas nervös gemacht hat: Was meinst Du mit Boot? Ich kann nämlich nicht schwimmen.

Alles Liebe,
Isabella

Von: aggieb@yahoo.com
An: igambini@hotmail.com
Betreff: Aw: Aw: Aw: Aw: Aw: Wegrennen
Datum: 4. März

Hi Isabella,

ich fürchte, Du wirst um das Boot nicht herumkommen. Ich habe nie behauptet, dass die Reise zum *Café am Ende der Straße* leicht sein würde, aber das Ziel ist es wert – das verspreche ich Dir.

Alles Liebe, Ag

PS: Du kannst doch reiten, oder?

Von: Rosie
An: Aggie
Datum: 6. März

Hi Aggie,

mein heutiger Tag:

- aus einem staubigen Zeltbett aufgestanden und mich vor den Augen von zwanzig haarigen Soldaten angezogen.
- mich mit Feuchttüchern abgerieben, nachdem die Männer das ganze heiße Wasser aus dem Boiler zum Rasieren

verbraucht hatten (hätte einfach früher dran sein sollen).
- Frühstück gegessen – bin der Verlockung eines verschrumpelten Würstchens am Morgen erlegen.
- zur Arbeit gegangen und mich über die Armee lustig gemacht.
- mich mit Gethyn getroffen, zuerst am Vormittag und dann später noch mal auf eine Tasse Tee.
- die belanglose Wettervorhersage heruntergelesen.
- zu Mittag gegessen (Beutelnahrung des US-Marine-Infanteriekorps – lecker).
- zu Abend gegessen (Eintopf – Kamel?).
- Zähne geputzt.

Außerdem sind die weiteren Bücher heute angekommen. Ich bin mir zwar nicht sicher, wie wir die herumtransportieren wollen, aber es wird schon gehen. Bist Du Dir eigentlich dessen bewusst, dass Du ein Kochbuch an jemanden geschickt hast, der wahnsinnig gerne isst und sich momentan nur von Kriegsrationen ernähren kann? Witzig, aber grausam, vor allem, da er immer hungrig ist. Ich habe ihn dabei beobachtet, wie er durch die Rezepte blättert und dabei wie ein Labrador aussieht, der sabbernd auf ein gegrilltes Hühnchen starrt.

Trotzdem tausend Dank.

Alles Liebe, Rosie

Von: Rosie
An: Mrs. Hughes (über das Postamt)
Datum: 6. März

Hallo Mama,

es ist 22 Uhr, ich sitze hinten auf einem Laster und schreibe das unter dem Licht meiner Taschenlampe. Um 12.30 Uhr werden wir zu einem neuen Standort in der Wüste transportiert. Ich bin furchtbar erschöpft. Ich glaube, es ist Donnerstag, aber wenn mir jemand sagen würde, dass es Freitag ist, würde ich ihm nicht widersprechen. Ich wünschte, ich könnte jetzt an einem regnerischen Tag mit meinen Wanderschuhen durch das Dartmoor spazieren und diese Frische auf meinem Gesicht spüren. Ich fühle mich wie eine Gefangene. Ich bin eine Gefangene.

Wenn wir unterwegs sind, muss ich immer in einem Quartier neben dem Laster schlafen, und es gibt da immer diesen einen Typen, der mich beobachtet. Er sieht mir beim Waschen zu, beim Ausziehen, sogar beim Zähneputzen. Vielleicht geht es dabei gar nicht so sehr um den lüsternen Mann, der mir Unbehagen bereitet, sondern um meine Beziehung zu mir selbst. Vielleicht ist es das, was ich erkennen muss. Aber wie kann ich lernen, eine Frau zu sein, wenn ich hier in dieser Welt ein Mann sein muss? Ich mache mir schon wieder viel zu viele Gedanken.

Hab Dich lieb, Rosie

Von: Aggie
An: Rosie
Datum: 10. März

Hi Rosie,

was das Kochbuch betrifft: Oh, Mist! Ich werde ihm auch Verpflegung senden müssen. Wie wär's mit einem Fresskorb?

Ich habe die Nachrichten gesehen. In was für einem Albtraum Du da steckst!

Andere, weniger weltbewegende Neuigkeiten: Du wirst es mir kaum glauben, aber Isabella Gambini wird eine Weile bei mir wohnen – und Du meintest noch, ich solle sie doch um Hilfe bitten. Was für ein verrückter Zufall! Ich fange an zu glauben, dass Summer Santiago (*Sei vorsichtig, was du dir wünschst*) recht haben könnte. Endlich scheinen sich die Dinge zu fügen. Bis auf die Sache mit Mum natürlich, aber dafür wäre wohl ein Wunder nötig.

Oh Gott, Rosie. Pass bloß auf Dich auf!

Alles Liebe,
Ag

PS: Was *Emma* betrifft – bin ich wirklich so durchschaubar?

Von: Rosie
An: Mrs. Hughes (über das Postamt)
Datum: 10. März

Hallo Mama,

ich brauche unbedingt Deine Hilfe. Ich habe keine Ahnung wieso, aber jedes Mal, wenn ich auf die Toilette gehe und meinen Gürtel öffne, entleert sich meine Blase sofort von selbst. Ich schaffe es noch gerade so, meine Hose runterzuziehen, aber leider pinkle ich mir immer in die Unterhose. Vielleicht ist es der Stress, oder vielleicht drückt die Narbe von meinem Kaiserschnitt auf die Blase? Kannst Du mir bitte aus einem billigen Kaufhaus (Matalan?) eine Ladung Unterhosen kaufen und mir sofort zukommen lassen? Ich habe keine Zeit, ständig meine Unterwäsche zu waschen, und nach Pipi zu riechen, ist einfach unerträglich.

Alles Liebe, Rosie

Von: Gethyn
An: Aggie
Datum: 16. März

Liebe Agatha,

ich könnte Sie küssen!

Tausend Dank für den Fresskorb. Ich habe versucht, alles mit den anderen zu teilen, war aber ein wenig gefräßig, vor allem, was den Kuchen angeht. Ich hoffe, dass es Ihnen nichts ausmacht, aber ich hab die Wachteleier gegen eine Packung Kakaokekse eingetauscht (mit einem Artilleriemajor, ich denke, er hat eine noblere Erziehung genossen als ich). Der Weidenkorb hat ebenfalls Verwendung gefunden. Wir haben ihn zu einer hocheffizienten Nagetierfalle umfunktioniert und fangen damit pro Tag nun ein oder zwei Ratten! Sie sind ein Goldschatz.

Heute habe ich nicht viel Zeit, aber ich schreibe Ihnen bald meine Meinung zu Isabellas Kochbuch. Ich versuche, dieses Mal weniger unsensibel zu sein, versprochen.

G.

Von: Rosie
An: Aggie
Datum: 16. März

Hi Aggie,

ein Geschenkkorb von Harrod's? Was für eine tolle Idee. Danke. Gethyns Stimmung hat sich deutlich verbessert.

Es war fast surreal, die Päckchen auszupacken. Es hat mich sehr an zu Hause erinnert. Auch wenn der Korb, wie Gethyn meinte, ein sehr stereotypes Bild von England darstellt, verkauft in einem Laden, der von einem Araber betrieben wird. Sogar ein kleines Modell von Big Ben war dabei. Ich habe es ganz tief in der Tasche für meine Atemschutzmaske verstaut und muss jedes Mal lächeln, wenn ich es sehe. Den Alkohol haben wir versteckt. Wir wollen ihn trinken, sobald der Krieg vorbei ist, wann auch immer das sein wird.

Ansonsten geht alles seinen gewohnten Gang. Bis Dich dieser Brief erreicht, hat der Krieg vielleicht schon begonnen. Verdammt, Aggie, das passiert wirklich! Was ist das für ein Leben, wenn man sich so reduziert hat, dass der wichtigste Besitz eine Pistole und ein Autoinjektor sind? Um hier draußen nicht verrückt zu werden, braucht man eine Beschäftigung. Ganz allein mit meinen Gedanken zu sein ist das Schlimmste. Ach, und übrigens verachte ich die Soldaten jetzt nicht mehr. Ich habe mich über Nacht in einen von ihnen verwandelt. Das ist leichter, als sich dagegen zu wehren. Heute haben wir alle vom Hauptquartier unsere Panzerwesten abgegeben. Nicht alle Jungs an der Front haben eine, und sie benötigen sie dringender als wir. Ich hoffe nur, dass wir nicht angegriffen werden, denn mit nur zehn Kugeln und ohne Panzerweste werde ich dem Tod nicht lange von der Schippe springen können. Du musst meine drastischen Worte entschuldigen, aber ich habe mich damit abgefunden, dass mein Schicksal nicht mehr in meiner Hand liegt.

Heute wurden wir angewiesen, Nervengas-Tabletten für den Fall eines Chemieangriffs einzunehmen. Gethyn und ich haben uns entschieden, sie nicht zu nehmen. Wir lassen es darauf ankommen.

Uns wurde gesagt, dass wir nicht darüber informiert werden, falls unseren Angehörigen zu Hause in der Frühphase des Krieges etwas passieren sollte. Was mich zu meiner letzten Bitte führt: Kannst Du bitte auf meine Eltern aufpassen, für den Fall, dass es mich erwischt? Backe viele Kuchen für meinen Vater, besorg ihm hin und wieder eine Flasche Whiskey und nimm meine Mutter ins Gartencenter mit, vor allem zu Weihnachten, das liebt sie. Sie leidet unter Depressionen (das hast Du Dir wahrscheinlich schon gedacht). Da Simon in Australien ist, sind sie ganz allein, und Vater hat es wirklich nicht leicht, wenn sie in einem ihrer Tiefs steckt. Wenn der Krieg ausbricht, kann es sein, dass wir für eine Weile nicht korrespondieren können, aber egal was passiert, bitte hör nicht auf, mir zu schreiben. Ich antworte Dir so bald ich kann. Was übrigens Simon angeht: Es wird Dich sicher nicht überraschen zu hören, dass ich noch keinen einzigen Brief von ihm erhalten habe. So ist er eben.

Alles Liebe und viel Glück mit dem Café. Vielleicht schaffe ich es ja eines Tages dorthin zurückzukehren, wenn das hier alles vorbei ist.

Alles, alles Liebe, Rosie

Von: Rosie
An: Andrea Jones
Datum: 16. März

Hallo Andrea,

vielen lieben Dank für Deinen Brief. Er hat mir viel bedeutet. Das Beste, was ich über mein gegenwärtiges Leben sagen kann, ist, dass ich zu essen und zu trinken habe. Und wie einer meiner Kollegen immer betont: Manche Menschen auf der Welt haben nicht mal das. Es stimmt schon, ganz egal, in was für einer Situation Du Dich befindest, Du kannst Dir sicher sein, dass es immer jemanden gibt, dem es schlechter geht als Dir. Momentan können das allerdings nur wenige Personen sein. Und diejenigen, die nichts zu essen oder trinken haben, werden sich wahrscheinlich keine Sorgen darüber machen müssen, vergast oder in die Luft gejagt zu werden. Aber wer weiß, vielleicht doch. Ausweglose Situationen tendieren dazu, sehr schnell noch auswegloser zu werden. Es war sehr nett von Dir, mich eine Inspiration zu nennen, aber um ehrlich zu sein, wenn ich zwischen Deinem und meinem Leben wählen könnte, würde ich Deines nehmen. Du bist eine Mutter, was sicher die wichtigste aller Aufgaben ist. Aber vielleicht ist es ja jetzt an der Zeit, Deinen eigenen Träumen zu folgen, zum Beispiel Krankenschwester zu werden. Du warst schon immer diejenige, die in den Ferien Mäuse und Hamster aus dem Klassenzimmer nach Hause gebracht und sich um sie gekümmert hat. Ich wette, Du wärst großartig in diesem Beruf.

Folge Deinem Herzen, Andrea. Du weißt nie, wohin es Dich führt. (Wobei es vielleicht keine gute Idee ist, auf mich zu hören. Ich meine, schau Dir an, wo ich gelandet bin!)

Pass auf Dich auf und noch mal vielen Dank für Deinen Brief.

Alles Liebe, Rosie.

Von: Rosie
An: Aggie
Datum: 17. März

Liebe Aggie,

wir sind wieder weitergezogen. Ich kann mich nicht daran erinnern, wann ich das letzte Mal geschlafen habe.

Der heutige Tag:
1600 – Zelt mit Gethyn abgebaut.
1710 – Festgestellt, dass das Zelt nicht in meinen Rucksack passt. Zelt noch mal zusammengelegt.
1725 – Konnte die Pflöcke für das Zelt nicht finden. Fühlte mich wie eine Zivilistin. Festgestellt, dass ich zwei Stäbe draußen liegen gelassen habe. Zelt mit den Stäben neu verpackt.
1800 – Das blöde Zelt endlich fertig zusammengelegt.
1805 – Freundlichen Kerl aus der Armee gefunden, der mir dabei geholfen hat, das Zelt zum Laster zu tragen.
1805 – In der Wüste herumgestanden und darauf gewartet, dass die Armee das Hauptquartier fertig zusammenpackt. Eine Riesenaktion, bei der sie Hilfe von Amateuren ablehnen.
2130 – Wurde ohne Gethyn von einem Feldwebel in einen Laster geschubst und landete auf Essensrationen (Dosen).
2135 – Mit einem Konvoi ohne Beleuchtung zu einem unbekannten Ziel quer durch die Wüste aufgebrochen (sehr langsam und äußerst holprig).
0100 – Die Kolonne hat angehalten. Es wurde uns gesagt, dass wir fünf Stunden lang an diesem Standort warten müssten. Ich war erstaunt, überhaupt irgendeine Information bekommen zu haben.
0110 – Ein Soldat der US-Marine hat Mitleid mit mir und gibt mir ein Feldbett, nachdem ich mich direkt auf den Wüstenboden legen wollte.
0111 – Eingeschlafen.
0300 – Total unterkühlt aufgewacht. Konnte nicht dagegen ankämpfen. Selbst die einfachsten Bewegungen schienen unmöglich. Daran erinnert, dass ich kein Baby bin und mich warm halten muss. Zusätzliche Kleidung angezogen. Wieder eingeschlafen.
0600 – Von einem Soldaten aufgeweckt worden. Sehe eine Reihe von Soldaten, die gegen Laster pinkeln. Anscheinend haben nicht nur Hunde gerne ein Zielobjekt, gegen das sie pinkeln

können. Frage mich, wo ich einen Platz finden soll, um mich zu erleichtern. Am Ende pinkle ich auf der anderen Seite des Lasters. Ein paar Typen haben mich dabei gesehen. Keiner hat sich darum gekümmert.
0700 – An neuem Standpunkt angelangt. Das Hauptquartier wieder aufgebaut. Hochachtung vor den Jungs und Mädels des Royal Corps of Signals, die die meiste Arbeit geleistet haben.
1000 – Eine Übung zu Chemieangriffen absolviert. Viel zu nah am Feind. Bald ist es so weit. Das fühle ich.
Ich wünschte, ich hätte meine Violine. Aber egal. Wie war Dein Tag?

Alles Liebe, Rosie

Von: Rosie
An: Mrs. Hughes (übers Postamt)
Datum: 19. März

Liebe Mama,

ich sitze im Hauptquartier-Zelt und sehe mir im Fernsehen die Rede von Bush an die Nation an. Das Ganze ist so surreal. Vorhin stand ich draußen in der Dunkelheit und sah in der Ferne Ölfelder schimmern. Öl ist ein sehr wichtiger Rohstoff, stimmt's? Ich hoffe, Papa hält durch? Eine dicke Umarmung an den Hund. Bitte entschuldigt den kurzen Brief. Weiß nicht, was ich schreiben soll.

Alles Liebe, Rosie

Von: Gethyn
An: Aggie
Datum: 19. März

Hi Aggie,

nun naht die Stunde, da wir zum Angriff übergehen müssen. Ich habe darüber nachgedacht, den Kriegsdienst zu verweigern, habe es jedoch nicht geschafft, diesen Entschluss mit eiserner Disziplin durchzuziehen und bin stattdessen den Massen gefolgt. Ist dies der Punkt, an dem ein Krieg sich verselbstständigt, wenn Individuen nicht mehr eigenständig denken und handeln, sondern sich im Kollektiv auflösen? Saddam Hussein hat viele schreckliche Dinge getan und ist ganz klar ein impulsiver Soziopath. Vielleicht ist er psychisch krank (ich habe da einige Gerüchte gehört). Doch das, was wir im Begriff sind zu tun, ist doch ebenso irrational, oder nicht? Würde dieser Krieg ein humanitäres Ziel verfolgen, würde ich mich wohler fühlen, aber ich bin sicher, dass er nur ein Vorwand ist. Doch für was?

Ich habe Ihren Scheherezade-Brief mehrmals gelesen, und auf einmal ist es mir aufgegangen: Hier bin ich, in Arabien, und führe zusammen mit meinen Kollegen die Befehle des Königs aus, trotz meiner Skrupel. Doch da ist keine Geschichtenerzählerin, die uns retten könnte, uns einen magischen Teppich weben könnte. Worte sind hier nicht mächtiger als das Schwert.

Haben Sie jemals Kiplings *Law of the Jungle* gelesen? Trotz allem, was uns die Historie lehrt, scheint es, dass die Männer, die Länder und Armeen anführen, nicht so klug wie Scheherezade sind. Sie besitzen nicht den Intellekt, aus Geschichten zu lernen oder aus Worten eine Friedensflagge zu weben, und so bleiben die Gesetze des Dschungels unbeachtet. Ich glaube, dass unser Angriff auf den Irak irgendwann eine mächtige Gegenreaktion zur Folge haben wird, die möglicherweise den Aufstieg eines Shere Khan begünstigen wird. Aber, wie ich von Ihnen gelernt habe, jede Geschichte braucht einen Bösewicht. Vielleicht gibt es ja in dieser Geschichte irgendwann noch eine unerwartete Wendung, und die Illusion wird offenbart.

Was auch immer geschehen mag, der Krieg beginnt morgen oder übermorgen. Ich werde meine Seele dem Teufel überlassen und versuchen, den Sturm zu überleben.

Passen Sie auf sich auf, Ag.
Gethyn

Von: Rosie
An: Mr. and Mrs. Hughes
Datum: 19. März

Liebe Mama und Papa,

ein paar von uns hier haben Briefe an ihre Angehörigen geschrieben, die nur im Falle ihres Todes geöffnet werden sollen. Das passt nicht zu mir, aber es hat mich zum Nachdenken gebracht. Wieso warten wir immer so lange, den Menschen, die uns am Herzen liegen, zu sagen, wie wir uns fühlen – womöglich gar, bis es zu spät ist? Ich werde definitiv nicht sterben, aber wenn ich einen Brief geschrieben hätte, würde darin wahrscheinlich Folgendes stehen:

An meine liebe Mama und meinen lieben Papa – danke.

Danke dafür, dass Ihr immer einen vollen Kühlschrank und eine gefüllte Keksdose für mich habt. Danke, dass Ihr mir die Fernbedienung in die Hand gebt und sagt »Schau Dir an, was Du möchtest, Schätzchen«. Danke, dass Ihr die Gasheizung anstellt, wenn ich im Juni friere, und danke, dass Ihr mein Kinderzimmer genau so gelassen habt, wie ich es verlassen habe. Danke, dass Ihr mir mein erstes Auto gekauft und mir immer einen Zehner zugesteckt habt, wenn ich ausgegangen bin. Danke, dass Ihr mich durch die Uni gebracht habt, auch wenn Ihr es Euch eigentlich nicht leisten konntet. Und danke für all die Entbehrungen, die Ihr auf Euch genommen habt, damit es mir an nichts fehlt. Danke für all die magischen Weihnachtsfeste und dafür, dass Ihr mir die Haare zurückgehalten habt, wenn ich mich übergeben musste. Danke dafür, dass ich bei Euch stets ein Zuhause hatte, in dem ich all die Sorgen des Erwachsenseins hinter mir lassen konnte, sobald ich durch die Hintertür getreten bin. Ich liebe Euch von ganzem Herzen. Bitte macht Euch keine Sorgen.

Eure Tochter,
Rosie

Teil 2

Von: Aggie
An: Rosie
Datum: 20. März

Oh Gott, Rosie. Es ist so weit. Ich hoffe, es geht Dir gut. Pass auf Dich auf, meine Hübsche. Weiß gar nicht, was ich noch schreiben soll, nichts scheint von Bedeutung. Tausend Umarmungen.

Ag

Von: Mr. Hughes
An: Rosie
Datum: 20. März

Mein Liebes,

nun ist es also so weit. Immer schön ducken, und spiel ja nicht die Heldin. Schreib so oft Du kannst.

Alles Liebe.
Mama und Papa

Von: Josh
An: Rosie
Datum: 21. März

Hi Rosie,

mir tut es auch leid. Scheiß auf die Lampe. Ich habe gehört, dass sie jetzt Kuwait unter Beschuss nehmen. Ich sollte eigentlich da draußen sein, nicht Du. Pass ja gut auf Dich auf.

Josh

Von: Gethyn
An: Aggie
Datum: 22. März

Liebe Agatha,

es ist drei Uhr morgens. Zum ersten Mal seit Tagen habe ich etwas Zeit für mich. Zeit, ein paar Augenblicke lang einfach nur dazusitzen.

Ich habe nicht viele Briefe geschrieben, seit ich in Kuwait angekommen bin, doch in denen an Sie konnte ich am ehrlichsten sein.

Während die Zahl der Toten steigt und der Krieg in die nächste Phase übergeht, ist auch meine Anwesenheit hier wichtiger geworden. Jetzt sehe ich die ganze Sache nicht mehr in verschiedenen Grautönen, sondern schwarz-weiß. Ganz vereinfacht gesagt bin ich derjenige, der den Sanitätern einen Überblick über die Verletzten auf dem Schlachtfeld gibt. Es ist viel schwieriger, als ich es erwartet hatte. Die Todesrate ist zwar vergleichsweise niedrig, doch jeder einzelne Tod bedeutet doch, dass ein Menschenleben ausgelöscht wurde. Und man muss sich auch um die Verletzten kümmern. Es gab viele schnelle Entscheidungen zu treffen, und ich kann nur hoffen, alles richtig gemacht zu haben.

Ich frage mich, ob irgendjemand über die Toten und Verletzten auf der Seite der Iraker den Überblick behält. Was ist mit den Kindern? Mit den Tieren? All das ist nur wenige Kilometer von meinem jetzigen Standpunkt entfernt, an dem ich diesen Brief schreibe. Ich bin auf der sichereren Seite. Auf der anderen Seite muss es furchtbar sein. Die Amerikaner haben uns ein riesiges Waffenarsenal zur Verfügung gestellt. Tatsächlich ist es so riesig, dass die Iraker nicht einmal Angriffe fliegen, um zurückzuschlagen – es hat keinen Sinn.

Ich wünschte, die Iraker hätten die Einsicht gehabt, überhaupt nicht zurückzuschlagen – sie können unmöglich gewinnen. Ich wünschte, sie hätten einfach gesagt: »Ok, Amerikaner. Macht, was ihr wollt, aber wir werden nicht ein Leben mehr opfern, als unbedingt nötig ist.« Doch wie kann sich eine ganze Nation stillhalten und nicht zurückschlagen? In diesen furchtbaren ersten beiden Nächten, als die britische Marine den Angriff auf die al-Faw-Halbinsel startete, habe ich es geschafft, mich zwischen den Raketenangriffen ein paar Stunden lang hinzulegen und konnte regelrecht fühlen, wie die gewaltige Macht des Krieges durch die Wüste dröhnte. Es ist sehr schwer zu erklären, aber ich denke, die Erde begriff, was da gerade passierte, und ich glaube, sie weinte.

Ich bin so stolz auf Rosie. Unfassbar, dass sie so komplett unvorbereitet in diese Situation geworfen wurde. Seit Kriegsbeginn zieht sie aus irgendeinem verborgenen Winkel ihrer Seele eine große innere Stärke. Ich hoffe, sie weiß, wie wertvoll sie für uns ist. Ich habe versucht, es ihr klarzumachen, scheine jedoch auf taube Ohren zu stoßen. Dass eine Frau hier ist, ist ein Segen – und nicht nur irgendeine Frau, sondern eine Frau mit einem warmen Lächeln, die mit beruhigender, sanfter Stimme jeden Tag übers Radio zu den Truppen spricht. Die Männer hier gehen unterschiedlich mit Rosies Anwesenheit um. Die paar wenigen, die glauben, sie schikanieren zu müssen, tun das aus Angst – Angst, dass sie vielleicht weniger Charakterstärke besitzen als diese kleine blonde Frau, die jeden einzelnen Tag über nichts anderes als die Sonnenstunden redet. Tatsächlich ist ihr Spitzname (den sie hasst) Little Miss Sunshine, und er ist als Kompliment gemeint, doch vielleicht sehen ihr die Männer nicht tief genug in die Augen. Wenn sie es nämlich täten, würden sie die Traurigkeit in ihrem Blick bemerken.

Meine Augen brennen, also mache ich jetzt lieber Schluss, doch bitte schreiben Sie mir bald. Ich schäme mich dafür, dass ich Sie dazu überreden wollte, Ihren lockeren, leichten Schreibstil aufzugeben. Ein wenig Humor ist sicher die beste Medizin in schweren Zeiten. Ich habe immer eines Ihrer Bücher in meiner Tasche. Wenn mich die Traurigkeit überwältigt, ziehe ich es heraus und lese ein paar Seiten. Die Leichtigkeit Ihrer Prosa ist das beste Gegengift gegen den Krieg, das ich hätte finden können. In meinem letzten Brief schrieb ich, dass ich ohne meine Scheherezade verloren wäre, doch jetzt wird mir klar, dass Scheherezade und ihre Geschichten mich schon die ganze Zeit über begleiten. Und dafür werde ich für immer in Ihrer Schuld stehen. Danke.

G

Von: Schulleiterin der Grundschule von Midhope
An: Rosie
Datum: 23. März

Liebe Rosanna,

ich bin mir nicht sicher, ob Sie dieser Brief erreichen wird, nachdem nun der Krieg ausgebrochen ist. Mein Name ist Angela Cartwright. Vielleicht erinnern Sie sich an mich, ich bin die Schulleiterin der Grundschule von Midhope.

Ich kontaktiere Sie, weil ein elfjähriger Junge Ihnen gerne einen Brief schreiben würde. Am Tag des Kriegsausbruchs haben wir eine besondere Versammlung abgehalten, um gemeinsam für die Opfer des Krieges zu beten. Es ist eine sehr verwirrende und beunruhigende Zeit für die Kinder. Neulich habe ich Janet im Laden getroffen und von ihr erfahren, dass Sie in den Konflikt involviert sind. Daher habe ich auf der Versammlung erwähnt, dass eine Dame aus unserem Dorf im Irak Militärdienst leistet. Später fragte mich ein Junge namens Oliver aus der sechsten Klasse, ob er Ihnen schreiben dürfe. Ich habe Ihre Eltern angerufen, um sie nach Ihrer Adresse zu fragen. Ihr Vater meinte, es würde Ihnen nichts ausmachen, wenn Oliver mit Ihnen korrespondiert. Daher habe ich dem Jungen erlaubt, seinen Brief auf meinem Laptop während der Pause zu schreiben, und habe ihm mit der Rechtschreibung geholfen.

Sie sind sicher sehr beschäftigt, aber ich würde es sehr schätzen, wenn Sie Zeit fänden, Oliver zu antworten. Er ist ein sensibles, aber auch sehr eigensinniges und störrisches Kind. Sein Name passt gut zu ihm, da er derzeit bei Pflegeeltern lebt und eine schwierige Kindheit hatte. Es hat uns alle sehr überrascht, dass er Ihnen schreiben wollte. Er ist ein sehr intelligenter Junge und könnte es im Leben zu etwas bringen, auch wenn er unter einer Lernschwäche leidet, vor allem was Rechtschreibung angeht, weshalb ich ihm beim Verfassen seines Briefes helfe. Leider wird er uns mit ziemlicher Sicherheit in ein paar Monaten verlassen. Soweit ich weiß, wird seine gegenwärtige Pflegemutter bald nicht mehr für ihn sorgen können. Es wäre das Beste, wenn Sie Ihre Antwort an meine Adresse senden würden (die Post wird an unsere vorübergehende Unterkunft geschickt); ich gebe sie dann an Oliver weiter.

Passen Sie auf sich auf, Rosanna. Und denken Sie daran, dass wir alle sehr stolz auf Sie sind.

Herzliche Grüße, Angela

Hier ist Olivers Brief:

Liebe Rosie,

Mrs. Cartwright hat uns von dem Krieg erzählt, und uns wurde gesagt, dass wir für Dich und all die anderen Soldaten beten sollen. Wir hatten heute eine total lange Versammlung. Mein Hintern tut richtig weh vom langen Sitzen, aber wir haben für Euch gebetet, und alle Kinder glauben jetzt, dass Gott Euch beschützen wird. Ich wollte Dir gern schreiben, weil ich mehr über den Krieg wissen möchte. Hast Du eine Waffe? Ist es heiß da draußen? Wieso befinden wir uns im Krieg? Gibt es da eine Menge Sand? Und Eidechsen auch? Wird Saddam Hussein Bomben auf England werfen? Hast Du schon mal jemanden erschossen? Hast Du Angst? Wirst Du einen Orden bekommen? Hast Du gewusst, dass unsere Schule abgebrannt ist? Wir müssen jetzt immer mit dem Bus nach Oakworth fahren. Ein paar der Eltern lassen die kleinen Kinder nicht den Bus nehmen und fahren sie selber zur Schule. Ich fahre mit dem Bus.

Mit freundlichen Grüßen,
Oliver

Von: Rosie
An: Aggie
Datum: 23. März

Hallo Aggie,

es ist 23 Uhr, und ein leises, aber emsiges Gedränge erfüllt das Hauptquartier um mich herum, weshalb ich mir einen Moment Zeit nehme und Dir schreibe, auch wenn ich mir nicht sicher bin, wann Dich dieser Brief erreichen wird. Wir sind ein paar Stunden früher als erwartet in den Krieg gezogen. Unter dem Mantel der vorgetäuschten Tapferkeit hatte ich eine Heidenangst. Doch es ist bemerkenswert, wie schnell man sich selbst beibringen kann, ruhig zu bleiben. Eine Rakete schlug bedrohlich nahe ein, aber das Patriot-System scheint die meisten zu neutralisieren, bevor sie landen können. Die Front-Truppen schlagen sich sehr gut. Dennoch ist es natürlich furchtbar, ihre Hilferufe über Funk zu hören, vor allem, wenn es keine einsatzbereiten Flugzeuge in der Gegend gibt, die ihnen Beistand leisten könnten. Die meisten Jets fliegen offenbar nach Bagdad.

Seit Kriegsbeginn gibt es regelmäßig Raketenangriffe, aber Ihr müsst Euch keine Sorgen machen, sie sind nicht treffsicher. Zum Glück gibt es bisher keine Anzeichen für einen geplanten

Gasangriff. Da ich nicht viel zu tun habe, spiele ich also Mäuschen und beobachte, wie sich der Albtraum entwickelt. Alles andere wäre mir lieber, ich würde sogar eines meiner Organe spenden, nur um was zu tun zu haben. Obwohl wir für den General arbeiten, haben wir im Hauptquartier zur selben Zeit vom Ausbruch des Krieges erfahren wie der Rest der Welt: durch die Bilder auf Fox News von den ersten amerikanischen Raketen, die auf den Irak abgefeuert wurden. Keine Ahnung, wie ich mir den Kriegsausbruch vorgestellt hatte. Ich kann doch wohl nicht gedacht haben, dass der General herauskommen und eine Startpistole abfeuern würde? Beinah unmittelbar nachdem die erste amerikanische Rakete auf Bagdad gefallen ist, ging der Raketenalarm los, und wir mussten uns in die Schützengräben werfen. Wir waren bereits in unseren Chemieanzügen. Hätte ich doch bloß bei den Übungen zu Toilettengang und Kanisterwechsel besser aufgepasst. Erstaunlicherweise machte sich beim ersten Alarm ein überwältigendes Gefühl der Resignation in mir breit. Wir lagen eng wie die Sardinen in dem Graben, und ich bereute mit einem Schlag meine frühere Selbstzufriedenheit, als wir den Graben ausgehoben hatten. Was war ich nur für ein naiver Dummkopf.

Dieses erste Mal im Graben werde ich nie vergessen. Der Soldat rechts neben mir zitterte schrecklich. Ich konnte nicht sagen, wie alt er war, noch nicht mal ob Mann oder Frau, weil er einen Chemieschutzanzug trug, mit Stiefeln, Latexhandschuhen und einer Gasmaske. Ich nahm seine Hand in meine, und wir hielten uns, versteckt unter meinen Beinen, die ganze Zeit über fest. Wir saßen dort so um die zehn Minuten, bis wir das Zeichen zur Entwarnung hörten. Als er seine Maske abnahm, sah ich, dass dieser arme Junge kaum älter als zwanzig war.

Die Raketenangriffe hörten nicht auf, wieder und wieder mussten wir in die Gräben springen. Der Tag war von Trauer und Verlust erfüllt, aber wir haben ihn überstanden. Mehrmals täglich versammeln wir uns um den Generalstabstisch, und jede Einheit, einschließlich die der Marinesoldaten, erstattet dem General per Radio Bericht. Wir hören zu, wie sie weiter vormarschieren, und ehrlicherweise fasziniert mich das. Dies ist das dunkelste Kapitel meines Lebens, aber seit Anbeginn des Krieges fühle ich mich erstaunlich lebendig. Ist es falsch, sich so lebendig zu fühlen?

Alles Liebe, Rosie

Von: Rosie
An: Mr. und Mrs. Hughes
Datum: 23. März

Hallo Mama und Papa,

ich wollte Euch nur kurz wissen lassen, dass es mir gut geht und Ihr Euch keine Sorgen machen müsst. Ich rufe Euch an, sobald ich kann. Hab Euch lieb.

Eure Rosie

Von: Aggie
An: Rosie
Datum: 24. März

Hi Rosie,

ich habe schon eine Weile keine Briefe von Dir bekommen. Ich schreibe Dir einfach weiterhin, in der Hoffnung, dass meine elektronischen Briefe weiterhin für Dich ausgedruckt werden. Alles, was mir im Moment einfällt, scheint angesichts Deiner Situation banal. Ich weiß nicht genau, was ich außer Neuigkeiten aus der Heimat schreiben soll, also tue ich das jetzt einfach und hoffe, dass Dich das etwas aufmuntert.

Das Wichtigste: Isabella ist jetzt hier und haust mit mir im Cottage. Ich war zuerst nicht sicher, ob wir miteinander auskommen würden. Du kannst Dir sicher vorstellen, wie komisch es ist, wenn plötzlich eine Starköchin bei Dir auf der Matte steht. Doch anscheinend haben Stars genau die gleichen Gewohnheiten und Unsicherheiten wie der Rest der Menschheit, also meinte ich zu ihr: »Mi casa es tu casa«. Meine einzige Hausregel ist, dass sie niemals meinen Damenrasierer benutzen darf – alles andere teile ich gerne. Sie ging bereitwillig auf meine Forderung ein, also habe ich ihr die Aufgabe übertragen, sich um die Hühner zu kümmern. Das Café gefällt ihr sehr, und sie kann vor mir nicht verbergen, dass sie es am liebsten direkt übernehmen würde. Mich würde es nicht stören. Na gut, ein bisschen schon. Anya würde es Karma nennen.

Isabella hätte sich keinen besseren Ort aussuchen können, um für eine Weile ein wenig Ruhe vor dem Starrummel zu bekommen. Aber Du solltest die Gesichter unserer Gäste sehen, wenn sie hereinschneien und von der »Frau aus dem Fernsehen« begrüßt werden! Anya und Ishmael sind wahrscheinlich die letzten beiden Menschen auf dem Planeten, die sich um ihren Prominentenstatus scheren, und die laute Familie ist viel zu Friede-Freude-Eierkuchen-mäßig drauf, um überhaupt zu merken, dass eine berühmte Köchin hier eingezogen ist. In den dunkelsten Tiefen meiner Seele jedoch lauert der Wunsch, dass sich Isabellas Anwesenheit doch rumspricht. Ich träume davon, unsere tägliche Besucherzahl von zehn auf zwanzig zu verdoppeln. Doch da diese Zahl ganz davon abhängt, wie viele Leute Hector in sein kleines Boot zwängen kann, werden wir wohl weiterhin klein und exklusiv bleiben.

Obwohl wir immer unsere Späßchen machen, sollst Du wissen, dass wir uns hier permanent über den Krieg auf dem Laufenden halten. Gestern Abend haben Isabella und ich uns an den Strand gesetzt, den Sonnenuntergang betrachtet und gebetet. Zuerst haben wir ein Gebet für Dich und Gethyn gesprochen. Dann ist mir eingefallen, dass ich Dir ja *Die Eisenbahnkinder* geschickt habe. In der Filmversion erinnert Dinah Sheridan (die Mutter) Jenny Agutter (Bobby) daran, in ihren Gebeten nicht nur ihres Vaters zu gedenken, sondern allen Eingesperrten und Gefangenen (oder so ähnlich). Und so sprachen wir dann entsprechend ein Gebet für alle Kriegsbetroffenen, egal auf welcher Seite, egal in welchem Kampf. Allerdings haben wir beschlossen, uns nur einmal am Tag die Nachrichten anzuhören – mir ist das einfach zu nervenaufreibend, um mir das mehrmals reinzuziehen. Aber unsere Gedanken sind stets bei Dir.

Pass auf Dich auf, schönes Kind.

Alles Liebe,
Ag

PS: Gestern schaute doch tatsächlich eine Frau bei uns vorbei, die Stella Valentine heißt – ist das nicht der großartigste Name überhaupt? Ich werde eine Heldin in einem meiner nächsten Bücher so nennen – oder noch besser, ihn als Pseudonym verwenden.

Von: Rosie
An: Aggie
Datum: 26. März

Hi Aggie,

ich bin gerade dabei, Deinem Rat zu folgen und ein wenig Ruhe und Frieden in der Dämmerung zu genießen. Dabei sitze ich am Kartentisch, trinke Tee und schreibe Briefe. Nachts scheint hier mehr los zu sein als am Tag, was bedeutet, dass während der frühen Morgenstunden regelmäßig der Raketenalarm losgeht. Die Besprechungen am Kartentisch sind häufiger und intensiver geworden. Wir halten immer vor Spannung den Atem an und hoffen, dass keine weiteren britischen Verluste gemeldet werden. Aber jeden Tag, vor allem jede Nacht, hören wir die unausweichliche Nachricht: weitere britische Verluste. Meinst Du, es ist bereits zu spät dafür, nach Gott zu suchen? Wenn nein, wo soll ich suchen? Sollte nicht Gott eher mich finden angesichts der Umstände? Gethyn ist momentan sehr eingebunden, weshalb ich seit Kriegsbeginn nicht viel von ihm gesehen habe. Er sitzt vorm Radio im Zelt der US-Marinesoldaten und geht ganz in seiner Arztrolle auf. Plötzlich ist er der ernsthafteste, zielstrebigste Mann, den ich je kennengelernt habe.

Mist, gerade ist der Raketenalarm losgegangen. Muss kurz weg.

Bin wieder da. Die Rakete ist ungefähr anderthalb Kilometer von hier runtergegangen. Jetzt muss ich aber los, das Wetter und die Telefone für die Einheiten checken und nachsehen, ob sie irgendetwas von mir brauchen.

Pass auf Dich auf.

Alles Liebe, Rosie

Von: Rosie
An: Mrs. Hughes (übers Postamt)
Datum: 27. März

Hallo Mama,

ich sitze draußen vor unserem Schlafzelt im Sand und genieße für ein paar Minuten die Sonne. Rechts von mir ist eine Gruppe amerikanischer Marinesoldaten am Kartenspielen. Uno. Aus irgendeinem Grund erscheint mir das unpassend. Sollten Amerikaner nicht eher Poker spielen und Whiskey trinken?

Heute Nacht ziehen wir wieder weiter, immer näher an die Grenze. Mittlerweile ist mir die Wichtigkeit meiner Arbeit bewusst geworden. Das Wetter spielt im Krieg wirklich eine entscheidende Rolle. Vor ein paar Tagen hatte ich mit den Verbindungsoffizieren der Luftwaffe eine separate Besprechung, und plötzlich wurde mir die Realität des Krieges noch mal um einiges bewusster. Ich musste warten, bis ich mit ihnen reden konnte, und hörte dabei mit an, wie sie Luftunterstützung für die Kommandotruppen organisiert haben, die sich mit einer irakischen Panzereinheit ein Gefecht lieferten. Drei amerikanische F18, vier AV8B und zwei A10 später waren die Einheiten in Sicherheit. Ich möchte mir gar nicht vorstellen, was für ein Schlachtfeld ein solcher Angriff hinterlassen muss.

Übrigens danke für die Unterhosen und die Feuchttücher und all die Süßigkeiten und Zeitschriften. Das hält mich am Leben. Vielen, vielen Dank, Mama.

Hab Dich lieb,
Rosie

Von: Rosie
An: Oliver, über Mrs. Cartwright
Datum: 27. März

Lieber Oliver,

ganz herzlichen Dank für Deinen Brief. Es tut gut zu wissen, dass man zu Hause an uns denkt. Ich habe mehr als genug Zeit, Dir zu schreiben, denn wenn ich nicht gerade an einer Wettervorhersage arbeite, gibt es sonst nicht viel für mich zu tun, abgesehen von Essen und Schlafen. Wir schreiben hier also alle sehr viele Briefe.

Ich werde versuchen, Deine Fragen zu beantworten:

Hier im Irak ist es jetzt Nachmittag, und Du hast recht, am Tag ist es in der Wüste wirklich äußerst heiß. Die meiste Zeit versuchen wir im Schutz der Zelte zu bleiben und jegliche physische Anstrengung auf ein Minimum zu begrenzen, damit wir keinen Hitzschlag bekommen. Nachdem nun der Frühling angebrochen ist, sind die Temperaturen nachts ganz angenehm.

Das war jedoch nicht der Fall, als ich hier ankam. Im Januar und Februar waren die Nächte noch eisig kalt, aber spätestens ab Juli wird es so heiß sein, dass man kaum schlafen können wird. Und an Arbeit im Freien wird nicht zu denken sein. Helikopter werden wegen der Hitze tagsüber womöglich nicht mehr fliegen können.

Ja, ich bin im Besitz einer Waffe. Es ist eine Pistole. Während des Krieges musste ich sie zum Glück noch nicht benutzen, und ich hoffe, dass das so bleibt. Genau genommen habe ich sie bisher nur ein paarmal abgefeuert. Ich bin eine Meteorologin, keine Soldatin. Ich bin in der Freiwilligenreserve der königlichen Marine und wurde darum gebeten, mit dem Personal des Armeehauptquartiers zusammenzuarbeiten.

Der Sand ist hier echt überall – er ist alles, was Du sehen, fühlen und schmecken kannst. Ich trage einen Schal und decke damit mein Gesicht ab, damit kein Sand in Mund, Nase oder Haare gelangt.

Du musst keine Angst vor Bombenangriffen in Großbritannien haben. Britische Kinder sind absolut sicher.

Ich bin weder glücklich noch unglücklich darüber, hier zu sein. Ich bin gar nichts, wenn Du verstehst, was ich meine. Es macht mich jedoch sehr traurig, dass Krieg herrscht. Ich war furchtbar einsam, bevor ich hier einen Freund gefunden habe. Er heißt Gethyn, und ich wüsste nicht, was ich ohne ihn tun würde.

Ja, man wird mir einen Orden verleihen.

Ich kann Dir gar nicht genau sagen, warum wir uns im Krieg befinden. Ich bin mir nicht mal sicher, ob es der General weiß. Alles, was ich weiß, ist, dass unser Premierminister uns hier rausgeschickt hat. Wir müssen darauf vertrauen, dass er einen guten Grund dafür hat.

Nachdem ich Dir nun Deine Fragen beantwortet habe, kannst Du mir im Gegenzug vielleicht ein paar beantworten.

Wie hast Du Dich bei dem Brand der Schule gefühlt? Macht es Dir etwas aus, mit dem Bus zu Eurer neuen Schule zu fahren? Findest Du, dass sie die Schule in Midhope wieder aufbauen sollten? Mein Vater engagiert sich dafür. Er hat mich nach meiner Meinung gefragt, aber ich würde gerne wissen, was Du davon hältst.

Nochmals vielen Dank für Deinen Brief und Deine Gebete. Ich hoffe, bald wieder von Dir zu hören.

Du kannst mich gerne alles fragen, was Du möchtest.

Liebe Grüße,
Rosie

Von: Mr. und Mrs. Hughes
An: Rosie
Datum: 27. März

Mein Kleines,

momentan herrscht Waffenstillstand im Dorf. Aber vielleicht bin ich auch nur nicht auf dem Laufenden. Jeder, der mir begegnet, scheint mich mit Samthandschuhen anzufassen, da alle wissen, dass Du mit der Armee im Irak bist. Dabei braucht es nur eine falsche Bemerkung im Laden oder an der Tankstelle, und schon liegen wieder alle im Zwist miteinander. Deiner Mutter und dem Hund geht es gut. Ich soll Dir von Mama ausrichten, dass wir an Ostern nun doch nicht mit dem Wohnwagen unterwegs sein werden. Whitby kann warten, bis wir wissen, dass Du in Sicherheit bist. Solange die Auseinandersetzungen dauern, wollen wir zu Hause sein, nur für den Fall, dass Du es schaffen solltest zu telefonieren. Das Empfangssignal meines Handys ist am Strand recht schwach.

Tante Joan sendet Dir Grüße. Ihrem Knie geht es schon viel besser, aber sie ist noch immer weit davon entfernt, wieder im Legion tanzen zu können. Dieses durchtriebene Weibsstück hat es doch tatsächlich geschafft, einen Behindertenaufkleber für ihr Auto zu bekommen. Heutzutage händigen sie die wohl an jeden aus, der ein wenig humpelt!

Hast Du den silbernen Armreif erhalten, den ich Dir geschickt habe? Habe ich schon erwähnt, dass er aus dem 19. Jahrhundert stammt? Ich versuche immer noch, die Erlaubnis zu bekommen, auf dem Feld in Holmfirth suchen zu dürfen. Ich werde diesen Schatz schon noch finden, und dann musst Du diesen furchtbaren Job nie wieder machen.

Wir haben Dich lieb.

Mama und Papa

Von: Rosie
An: Aggie
Datum: 27. März

Liebe Aggie,

ich bin nun offiziell im Irak angekommen. Die Grenzüberschreitung war total schräg. Ein paar Iraker (hauptsächlich Kinder) haben uns zugewunken, was mir angesichts der harten Kämpfe, die die Soldaten an der vordersten Front ausgefochten haben, irgendwie recht seltsam erschien. Aber es wimmelt immer noch überall von Widerstandsgruppen, und niemand ist sicher. Von unseren Lastern aus warfen wir den Kindern Wasser und Nahrung zu. Zum ersten Mal hatte ich also die Gelegenheit, den Welthunger zu bekämpfen. Wobei ich mir nicht sicher bin, ob das unter diesen Umständen zählt. Ich bin total erschöpft, nachdem ich in den letzten zwei Tagen nur vier Stunden Schlaf hatte. Außerdem plagen mich wieder Angstattacken und eine ständige Unruhe.

Ich fürchte, das ist alles, was ich Dir schreiben kann, zu mehr fehlt mir heute einfach die Kraft.

Alles Liebe, Rosie

Von: Aggie
An: Gethyn
Datum: 28. März

Hi Gethyn,

ach je, in welcher schrecklichen Lage Sie sich da nur befinden. Mein Geschwurbel über die Eigenheiten von Liebesromanen scheint im Moment überhaupt nicht von Bedeutung. Ich fühle mich schuldig, dass mein Leben nicht in irgendeiner ernstzunehmenden Weise vom Krieg beeinträchtigt wird. Wir würden viel eher begreifen, was da eigentlich vor sich geht, wenn das Essen rationiert würde oder plötzlich V1-Raketen in meinem Schoß landeten. Für mein Empfinden ist Großbritannien bisher in Bezug auf den Krieg viel zu gut davongekommen –

sollte ich nicht eigentlich gar nicht mehr in der Lage sein zu backen, weil die Butter knapp wird oder so was? Ishmael hat mir erzählt, dass im Fernsehen rund um die Uhr über den Irak berichtet wird, aber in meinem Cottage gibt es keinen Fernseher, also kann ich Gott sei Dank nicht zur Kriegsvoyeurin werden.

Bevor ich nach Appledart gefahren bin, hab ich bei Rosies Eltern vorbeigeschaut. Ich habe ihnen einen Victoria-Biskuitkuchen mitgebracht. Damit liegt man niemals falsch. Sie haben mir eine Tasse Tee angeboten. Doch das Lächeln in ihren blassen Gesichtern konnte nicht über ihre Sorgen hinwegtäuschen. Ich denke, sie werden wohl noch eine Weile vor Angst die Luft anhalten müssen, also überrascht es nicht, dass sie so blass aussehen. In den Augen von Rosies Mutter sah ich die gleiche Distanziertheit, die ich noch aus meiner Kindheit kenne. Ach Gott, was rede ich denn da schon wieder! Ich muss mich mal zusammenreißen und ein wenig mehr mit meinem erstklassigen Sarkasmus glänzen.

Immer die Ihre, Aggie

PS: Um mich ein wenig solidarisch zu zeigen, werde ich für die Dauer des Krieges einen kratzigen Tweedrock tragen und mir jeden Tag mit einem Eyeliner falsche Strumpfhosennähte hinten an den Beinen aufmalen. In den Highlands mit nackten Beinen herumzulaufen ist das Mindeste, was ich in Sachen Kriegsanstrengungen beitragen kann.

Von: Aggie
An: Rosie
Datum: 29. März

Hi, Rosie,

wie läuft der Krieg? Unfassbar, dass ich Dich so etwas frage.

Hier gibt es nicht viel Neues, außer dass ich momentan für Isabella die Kummerkastentante spiele. Ihre anfängliche Euphorie ist schnell abgeebbt, und sie ist auf dem Boden der Tatsachen angekommen. Mir war nicht klar, in welchem Gefühlschaos sie sich befindet. Sie ist die ganze Zeit nur am Heulen und treibt mich damit noch in den Wahnsinn. Gestern habe ich sie in mehrere Schichten dicke Klamotten eingepackt, einen Picknickkorb zusammengestellt – eine Thermoskanne Kaffee, Käsesandwiches mit Chili-Marmelade und Zitronenkuchen nach meinem eigenen Rezept – und bin mit ihr zum Strand spaziert. Nachdem sie mir ihre Leidensgeschichte erzählt hat, ist sie mir in die Arme gefallen und hat herzzerreißend geschluchzt. Daraufhin hat sie eine beachtliche Menge Kuchen verdrückt – vermutlich aus Neugier, wie mir der Teig so fruchtig gelingt – und hat dann schließlich laut geseufzt und mich angelächelt.

»Nun, Isabella, wenn du dich weiterhin als Fußabtreter siehst, werden die Männer auch weiter auf dir herumtrampeln«, sagte ich ihr. »Und du musst aufhören zu weinen, sonst hat die Maske einiges zu tun, bevor du das nächste Mal vor die Kamera treten kannst.« Das schien sie wieder etwas auf Spur zu bringen.

Die Arme hat ein paar schwere Jahre hinter sich. Natürlich ist daran ein Mann schuld. Eine ihrer Töchter macht ihr außerdem große Sorgen. Aber ich ahne, dass Anya sich ihrer bereits heimlich angenommen hat. Sie hat mit ihr ganz generell über Emotionen gesprochen und wie man wieder die Kontrolle über die eigenen Gedanken und Handlungen erhält. Mit anderen Worten: Bekomm Dein Leben wieder in den Griff! Ishmael hält sich aus dem Ganzen heraus und verschwindet, sobald das Thema auf Männer kommt.

Aber Du glaubst nicht, wie gut Isabella backen kann. Sie zu beobachten, ist, als würde man einem Alchemisten zusehen. Sogar Anya ist davon beeindruckt. Mir ist aufgefallen, dass Isabella jede einzelne Zutat kostet, bevor sie sie verwendet. Nach dem Backen isst sie dann aber nur selten etwas von dem Kuchen, vermutlich aus Selbstkasteiung. Ihre herzhaften Häppchen sind einfach himmlisch, was für mich ein Albtraum ist. Wenn ich diesen Ort irgendwann mal wieder verlasse, werde ich wahrscheinlich so viel wie ein Doppelhaus wiegen.

Das war's von mir. Schick uns ein paar Sonnenstrahlen!

Pass auf Dich auf. Ich denke an Dich.

Ag

Von: Rosie
An: Mrs. Hughes (übers Postamt)
Datum: 28. März

Hallo Mama,

ich wollte Dich wissen lassen, dass ich jetzt im Irak bin. Aber wie schon gesagt musst Du Dir wirklich keine Sorgen machen, denn ich bin mehr als drei Kilometer von der Frontlinie entfernt. Nun, da mir die Kugeln um die Ohren fliegen, habe ich eine regelrechte Die-gegen-uns-Haltung eingenommen. Schließlich würde ich sofort gefangen genommen oder erschossen, sobald ich das Zelt verlassen und in den Irak marschieren würde. Was auch immer ich vor Kriegsausbruch für eine Ansicht über die Sinnlosigkeit des Ganzen vertreten habe, spielt jetzt keine Rolle mehr. Es geht nur noch ums Überleben. Wir tragen keine Schutzanzüge mehr im Hauptquartier, da es nicht danach aussieht, als würde Saddam Hussein die Absicht oder die nötigen Mittel zu einem Gasangriff haben. Bei Raketenalarm flüchten wir uns auch nicht mehr in die Gräben, sondern warten auf die Berechnung des Computers, wo die Rakete einschlagen wird. Wenn sie sehr nahe ist, flüchten wir in die Gräben, was jedoch nur selten der Fall ist. Ich bin vollkommen ehrlich zu Dir, in der Hoffnung, dass es Dich beruhigt. Ja, ich bin in einem Kriegsgebiet, aber angesichts der Überlegenheit amerikanischer Technik glaube ich nicht, dass die Iraker in der Lage wären, unser Hauptquartier anzugreifen. Also ist alles in Ordnung. Richte Tante Joan schöne Grüße aus und drücke Papa und den Hund ganz fest von mir.

Alles Liebe, Rosie

Von: Aggie
An: Gethyn
Datum: 29. März

Lieber Gethyn,

ich dachte mir, ich schreibe Ihnen so schnell wie möglich, um Ihnen zu zeigen, dass ich an Sie denke. Wie geht es Ihnen? Vermutlich werden Sie das zurzeit bestimmt ständig hören, aber ich hoffe wirklich, dass Sie in Sicherheit sind.

Von mir gibt es Folgendes zu berichten: Ich habe wohl endlich meine Nische gefunden. Mir macht es Riesenspaß, mich um das Café zu kümmern. Ich hatte noch nie so viel Energie. Alle meine Opfer – ähm, ich meine Gäste – haben einen langen Weg hinter sich, wenn sie hier ankommen, und dementsprechend einen Bärenhunger. Ich führe sie dann immer zu der Auslage mit unseren herzhaften Leckerbissen und den Kuchen auf der Theke, während ich ihnen ihre wasserfesten Jacken abnehme. Wir stellen sicher, dass man bereits beim Hereinkommen das volle Aroma aus frisch gebackenem Kuchen und Torffeuer erschnuppert – perfekt! Das Wetter war diese Woche besonders scheußlich, deshalb hatten wir nicht so viele Besucher. Nur die beinharten, unerschütterlichen Wanderer und die armen Seelen, die unbedingt zu Anya wollen, sind willens, den eisigen Wind zu ertragen, der von Skye rüberweht. Aber ich liebe es zu sehen, wie ihre geröteten Gesichter aufleuchten, sobald sie hereinstolpern.

Die Arbeit im Café hat mich einiges in Bezug auf menschliches Verhalten gelehrt. Man könnte annehmen, dass die Gäste gleich zum Kamin laufen, sobald sie reinkommen, doch das tun sie nicht. Vielmehr tasten sie sich langsam vor, als hätten sie Angst, er könnte plötzlich wie ein Drache eine Stichflamme ausspucken. Aber wenn die Wärme sie einmal eingehüllt hat, kann man förmlich dabei zusehen, wie eine Welle des Wohlgefühls sie durchströmt. Für die nächste Welle sorgt die Teekanne und für die dritte Welle Anyas Stew. Das Dessert ist dann buchstäblich das Sahnehäubchen auf dem Kuchen (ich vermische die Metaphern jetzt etwas, aber Sie wissen, was ich meine). Wenn der letzte Krümel mit der Fingerspitze aufgetupft wurde, haben sie all ihre Sorgen am Strand zurückgelassen. Sie sind ruhig und gesättigt. Ihre Seelen wurden von einem Strudel aus Wärme, Kohlehydraten und Zucker durchgeputzt – es ist einfach wundervoll. Ab und zu taucht eine verlorene Seele auf, die nur gluten- oder zuckerfrei isst, aber auch darauf sind wir eingestellt. Obwohl ich mir nicht sicher bin, ob sie die gleiche Befriedigung wie wir verspüren. Anya schaut immer mal wieder rein, ist jedoch darum bemüht, ihre mysteriöse Aura zu wahren. Es ziemt sich für eine Wahrsagerin nicht, Details aus dem Leben ihrer Klienten im Café aufzuschnappen, das wäre ja Schummeln.

Isabella ist fix und fertig. Habe ich Ihnen erzählt, dass sie gerade bei mir wohnt? Falls nicht, lassen Sie sich die Einzelheiten von Rosie berichten. Sie hat sich angewöhnt, jeden Morgen mit Anyas allwissender Katze am Strand spazieren zu gehen. Ich beobachte sie dabei durchs Fenster, um sicherzugehen, dass sie sich nicht auf einem Felsbrocken niederlässt und theatralisch vor und zurück wiegt (eine melancholische Gewohnheit, die ich ihr schon am ersten Tag ausgetrieben habe). Da Anya und Isabella oft nicht da sind, muss ich die Gastgeberin spielen, was mir aber überhaupt nichts ausmacht. Sie würden nie glauben, was die Leute bei Kaffee und Kuchen alles besprechen – wie kann ich da nicht lauschen? Viele Gäste wandern auch ganz alleine bis zu uns, so als wären sie auf einer Art Mini-Wallfahrt. Die sorgen immer für interessante Gespräche, und wenn sie reden wollen, bin ich ganz Ohr. Seltsamerweise scheint besonders mein umgestürzter Ananaskuchen die Zungen der einsamen Wanderer zu lockern – keine Ahnung, wieso. Ist Ananassaft ein Wahrheitsserum? Weiß der Geheimdienst schon davon? Anya glaubt, dass das Zuhören gut für meine spirituelle Entwicklung ist. Ich war ja schon immer ein Profi in Sachen Lauschen, doch in Dialogen übernehme ich normalerweise das Wort. Aber hier in Appledart habe ich nicht mehr das Bedürfnis, die ganze Zeit Small-Talk zu betreiben und das Gespräch zu dominieren, nur um die Leute zu unterhalten. Vielleicht liegt dieser Gesinnungswechsel an der friedlichen Stimmung und an meinem entspannten Leben hier. Nun stehe ich hinterm Tresen, den Ellenbogen aufgestützt und meine rechte Wange in meine Handfläche geschmiegt, während ich zuhöre.

Ja, ich weiß, Sie brauchen kein Wort zu sagen: Ich mache gerade eine klassische Transformation durch. Und ich habe es Ihnen ja auch erklärt: Das Leben folgt gewissen Schemata.

Vielleicht haben Sie die große Neuigkeit schon von Rosie vernommen: Nathan Browne (*der* Nathan Browne von *Browne's Kulinarischer Almanach*) wird bald ebenfalls eine Reise zum Ende der Straße antreten. Ich habe meiner Freundin Casey gemailt und ihr vorgeschlagen, ihn zu vertrösten, aber sie meinte, er kommt vielleicht nie mehr, wenn wir ihm jetzt absagen. Dann habe ich Anya um Rat gefragt, doch unglücklicherweise hat weder die Anrufung der Engel noch das Legen der Tarotkarten zu irgendeinem Ergebnis geführt. Am Ende seufzte sie und sagte schlicht: »Hier sind mächtigere Energien am Werk.« Also habe ich beschlossen, die Dinge laufen zu lassen und sicherzustellen, dass das Café in bestmöglichem Zustand ist, wenn er anreist.

Was war noch? Ach ja, ich gehe jetzt regelmäßig reiten. Aus einem praktischen Grund: Ich muss die Ausgaben des Cafés eindämmen. Im Moment liefert uns der hiesige Pubbesitzer unsere Ware. Casey hatte diese Kosten nicht, da ihr Mann

Shep einmal in der Woche mit seinem kleinen Boot nach Mallaig fuhr, um Vorräte einzukaufen. Eigentlich hätte ich nichts dagegen, mit dem Boot zu fahren, doch leider beherrsche ich die Kunst des seitlichen Einparkens nicht. Und wenn ich nicht einmal ein Auto parken kann, wie soll ich es dann schaffen, ein Boot zu parken? Pferde sind da schon einfacher zu parken. Alles, was sie brauchen, ist ein Klaps auf den Hintern und ein Zuckerstück, dann sind sie glücklich. Ishmael sattelt mir Jekyll, stattet ihn mit zusätzlichen Satteltaschen aus, und ich reite nach Morir. Ich mache das nun ein paarmal die Woche und liebe es. Reiten in dieser Landschaft ist einfach herrlich.

Wie Sie merken, bin ich jetzt also eine wilde Highlanderin (passt zu meinem Haar), und obwohl es etwas arrogant klingen mag, muss ich feststellen, dass ich zum Reiten geboren wurde. Es fällt mir so unglaublich leicht! Bis auf die Tatsache, dass man nach Stall riecht, ist es eine wunderbare Möglichkeit, sich an der frischen Luft zu bewegen. Natürlich bleibt dadurch weniger Zeit zum Schreiben, aber ist frische Luft nicht genau das, was mir bislang immer gefehlt hat?

Schreiben Sie bald,
Aggie

Von: Rosie
An: Mr. Butterworth
Datum: 29. März

Sehr geehrter Mr. Butterworth,

vielen Dank für Ihren Brief. Es war sehr nett von Ihnen, mir zu schreiben. Ich arbeite im Hauptquartier der Armee und kann mit Sicherheit sagen, dass meine Kriegserfahrungen nicht mal ansatzweise mit den Ihrigen vergleichbar sind. Es wird wahnsinnig viel Druck gemacht (nicht so sehr auf mich, eher auf meine Kollegen), aber zu direkten Kampfhandlungen kam es bisher nicht.

Wir sind jetzt im Irak. Die Grenzüberquerung war eine surreale Erfahrung. Wir reisten mit Lastwagen in einer langen Kolonne und durchquerten die Wüste bei Nacht. In den frühen Morgenstunden errichteten wir unser Lager und schliefen eine Weile neben den Lastwagen, während Soldaten um uns herum Wache hielten. Nach ein paar Stunden fuhren wir weiter und überquerten die Grenze am nächsten Morgen. Die Grenzüberschreitung war um einiges unspektakulärer als erwartet. Wir fuhren auf der verlassenen Schnellstraße nach Norden, und ehe wir uns versahen, waren wir im Irak – keine Feuergefechte, keine Scherereien, gar nichts. Die einzigen Iraker, denen wir begegnet sind, waren Kinder, die neben unseren Lastwagen herliefen. Wir warfen ihnen Süßigkeiten und Wasser zu.

Bei meiner Ankunft habe ich mich vollkommen fehl am Platz gefühlt, wie ein Fisch an Land. Was hat ein Offizier der königlichen Marine auf einem Schlachtfeld verloren? Aber mir ist bewusst geworden, dass dies hier mein Platz ist. Ich gehöre zu den Streitkräften des Vereinigten Königreichs. Niemand hat mich dazu gezwungen, auf der gepunkteten Linie zu unterschreiben. Und mit der Zeit habe ich gelernt, mein Leben hier zu akzeptieren und meine Kollegen zu respektieren. Anfangs haben sie mich noch aufgeregt, wobei das wohl mehr an meiner eigenen Unsicherheit und weniger an ihrem Verhalten lag.

Ihre Bedenken bezüglich der Rechtfertigung dieses Krieges kann ich gut nachvollziehen, aber nun bin ich hier und muss meinen Job erledigen. Die Marinesoldaten hatten es wirklich nicht leicht auf der al-Faw-Halbinsel, aber sie haben sich fabelhaft geschlagen, und ich bin sehr stolz auf sie – auf uns alle. Schlecht ausgerüstet und (meiner Meinung nach) unvorbereitet wurden wir in die Wüste geschickt, für einen Krieg, den zu Hause niemand will. Aber wir haben die Situation gemeistert. Ich weiß nur, dass ich fokussiert bleiben und meine Uniform mit Stolz tragen muss. Passen Sie auf sich auf und grüßen Sie Ihre Frau von mir. Wenn ich wieder zu Hause bin, komme ich gerne mal vorbei.

Mit freundlichen Grüßen,
Rosie Hughes

Von: Gethyn
An: Aggie
Datum: 30. März

Liebe Aggie,

es ist zwei Uhr morgens, und ich bin gerade ins Hauptquartier zurückgekehrt, nachdem ich draußen kurz frische Luft geschnappt hatte. Heute Nacht ist kein Mond am Himmel zu sehen. Einen Moment lang konnte ich mich hinsetzen, die Sterne betrachten und so tun, als ob um mich herum kein Krieg wüten würde. Ich hab noch nie meditiert, und heute Nacht hatte ich das auch nicht bewusst vor, doch es fühlte sich an, als wäre ich dabei, meinen Körper zu verlassen. Ich wollte in die Wüste gehen, immer weiter weg, und nie mehr zurückblicken. Doch ich wusste, dass ich ohne das Licht des Sterne schon nach ein paar Schritten verloren wäre und nie wieder zu den sicheren Zelten zurückfinden würde. Ich ging also wieder zurück, nahm mir einen leeren Briefbogen und fragte mich, wem ich denn in diesem Moment des Friedens am liebsten schreiben würde. Und es stellte sich heraus: Ihnen!

Ich frage mich, ob Bush und Blair wissen, wie viel Angst einem so ein Krieg einflößen kann. Vor ein paar Stunden ist ein Jet über das Hauptquartier geflogen. Im ersten Moment hielt ich ihn für einen von den Irakern. Ich war starr vor Angst. Mein Herz ist mir in diesem Moment buchstäblich in den Magen gerutscht! Das Gefühl, das einen bei einem Luftangriff überfällt, übersteigt reguläre Angst. Ich stellte mir vor, eine Irakerin zu sein, die ein Kind in den Armen hält und darauf wartet, die Bomben fallen zu sehen – wahrscheinlich würde ich das gar nicht aushalten. Ich hoffe inständig, dass dieser Krieg aus einem guten Grund geführt wird, denn wenn nicht (und wir haben die Massenvernichtungswaffen immer noch nicht gefunden), kann ich kaum vor mir selbst rechtfertigen, was wir hier tun. Vielleicht bin ich auch nur übertrieben sentimental. Vielleicht werde ich, wenn ich nach Hause zurückkehren sollte, wieder so von meinem unbekümmerten Leben in England eingenommen sein, dass ich bis auf gelegentliche Gewissensbisse oder Flashbacks keinen Gedanken mehr an das hier verlieren werde.

Doch genug des Trübsalblasens. Sie meinten, mit Ihrem Schreiben ginge es nicht gut voran. Sicherlich haben Sie noch ein paar Happy Ends in der Reserve? Als Ihr neuester und größter Fan hoffe ich das zumindest.

G

PS: Falls Sie zufällig eine Geige auftreiben können, könnten Sie sie Rosie schicken?

Von: Rosie
An: Aggie
Datum: 31. März

Oh Aggie,

wieso weiß man jemanden erst dann zu schätzen, wenn die Person unerreichbar ist?

Ich war das ganze letzte Jahr überzeugt davon, dass meine Trennung von Josh die richtige Entscheidung für meine (und seine) Zukunft war. Doch jetzt vermisse ich ihn unheimlich und kann mir gar nicht vorstellen, jemals mit einem anderen Mann zusammen zu sein. Ich habe großen Mist gebaut. Bisher habe ich das noch nie erwähnt (und bitte sei nicht verärgert darüber, dass ich es Dir nicht gesagt habe), aber einer der Gründe, weshalb unsere Ehe in die Brüche gegangen ist, war der Tod meiner Tochter Angelica. Nach drei erfolglosen künstlichen Befruchtungen bin ich endlich schwanger geworden. Aber die Schwangerschaft war ein einziges Desaster. In der dreißigsten Schwangerschaftswoche entwickelte ich eine Präeklampsie und musste ins Krankenhaus, weil mein Blutdruck bedenklich hoch war. Mein ganzer Körper schwoll durch Wassereinlagerungen an. Das Krankenhauspersonal hatte gehofft, mich so lange wie möglich stabilisieren zu können, aber in der sechsunddreißigsten Woche bekam ich auch noch Eklampsie und hatte Krampfanfälle. Sie fuhren mich hastig in den Kreißsaal und holten das Baby. Tragischerweise starb sie drei Stunden nach der Entbindung. Josh war bei ihr, während ich auf der Intensivstation lag und um mein Leben kämpfte. Ich wurde mit Magnesium und weiß der Himmel was noch vollgepumpt und bekam eine Bluttransfusion. In der kurzen Zeit, in der sie am Leben war, hab ich sie nie in den Armen halten können, was mich bis zum heutigen Tag verfolgt. Als ich stabil genug war, überbrachten sie mir die Nachricht von ihrem Tod und legten sie in meine Arme. Der einzige Name, der uns einfiel, war Angelica. Als Du davon geschrieben hast, dass Du in Deinem Herzen ein klaffendes Loch in Form Deiner Mutter spürst, ist mir bewusst geworden, dass das die beste Beschreibung dafür ist, wie ich für mein Baby empfinde. Ich will den Ballon, in dem sie ruht, nicht loslassen, aber hier im Irak werde ich vielleicht endlich dazu fähig sein.

Aber darüber möchte ich mir im Moment nicht wirklich Gedanken machen. Ich lebe – das ist mehr, als man über die armen Kerle sagen kann, die wir heute nach Hause zurückgeschickt haben. Eines jedoch beunruhigt mich (und das habe ich bisher nicht einmal Gethyn gestanden): Ich scheine die Fähigkeit verloren zu haben, Emotionen zu zeigen. Und zwar schon vor einer ganzen Weile. Als ich heute mit meinen Kollegen fünf toten Soldaten die letzte Ehre erwies und sie vor mir in ihren Särgen mit der britischen Flagge darauf liegen sah, habe ich nicht eine einzige Träne vergossen. Einer der jüngeren Soldaten, der mit mir in der Reihe stand, ist zusammengebrochen, aber ich fühlte mich einfach nur taub. Bin ich ein Monster? Aber darüber möchte ich eigentlich auch nicht schreiben.

Alles Liebe, Rosie

Von: Gethyn
An: Aggie
Datum: 31. März

Hi Aggie,

es ist schon wieder Geisterstunde, und ich kann nicht einschlafen. Wir rücken immer weiter in die öde Wüste vor, doch ich habe keine Angst, denn es gibt da eine tapfere junge Kriegerin namens Rosie, die versprochen hat, auf mich aufzupassen. Sie hat sich irgendwie plötzlich in Lara Croft verwandelt, und wahrscheinlich wäre sie wirklich dazu in der Lage, die irakischen Soldaten ein wenig aufzumischen. Um mich ein wenig aufzumuntern, hat sie mir Ihren *Sei-vorsichtig-was-du-dir-wünschst*-Brief vorgelesen, der Brief, in dem Sie versuchen, im Mondlicht Ihren Traumprinzen heraufzubeschwören. Bitte nehmen Sie ihr diese Indiskretion nicht übel, Sie können sich nicht vorstellen, wie deprimiert ich bin. Wie immer zauberte Ihr Brief ein Lächeln auf meine Lippen, aber er bot mir auch erneut Anlass, über Sie nachzudenken. Ich weiß, was Ihnen jetzt durch den Kopf geht: *Oh Gott, jetzt kommt bestimmt schon wieder so ein blöder Vortrag …*

In einem meiner ersten Briefe habe ich geschrieben, dass das Herz eigentlich nicht das korrekte Symbol für Liebe ist. Ich habe noch mal darüber nachgedacht und bin zu dem Schluss gekommen, dass ich falschlag. Lassen Sie es mich erklären:

Das Herz denkt nicht darüber nach, dass es schlagen muss. Es tut es einfach, vom ersten Herzschlag an bis zum allerletzten. Seitdem ich Ihnen meinen ersten Brief geschrieben habe, habe ich begriffen, dass Liebe genauso wie der Herzschlag nicht künstlich heraufbeschworen werden kann. Sie beginnt einfach, und sobald sie begonnen hat, wird wahre Liebe nicht enden, bis das Herz stirbt. Sie hatten also recht, das Herz ist das korrekte Symbol für die Liebe.

Worauf ich auf damit auf umständliche Weise hinauswill: Sie brauchen keinen Mann heraufzubeschwören oder irgendwelche Selbsthilfebücher zu lesen. Alles, was Sie über das Leben wissen müssen, tragen Sie bereits in sich – in Ihrem Herzen. Ich gebe zu, ich habe mir all Ihre Bücher schicken lassen. Drei Ihrer Romane haben mich besonders berührt. *Wenn ich Dich gehen lasse*, *Aber so meinte ich das doch gar nicht* (saukomisch!) und *Da bist du schon wieder* waren alles wunderbare Bücher. Zu meinem Schrecken und meiner Beschämung ist mir klar geworden, dass Sie einen aufgeblasenen Vortrag meiner Wenigkeit zum Thema Liebesroman nun wirklich nicht nötig haben. Trotzdem könnten Sie es vielleicht eines Tages wagen – nur mir zuliebe –, eine etwas andere Liebesgeschichte zu schreiben, eine, in deren Zentrum nicht der weiße Ritter steht?

Bitte grämen Sie sich nicht, noch Single zu sein, Agatha Braithwaite, denn Ihr Seelenverwandter wird eines Tages vor Ihnen stehen – wahrscheinlich gerade in dem Moment, in dem Sie ihn am wenigsten erwarten.

G

Von: Rosie
An: Aggie
Datum: 1. April

Liebe Aggie,

heute Abend bin ich furchtbar erschöpft, daher wird dieser Brief wahrscheinlich nicht viel Sinnvolles enthalten. Ich kann hören, wie Basra beschossen wird. Es ist zur Normalität geworden. Die Raketenangriffe, die uns die ganze letzte Woche wachgehalten haben, sind weniger geworden, da wir nun zu nah am Feind sind und sie mit ihren Raketen nicht mehr auf uns zielen können. Spezialeinheiten sind im Westen der Wüste auf der Suche nach Raketen und Massenvernichtungswaffen. Sie werden keine finden. Darum geht es nicht, nicht wirklich. Die größte Gefahr für die britischen Truppen geht jetzt von Selbstmordanschlägen aus. Sie haben kaum andere Mittel, schätze ich. Die Armee regt mich nicht mehr auf. Ich glaube, so langsam habe ich meinen Platz gefunden. Mir scheint es besser zu gehen als anderen hier. Liegt das daran, dass sie teilweise Tabletten brauchen, um sich zu betäuben, oder dass ich einen wirklich guten Freund habe, mit dem ich lachen und tanzen kann, auch wenn der Tag noch so mies ist? Ich bin voller Selbstmitleid hier angekommen und habe die ersten Wochen mit Herumjammern verbracht, wie Du sicher noch weißt (tut mir leid). Aber nachdem ich mich von allen vorgefassten Meinungen sowohl über mich selbst als auch über andere freimachen konnte, fühle ich mich nun einem Neuanfang sehr nahe. Ich brauche kein Baby mehr, um weiterzuleben, ich habe mir selbst das Leben geschenkt. Ich bin mir selbst genug.

Papa hat recht, das Leben ist wirklich einfacher, wenn Du

nicht aufhörst zu lächeln, ganz gleich, was kommen mag. So langsam scheint mein Lächeln anzustecken, selbst wenn es manchmal recht erzwungen ist. Ich habe gemerkt, wie andere zurücklächeln – endlich –, und ihre Schultern scheinen sich dabei etwas zu entspannen. Vielleicht hat meine Anwesenheit hier ja doch einen Sinn.

Alles Liebe,
Rosie

Von: Aggie
An: Gethyn
Datum: 6. April

Lieber Gethyn,

ich bin so gerührt, dass Sie sich an mich gewandt haben, als Sie sich in der Wüste verloren fühlten. Es ist mir eine Ehre, dass meine Bücher Ihnen während dieser schwierigen Zeit ein wenig Trost spenden.

Diese Woche habe ich es nicht einmal geschafft, ein einziges Wort zu schreiben. Vielleicht sollte ich den Titel, *Mein törichtes Herz*, ändern. Ich habe heute Morgen Musik aus den Siebzigern gehört und hatte auf einmal die Eingebung, dass alle zukünftigen Titel meiner Bücher nach Bee-Gees-Songs benannt werden sollten. Zum Beispiel könnte *How Deep Is Your Love* ein erotischer Roman sein, über einen Tiefseetaucher mit einer »beeindruckenden Ausrüstung«, der Frauen in seine Unterwasserwelt lockt – ok, das hört sich wirklich furchtbar an.

Wie dem auch sei, ich nehme es Rosie schon etwas krumm, dass sie Ihnen meinen Brief vorgelesen hat *schnaubt verärgert*. Manche Informationen sind nur für weibliche Ohren bestimmt. Im Großen und Ganzen bin ich aber doch wiederum froh darüber, da Ihre Worte mir die Zuversicht gegeben haben, weiterzumachen. Allerdings teile ich Ihren Optimismus hinsichtlich der Materialisierung meines Seelenverwandten leider nicht. Aber wenn Mr. Right doch auftauchen sollte, hoffe ich, er wird mir ein paar Minuten vorher Bescheid geben, sodass ich zumindest meinen Pyjama abstreifen, mir mit einem Kamm durch die Haare fahren und meine flauschigen Pantoffeln in die Ecke schleudern kann.

Letzte Nacht war ich zur Geisterstunde auch wach. Ich versuchte zu schreiben, aber es kam nichts. Gerade mal ein Viertel meines neuesten Romans ist geschafft, und trotz Ihrer ermutigenden Worte habe ich das Gefühl, dass da zwar ein *Wille*, aber kein *Weg* ist. Einige Menschen glauben ja, dass es fürs Schreiben Inspiration braucht – im wörtlichen, biblischen Sinne – und dass der Schriftsteller die Inspiration aus einer besonderen Quelle schöpft. Wenn das tatsächlich der Fall ist, dann ist meine Quelle der Inspiration ausgetrocknet – und ich bin mir nicht sicher, ob ich überhaupt will, dass das Wasser wieder fließt. Ich liebe mein neues Leben, in dem ich tagtäglich mit Menschen zu tun habe. Allein der Gedanke, alleine dazusitzen und Stunde um Stunde zu schreiben, erfüllt mich mit absolutem Grauen. Die Wahrheit ist: Ich bin in den letzten Jahren zu sehr vereinsamt, als dass ich das Alleinsein noch länger ertragen könnte.

Kopf hoch, Sie wundervoller Mann.

Aggie

Von: Aggie
An: Rosie
Datum: 8. April

Oh Rosie,

es tut mir so leid für Dich, dass Du Dein Baby verloren hast. Ich wünschte, ich hätte einen Zauberstab und könnte damit Deinen Schmerz wegzaubern. Ich werde Dir jetzt nicht irgendwelche weisen Kalendersprüche schreiben, denn die hast Du sicher alle schon zu hören bekommen. Aber es tut mir von Herzen leid. Sicher ist es für mich einfacher als für Dich, kinderlos zu sein, da ich mich nie danach gesehnt habe, welche zu bekommen. Für mich war das immer etwas, das sich eines Tages mal so ergeben würde, sollte ich den richtigen Partner dafür finden. Es wäre wohl nicht weiter tragisch für mich, wenn ich niemals Mutter werden würde. Aber sollte ich mich verlieben und wir würden uns dazu entschließen, eine Familie zu gründen, wäre ich auf jeden Fall bereit dafür. Falls Du jemals jemanden zum Reden oder Anschreien brauchst oder mit jemandem ausgehen und Dich besaufen willst – ich bin für Dich da.

Meine Mutter, diese alte Schreckschraube, hat sich immer noch nicht gemeldet. Ich habe ihr diese Woche nicht geschrieben und werde es auch in Zukunft nicht mehr tun. Ich sehe sie ja sowieso wieder, wenn ich nach Hause komme. Allerdings weiß ich gar nicht mehr, ob ich Midhope überhaupt noch mein Zuhause nennen kann. Ich muss ein paar Entscheidungen treffen, aber jetzt ist nicht der richtige Zeitpunkt dafür. Im Moment bin ich vollauf damit beschäftigt, mich liebevoll um die ganzen Café-Pilger zu kümmern – und es macht mir verdammt großen Spaß!

Hier wird das Leben weiter von den gewohnten Irrungen und Wirrungen bestimmt. Ich habe etwas abgewartet, bis sich Isabella hier eingelebt hat, bevor ich die Nathan-Browne-Bombe habe platzen lassen – was durchaus ein passender Ausdruck ist, denn sie hat dreingeschaut wie eine Kriegsversehrte, die von einer Fehlzündung erschreckt wird, als ich ihr die Neuigkeit verkündet habe. Sie ist knallrot angelaufen und musste sich am Tresen festhalten. Und zum ersten Mal in ihrem Leben hat die berühmte Isabella Gambini nicht nur das Eiweiß für das Baiser zu steif geschlagen, sondern außerdem auch noch die Eier für ihren Kuchenteig vergessen. Hmm, irgendwas ist hier faul, glaube ich. Denkst Du, sie hatte eine Affäre mit ihm? Oder noch besser: Könnte es sein, dass Nathan der biologische Vater ihres ersten Kindes ist? Das ist alles furchtbar spannend. Ich kriege es schon noch aus ihr raus, und wenn ich Anya darum bitten muss, etwas von ihren besonderen Tinkturen in Isabellas Gin zu mischen.

Alles Liebe, Aggie

PS: Bist Du sicher, dass Gethyn in einer Beziehung ist?

Von: Oliver
An: Rosie
Datum: 7. April

Liebe Rosie,

es freut mich zu hören, dass Du einen Freund hast. Die Schule heute war in Ordnung. Heute war Mathe dran, aber morgen steht die schriftliche Prüfung an, und es bereitet mir Schwierigkeiten, über längere Zeit einen Stift zu halten. Und selbst wenn meine Arbeit gut genug sein sollte, dass sie zusammen mit den besten an die Pinnwand gehängt wird, gibt es niemanden in meinem Leben, der das sehen könnte. Und weil ich sehr langsam schreibe, verpasse ich manchmal die Pause, weil ich zuerst fertigschreiben muss. Ich mag es, Dir Briefe zu schreiben, weil ich sagen kann, was ich will und meine Lehrerin für mich den Text schreibt.

Hier sind meine Antworten auf Deine Fragen:

Ich habe keinen besten Freund, weil ich zu oft die Schule gewechselt habe. Die anderen Kinder in der Schule sind okay, aber bis zum dritten Schuljahr haben die alle schon beste Freunde gefunden. Und da ich in diesen ersten Jahren nicht viel Zeit in der Schule verbracht habe, konnte ich auch keine Freunde finden. Selbst wenn ich zur Schule gegangen wäre und einen Freund gefunden hätte, wäre ich sicher schon bald wieder umgezogen und hätte ihn dadurch wieder verloren. Es wäre also Zeitverschwendung gewesen.

Ich habe nicht geweint, als die Schule abgebrannt ist. Ich weiß nicht, ob ich mich einsam fühle, aber es wäre schon schön, einen Freund zu haben. Meine letzte Pflegemutter sagte, dass es keinen Sinn ergibt, sich etwas zu wünschen, was man eh nicht haben kann. Ich hatte mir nämlich einen Hund gewünscht, aber keinen bekommen.

Ich mag Angeln. Im Moment fahre ich gerne mit dem Bus, aber im Sommer ist es blöd, weil ich dann nämlich abends nicht mehr so viel Zeit zum Angeln haben werde. Ich mag alle Arten von Süßigkeiten.

Hättest Du nicht lieber ein Mädchen als beste Freundin im Irak?

Oliver

Von: Gethyn
An: Aggie
Datum: 7. April

Hi Aggie,

zwingen Sie sich nicht zum Schreiben, versuchen Sie lieber, das Ganze mal zu vergessen. Wenn es an der Zeit ist, wieder damit anzufangen, werden Sie es wissen. Es freut mich zu hören, dass Ihnen die Arbeit im Café gefällt. Es hört sich auch wirklich wundervoll an. Ich wäre jetzt gern dort und würde Tee aus einer dieser riesigen Tassen trinken (Sie wissen, welche ich meine? Haben Sie solche im Café?), ein Stück von einem Ihrer Kuchen essen und die sich ständig verändernde Meeresoberfläche betrachten, während ich mit Ihnen über Gott und die Welt rede. Ich weiß nicht, wie viel Rosie Ihnen über mein Leben erzählt hat (wahrscheinlich nichts, warum sollte sie auch?), doch während der letzten Wochen habe ich mit ihr ausnahmsweise mal über ein paar persönliche Dinge gesprochen, was mir wirklich geholfen hat. Ich denke, dass Rosie und ich beide den Krieg als Vorwand benutzt haben, um vor unseren Problemen zu Hause zu fliehen. Ein völlig lächerlicher Versuch.

Aber zurück zu Appledart: Ich versuche mir gerade auszumalen, wie Ihre Freunde aussehen. Anya stelle ich mir in ihren Sechzigern vor, mit Hippieklamotten und langen weißen Haaren – stimmt das? Und wie alt ist Ishmael? Verbringen Sie viel Zeit mit ihm? Welche Farbe haben die Pferde? Gibt's bei Ihnen auch Robben? Hatten Sie viel Schnee diesen Winter? So viele Fragen, ich weiß, aber für eine Autorin haben Sie mir bisher wirklich wenige Informationen geliefert. Bitte denken Sie daran, dass ich momentan in einer schwarz-weißen Welt lebe und es Ihre Aufgabe ist, mir meine Heimat in den schönsten Farben zu schildern.

G

Von: Aggie
An: Gethyn
Datum: 11. April

Hallo Du,

ist doch irgendwie seltsam, dass wir Freunde geworden sind und uns trotzdem bisher nicht geduzt haben (Ich hoffe zumindest, dass Du mich als eine Freundin ansiehst?). Ich glaube, keiner von uns beiden hätte vermutet, dass wir in so kurzer Zeit so enge Vertraute werden. Wir müssen verwandte Seelen sein.

Bezüglich Deiner Fragen zu meinen Nachbarn, hier ein paar Einzelheiten: Anya ist wunderschön, sowohl innerlich als auch äußerlich. Zurzeit hat sie sehr kurzes stachliges, hellrot gefärbtes Haar. Als ich hier ankam, war es lila, nächsten Monat wird es sicher wieder eine ganz andere Farbe haben. Sie ist so Mitte sechzig – glaube ich zumindest. Sie hat mir noch nie von verflossenen Liebschaften berichtet, aber sie kommt mir vor wie eine Frau, die einmal sehr leidenschaftlich gewesen ist. Sie bewegt sich so geschmeidig wie eine Katze, ist ruhig und vollkommen im Einklang mit sich. Noch nie hat sie erwähnt, dass sie gerne eine Beziehung hätte. Ich habe den Eindruck, sie genügt sich selbst und ist nicht auf der Suche nach einem Mann.

Und Ishmael? Er sieht umwerfend gut aus. Er ist nett, aber auch ein wenig verschroben und immer recht verkopft – vielleicht ein wenig autistisch? Ich habe ihn nicht nach seinem Alter gefragt, aber ich schätze ihn auf ungefähr vierzig. Es ist schwer zu sagen, da Appledart seinen Bewohnern eine gewisse Zeitlosigkeit verleiht. Es scheint, als ob jeder, der hier lebt, Wurzeln schlägt wie ein Baum, und immer gleich bleibt, auch wenn die Zeit vergeht. Auf der Rinde zeichnen sich Falten ab – beständige, zufriedene Falten. Manchmal frage ich mich, ob zwischen Ishmael und Anya etwas läuft. Spät in der Nacht schleicht er sich ab und zu zu ihrem Haus, weißt Du. Was für ein wundervoller Gedanke: eine ältere Frau mit einem jüngeren Mann. Eine erfrischende Abwechslung. Und was für eine Göttin Anya ist!

Dann noch die lärmende Familie: alle blond, mit strahlend weißen Zähnen, gesund und komplett autark. Obwohl sie wirklich nervig ist, mag ich sie tatsächlich immer lieber. Und außerdem ist da noch der Australier, Shaun, der das acht Kilometer entfernte Pub betreibt. Er hat immer Leute um sich, dank Hectors Boot, das ihn mit einem konstanten Nachschub an Gästen versorgt, die im Pub übernachten. Alle Leute in seinem Leben bleiben in der Regel nicht lange – und es gefällt ihm so. Er ist stämmig und hat keine Ahnung, wie man Small Talk betreibt, aber er ist sehr praktisch veranlagt, was ziemlich nützlich für den Rest von uns ist. Wir drei – Ishmael, Anya und ich – verbringen einen Abend pro Woche im Pub, normalerweise immer dann, wenn der Geigenspieler aus Mallaig auftritt. Wir singen dann zusammen, ich spiele Klavier, und alles ist wunderbar. Ich weiß, das klingt schon ziemlich putzig, nicht wahr?

Was Appledart betrifft: Es ist eine bergige Halbinsel, die nur mit dem Boot oder zu Fuß erreicht werden kann. Direkt an der Küste ragen steile und unglaublich stimmungsvolle Hügel auf. Die zwei einzigen Dörfchen – Aisig und Morir – bestehen jeweils aus einer Handvoll Cottages. Beide haben nette kleine Häfen. Morir liegt an einer kleinen, ruhigen Meeresbucht, während Aisig, wo ich lebe, den Elementen viel stärker ausgeliefert ist. Wenn ich von meinem Laptop aufschaue und zum vorderen Fenster hinaussehe, kann ich die Isle of Skye sehen und dahinter die Cullin Mountains, die noch bis in den späten Frühling hinein mit Schnee bedeckt sein werden. Wegen des Golfstroms schneit es hier kaum, aber kalt ist es trotzdem. Wir haben immer ziemlich viel Regen, der dann auf den Wegen zu Eis gefriert, weswegen Jekyll und Hyde unersetzbar sind.

Die besten Tage sind die, an denen der Himmel blau und die Luft so frisch ist, dass sie prickelt. Aber wie auch immer das Wetter gerade ist, sobald ich aus der Tür trete, fühle ich, wie die frische Luft meinen ganzen Körper durchströmt. Noch nie waren meine Wangen so gerötet, noch nie habe ich so gut geschlafen. Zu Hause in Yorkshire habe ich einen Holzofen, aber er ist eher ein Luxusobjekt, und wegen der Zentralheizung so gut wie gar nicht notwendig. In Aisig ist der Holzofen die einzige Wärmequelle. Er befindet sich im Zentrum des Hauses und bedarf wie ein Kind ständiger Zuwendung, aber ich liebe ihn trotzdem. Wir verbrennen hier Torf – das duftet einfach wundervoll. In meinem Schlafzimmer ist es immer eiskalt, doch ich lege am Abend kräftig Holz nach, und wenn ich dann morgens in meinem Pyjama und meinen Pantoffeln nach unten flitze, glühen die Kohlen noch, und es ist mir nach einigen Sekunden angenehm warm. Das Cottage beherbergt eine zusammengewürfelte Mischung aus Flohmarktartikeln, Kräutern, Gewürzen, alten Zeitschriften, Staub, afghanischen Teppichen und Topfpflanzen. Ich liebe es. Es riecht nach Erde und nach Räucherstäbchen.

Bevor ich nach Appledart gezogen bin, war ich einsam, aber hier bin ich glücklich. Meine einzige Sorge ist, dass sich das

Portal nach Brigadoon bald schließen wird und ich wieder in mein wahres Leben zurückkehren muss.

Pass auf Dich auf, mein Freund.

Aggie

PS: An der Sache mit der Geige bin ich dran.

Von: Mr. und Mrs. Hughes
An: Rosie
Datum: 8. April

Mein Kleines,

bist Du immer noch sicher in Kuwait? Ich habe mitbekommen, dass die Stadt durch Raketen angegriffen wurde. Wäre die Wüste nicht sicherer?

Deine Mutter will wissen, ob Du genügend Schlaf bekommst. Wie sehen uns so oft wie möglich die Nachrichten an. Es ist schrecklich. Sollte ich Tony Blair jemals in die Hände bekommen, werde ich ihn erwürgen. Simon hat gestern angerufen und sich nach Dir erkundigt. Mama hat sich so über seinen Anruf gefreut, dass ich sie danach sogar zu einem kleinen Spaziergang zum Gartengeschäft überreden konnte. Nimm es ihm nicht übel, wenn er nicht geschrieben hat. Er hat einfach zu viel zu tun. Aber eines muss man ihm lassen: Seit Deiner Abreise habe ich Mama nicht oft fröhlich erlebt, und er hat sie tatsächlich zum Lachen gebracht. Wenn er es möchte, kann er sie mit Leichtigkeit um den Finger wickeln.

Und um Himmels willen: immer schön ducken!

Alles Liebe,

Mama und Papa

Von: Rosie
An: Aggie
Datum: 9. April

Liebe Aggie,

ich glaube, Gethyn ist noch immer in einer Beziehung, aber ich bin mir nicht sicher, ob es gut läuft. Du weißt, wie Männer sind, sie verlieren nie viele Worte über so was.

Heute war ein Scheißtag. Als der Stabschef bei der Abendkonferenz die Brigade über Funk fragte, ob sie irgendwelche Anmerkungen hätten, beschwerte sich ein Oberst darüber, dass der Sandsturm heute Morgen nicht vorhergesagt war. Er sagte: »Wenn die Meteorologin nicht dazu fähig ist, ihren Job ordentlich zu machen, dann besorgt euch jemand anderen.« Außerdem, meinte er, hätte die Windrichtung, die ich zu Anfang der Konferenz angegeben hatte, nicht mit der des NBC-Typen (NBC steht für nuklear, biologisch und chemisch) übereingestimmt, was vollkommen inakzeptabel sei. Mir wurde überhaupt keine Gelegenheit gegeben, mich zu erklären, weshalb ich in der Runde den Eindruck eines gedemütigten, unfähigen, ungezogenen Schulmädchens erweckt habe. Der Stabschef meinte, er würde mit mir ein Wort unter vier Augen wechseln, was von seiner Sicht aus wohl das Vernünftigste war, jedoch hätte ich wirklich gerne eine Chance bekommen, mich zu verteidigen, denn schließlich war die gesamte Truppe bei der Besprechung dabei. Am liebsten hätte ich gesagt: »Verpiss dich, du verweichlichter Vollidiot. Ich bekomme meine Wettervorhersagen von den Amis, also beschwer dich doch bei denen! Und außerdem: Sollte während eines Sandsturms ein Chemieangriff stattfinden, dann ist die Windrichtung so unbeständig, dass es ohnehin keinen Unterschied macht – du bist so oder so im Arsch. Und noch was: Wie wäre es, wenn du dich bei einem Angriff eher darauf konzentrierst, deine Sauerstoffmaske überzuziehen, anstatt darüber nachzudenken, aus welcher Richtung der Wind kommt, denn der wird seit der Morgenkonferenz wahrscheinlich schon wieder gedreht haben.« Kannst Du Dir die Gesichter vorstellen, wenn ich all das gesagt hätte und dann einfach gegangen wäre?

Und wieso ist er überhaupt davon ausgegangen, dass der NBC-Typ (ein *Mann*) recht hatte und ich (eine *Frau*) falsch lag? Wie auch immer, jedenfalls hat er meinem Ansehen damit einen gehörigen Schaden zugefügt. Gethyn bat mich zu bedenken, dass der Oberst mit Sicherheit unter enormem Druck stand, wahrscheinlich vollkommen gestresst war und Angst um seine Truppen hatte. Vielleicht stand er auch unter dem Einfluss von Anti-Nervengas-Tabletten. Ich solle es nicht persönlich nehmen. Glücklicherweise hatte Gethyn einen Kompass dabei. Ab jetzt werde ich also vor einer anstehenden Konferenz mit dem Ding in die Wüste gehen und nach Ölraffinerien Ausschau halten, um anhand der Dämpfe die genaue Windrichtung bestimmen zu können. Wenn dieser dämliche Oberst halbwegs Verstand hätte, würde er genau das Gleiche machen! Wieso nur hat die Armee keine Einheit aus Meteorologen mitgebracht? Aber sie schaffen es ja nicht einmal, mich mit dem einfachsten Grundequipment wie z.B. einem Windmesser auszurüsten.

Bitte heb alle meine Briefe auf. Wenn ich wieder zurück beim Wetterdienst bin, muss ich mir diese Briefe noch mal durchlesen, um mich daran zu erinnern, dass nichts, was mir dort bei der Arbeit widerfährt, auch nur annähernd so frustrierend sein kann wie das, was hier passiert. So, jetzt habe ich aber genug geschimpft.

Alles Liebe, Rosie

Von: Rosie
An: Aggie
Datum: 10. April

Liebe Aggie,

ich entschuldige mich für meinen gestrigen Brief. Was für eine nörgelnde Heulsuse ich doch bin. In Wahrheit wollte ich einfach nicht zugeben, dass ich einen Fehler gemacht habe.

Heute habe ich zum ersten Mal, seit ich hier bin, zu Hause angerufen. Seit Neuestem können wir für ein paar Minuten pro Woche über Satellit telefonieren. Armer Papa. Ich dachte schon, er würde einen Herzinfarkt kriegen, als er meine Stimme hörte. Er fing an, laut zu schreien »Marge, Marge, unsere Rosie ist dran, schnell!« Ich habe versucht, ihm klarzumachen, dass dafür nicht genug Zeit ist, aber vergeblich. Die ganze erste Minute war verschwendet – typisch. Mamas Stimme zitterte ein wenig, aber sie schien ruhig zu sein. Dann schnappte sich Papa den Hörer und sagte: »Ich hatte einen schrecklichen Albtraum! Du darfst unter keinen Umständen in einen Helikopter steigen, versprich mir das, Rosie!« Wie lächerlich. Das Schlimmste daran ist, dass ich tatsächlich sehr bald in einen Helikopter steigen werde, in einer Stunde, um genau zu sein. Weshalb ich mich nun zum ersten Mal seit Längerem wieder äußerst unsicher fühle.

Am liebsten würde ich die Hände über dem Kopf zusammenschlagen und rufen: »Das Ganze ist Wahnsinn, ich will sofort nach Hause!« Aber wenn Du in dieses Fahrgeschäft erst mal eingestiegen bist, dann kannst Du nicht einfach zwischendurch aussteigen. Und um ehrlich zu sein, selbst wenn jemand in den nächsten paar Minuten zu mir käme und erklären würde »Wir haben einen großen Fehler gemacht, du solltest eigentlich gar nicht hier sein, ich bringe dich auf der Stelle nach Hause«, dann würde ich trotzdem bleiben, weil man seine Kameraden mitten im Krieg nicht einfach im Stich lässt. Als Teil eines Teams bleibt man zusammen bis zum bitteren Ende. Vor Kriegsausbruch waren Gethyn und ich voller Sarkasmus und Vorurteile. Doch jetzt verstehen wir, worum es geht.

Wenn wir Deine Briefe lesen, ist es, als hörten wir Deine Stimme. Ich kann kaum in Worte fassen, wie viel Trost Du mir schon gespendet hast. Es hat so viele gemeinsame Erinnerungen in mir wieder wachgerufen. So kleine banale Dinge wie zum Beispiel, als wir bei mir Filme angesehen haben und ich auf dem Sofa gesessen habe, während Du Dich auf dem Schafsfell meiner Mutter geräkelt hast. Sitzt Du immer noch lieber auf dem Boden als auf Stühlen? Erinnerst Du Dich an das eine Jahr, als Dir Deine Mutter zu Weihnachten eine Spionageausrüstung geschenkt hat und Du mich dazu überredet hast, mich im Hinterhof von Janey Peters hinter den Mülltonnen zu verstecken, um rauszukriegen, ob sie was mit dem Typen Deiner Mutter hat? Und als sich herausstellte, dass sie tatsächlich was mit ihm hatte und er Deiner armen Mutter das Herz brach?

Alles Liebe, Rosie

Von: Rosie
An: Josh
Datum: 11. April

Hi Josh,

danke für Deine Entschuldigung, aber Du hattest vermutlich recht. Tust Du mir einen Gefallen? Könntest Du meinem Vater bitte all die Geräte zurückgeben, die wir uns von ihm über die Jahre hinweg ausgeborgt haben? Er ist ganz durcheinander, weil er das eine oder andere nicht findet, und hat bereits die Befürchtung, dass er Alzheimer bekommt. Falls irgendetwas kaputt sein sollte, dann kauf es einfach nach. Wenn ich mich recht entsinne, dürften wir noch die Schleifmaschine haben, dieses Teil, mit dem Du die neuen Abwasserrohre für die Jauchegrube verlegt hast, einen Tapeziertisch (von dem Fiasko mit den Tapeten) und die batteriebetriebene Bohrmaschine, mit der Du mir damals mein Hochbeet gebaut hast.

Ich hatte ganz vergessen, wie viel Du an unserem Haus gearbeitet hast. Wo war ich eigentlich, als Du all das getan hast? Für den Fall, dass ich mich niemals bei Dir für all die harte Arbeit bedankt habe, die Du in unser Cottage investiert hast, hole ich das hiermit nach. Du hast ein wundervolles Haus für uns geschaffen und ich will, dass Du weißt, wie sehr ich es geliebt habe.

Rosie

Von: Gethyn
An: Aggie
Datum: 11. April

Hi Aggie,

ich habe mich jetzt schon in Appledart verliebt und würde gerne auf der Stelle dort hinfliegen. Nur eine Sache verstehe ich nicht: In Deinem Brief hast Du erwähnt, dass Du immer zum Pub reitest, aber Ihr seid doch zu dritt und habt nur zwei Pferde, und eins der Pferde ist ein Pony – teilen Du und Anya Euch ein Pferd?

Apropos Anya: Letztens lagen Rosie und ich nachts in unserem Zelt, darauf hoffend, dass der Raketenalarm nicht losgeht, und Rosie erzählte mir, dass sie mit ihrem Ex-Mann schon mal in Appledart gewesen ist. Das weißt Du wahrscheinlich bereits. Doch was Du vielleicht nicht weißt, ist, dass Anya Rosie die Karten gelegt hat. Sagt man das so? Tatsächlich war Anya der Grund für Rosies Reise nach Appledart. Rosie wollte sie fragen, ob sie jemals ein Kind haben würde. Anya hat keine direkte Antwort gegeben, sondern ihr gesagt, dass sich ihre Zukunft nicht so entwickeln würde, wie sie es in dem Moment erwarte, und dass ihr Herausforderungen bevorstünden. Anya meinte, Rosie würde in ein heißes Land reisen – in eine Wüste –, und ihr Leben würde sich in eine gänzlich andere Richtung entwickeln, aber in der Wüste würde sie endlich ihren Frieden finden.

Ich habe mich schon oft gefragt, ob die Menschen selbst ihren Teil dazu beitragen, die Prophezeiungen zu erfüllen, die sie erhalten. Hätte Rosie das Angebot der Armee angenommen, wenn Anya ihr nicht vorhergesagt hätte, dass sie in die Wüste gehen und ihren Frieden finden würde? Vielleicht hat Rosies Zukunft bereits in dem Moment einen anderen Verlauf genommen, als sie den ersten Schritt in Anyas Haus gesetzt hat.

Meine eigene Reise in die Wüste war nicht so tiefgründig, aber von einem ähnlichen Thema bestimmt. Bevor der Krieg anfing, erlebte ich regelmäßig Momente der Melancholie. Als er begann, sank ich in die Tiefen der Verzweiflung. Doch jetzt habe ich das Gefühl, als würde eine größere Kraft an mir zerren – mich aus mir selbst herausziehen. Wenn ich von hier weggehe, werde ich wie wiedergeboren sein – ein Phönix aus der Asche. Ach, ich schweife ab.

Schreib bald wieder.

G

Von: Rosie
An: Oliver
Datum: 11. April

Lieber Oliver,

wie war die schriftliche Prüfung? War es sehr schlimm? Warum fragst Du nicht Deine Lehrerin, ob Du einen Teil der Klassenarbeit auf dem Computer tippen kannst? Wenn Du für die Briefe an mich einen Laptop verwendest, wieso kannst Du dann nicht auch für längere Texte einen benutzen? Könntest Du darum bitten, dass jemand Dir beim Abtippen hilft? In Deinem Brief hast Du erwähnt, dass Du Mathe magst – ich auch. Mein Vater hat immer gesagt, ich soll mich auf meine Stärken konzentrieren. Wenn Deine Stärken Mathe und Angeln sind, dann konzentrier Dich doch darauf. Wer weiß, eines Tages lebst Du vielleicht am Meer und arbeitest als Fischer? Oder Du könntest Mathelehrer werden. Zu Deinen Fragen:

Es macht mir nichts aus, dass mein bester Freund ein Mann ist. Mir ist klar geworden, dass man immer dann ganz besondere Freunde findet, wenn man sie am nötigsten hat. Ein bisschen so wie Engel. Ein paar von ihnen begleiten einen ein Leben lang und andere leider nicht. Aber Du wirst sie für immer in Deinem Herzen tragen. Meinst Du, Du kannst daran glauben, dass der richtige Freund schon bald in Dein Leben treten wird? Über genau dieses Thema habe ich mich vor ein paar Tagen mit meinem Freund Gethyn unterhalten, und er meinte »Gleich und gleich gesellt sich gern.« Wenn Du Dich also zum Beispiel traurig und niedergeschlagen fühlst, dann wirst Du wahrscheinlich auch solche Menschen anziehen, die nur wenig Lebensfreude ausstrahlen. Aber wenn Du es schaffst, ganz tief in Dir Freude zu finden und es Dir gelingen sollte, diese Freude in Deiner Seele auch auszustrahlen, dann wirst Du entsprechend positivere Menschen anziehen. Hast Du Lust, ein kleines Experiment mit mir zu versuchen? Versuch doch mal bitte, mehrmals am Tag zu lächeln, ohne jeden Grund. Und dann schau mal, ob Du eine Veränderung spürst. Ich wette darauf! Meine Freundin Agatha glaubt, wenn Du Dir nur fest genug etwas wünschst (und Dir Deinen Wunsch aufschreibst, um auch ganz sicherzugehen), wird Dir das Universum früher oder später auf die eine oder andere Weise diesen Wunsch erfüllen. Selbst wenn Du nicht an diese Theorie glaubst, wäre es dann nicht trotzdem einen Versuch wert? Doch eigentlich bin ich eine Heuchlerin, wenn ich Dir das schreibe, denn ich lächle zwar äußerlich, aber nicht innerlich. Aber ich habe es meinem Vater versprochen, trotz meines Kummers zu lächeln.

Ich will nach Hause, aber ich kann nicht. Wenn Du Dich

einmal für die Armee entschieden hast, dann gibt es kein Zurück mehr.

Du hast erwähnt, dass Du einen Hund möchtest. Magst Du Tiere?

Ich habe heute leider nicht so viel Zeit, weil wir vorhin ein neues Lager aufgebaut haben und hier deshalb gerade alles etwas hektisch ist, aber ich werde Dir bald wieder schreiben. Und lass mich wissen, wie es Dir mit dem Lächeln geht. Mach Dir keine Gedanken darüber, was andere Leute von Dir denken könnten.

Rosie

Von: Aggie
An: Rosie
Datum: 12. April

Hi Rosie,

stell Dir vor, ich hatte recht – unsere Isabella hatte tatsächlich mal mit dem berühmt-berüchtigten Nathan Browne zu tun. Leider hat sich meine Vorstellung, dass sie nach einer Feinschmeckerparty in New York miteinander ins Bett gestiegen sind (was zur Zeugung ihres ersten Kindes geführt hat), als komplett falsch herausgestellt. Notiz an mich: Versuch, deine Fantasie zu zügeln.

Nein, die Wahrheit laut Isabella, die ich aber als eher unzuverlässige Zeugin einstufe, ist die: Nathan Browne hat vor zehn Jahren, auf dem Höhepunkt seiner Karriere als Restaurantkritiker, in der Sonntagsbeilage einer Zeitung Isabellas Spezialität kritisiert. Er schrieb, es sei ihm vollkommen egal, ob ihre Pflaumen in Amaretto eingelegt und mit saurem Saft serviert würden. Solche winzigen Exemplare seien seine Aufmerksamkeit ohnehin nicht wert.

Ich glaube, dass Nathan diesen Kommentar eher witzig und nicht sexistisch gemeint hat, doch Isabella sah das völlig anders. Leider hat auch Alices alte Freundin aus dem Wunderland, die Zeit, die Wogen nicht geglättet. Die Medien haben seinen Kommentar breitgetreten, und seitdem besteht sie darauf, Push-up-BHs zu tragen. Ich habe versucht, die Wogen zu glätten, indem ich ihr sagte, persönlich die Erfahrung gemacht zu haben, dass kleine Pflaumen häufig beliebter seien, da sie als besonders saftig gelten, doch da ich die Üppigkeit in Person bin, ist das bei ihr nicht angekommen. Anya ist nicht überzeugt, dass Isabella nur wegen der kleinen Pflaumen eine Abneigung gegen Nathan hat. Sie spürt, dass noch mehr dahinterstecken muss, und sie hat wahrscheinlich recht. Dieses ganze Herumgestottere und ihr errötendes Gesicht, als wir ihr erzählten, dass Nathan nach Appledart kommt, gefolgt von einer Schimpfkaskade, da sie vor der Abreise nach Appledart nicht noch mal beim Haarefärben war … Ich glaube, sie verheimlicht uns etwas. Sie hat Anya außerdem um eine revitalisierende Gesichtsbehandlung gebeten und läuft die ganze Zeit mit kalten Teelöffeln herum, die sie sich unter die Augen drückt.

Wir haben Hector (den Mann mit dem Boot) angewiesen, Ausschau zu halten und sofort vom Pub aus anzurufen, sobald irgendjemand namens Nathan (oder irgendjemand, der wie Nathan aussieht, da er vermutlich unter einem Pseudonym reist) auftaucht. Als Hector Isabella bat, ihm Nathan zu beschreiben, zuckte sie mit den Schultern und sagte: »Ich würde sagen durchschnittlich. Ein bisschen ungeschliffen vielleicht. Er trägt oft eine grüne Wollmütze und hinkt ein wenig. Oh, und das letzte Mal, als ich ihn sah, trug er eine Augenklappe.« Sie schaute zum Fenster hinaus und betrachtete das sanfte An- und Abschwellen der Wellen, die den Sand liebkosten. Dann wurde ihr Blick sanfter, und sie sagte: »Aber er hat ein schönes Lächeln.«

Shaun und Hector sollen also nach einem allein reisenden Mann Ausschau halten, der aussieht wie eine Kreuzung zwischen Long John Silver und Benny aus der Serie *Crossroads*. Hector meinte, mit dieser Beschreibung könne er nicht viel anfangen. Wieso zum Geier nicht, frage ich mich.

Wir haben ganz Appledart (also maximal 20 Personen) instruiert, auf einen Mann mit einem schönen Lächeln achtzugeben und ihn erst dann mit dem Boot zum Café übersetzen zu lassen, wenn wir über Telefon grünes Licht gegeben haben. Was kann da noch schiefgehen?

Bye bye,
Aggie

Von: Rosie
An: Aggie
Datum: 14. April

Hallo Aggie,

wie geht es mit dem Schreiben voran? Sollte ich Dich das überhaupt fragen, oder nervt es Dich? Ein wenig sorge ich mich, dass Du Dich zu sehr um die Angelegenheiten anderer kümmerst und dabei Deine eigenen vernachlässigst. Du hattest schon immer so eine blühende Fantasie und wärst fähig, Dir die tollsten Geschichten einfallen zu lassen. Und bis Casey wieder zurückkommt, wird ihr Café sicherlich auf dem besten Weg zum Erfolg sein. Aber was ist mit Dir? Wirst Du wieder bei null anfangen, ohne auch nur ein einziges Wort geschrieben zu haben? Obwohl, warum mache ich mir eigentlich Sorgen ? Früher oder später wird Isabella Dich sowieso aus dem Café und zurück ins Haus scheuchen, damit Du ihren nächsten Bestseller für sie schreiben kannst. Oder vielleicht auch nicht, schließlich scheint sie selbst auch gerade zu bröckeln wie ein misslungenes Schaumgebäck.

Es wird Dich sicher freuen zu hören, dass ich den Helikopterflug unbeschadet überstanden habe. Der Albtraum meines Vaters, in dem ich vermutlich gestorben bin, hat sich also als Unsinn herausgestellt. Ich bin wirklich nicht mehr sehr scharf auf solche Flüge. Diese nächtlichen Tiefflüge sind echt heftig. Wir sitzen alle da und beten, dass der Pilot nicht abgeschossen wird oder einen Strommast trifft. Angesichts dessen wirst Du wahrscheinlich verstehen, warum unsere Ankunft am Flughafen solch ein surreales Erlebnis war. Die Rampe öffnete sich, und wir marschierten alle aus dem hinteren Ende des Helikopters auf die Rollbahn. Nachdem ich die letzten paar Wochen nichts als Sand gesehen hatte, war es echt seltsam, auf festem Boden zu stehen und richtige Gebäude anstatt einfacher Zelte zu erblicken. Ich bin mir gar nicht so sicher, ob mir das wirklich behagt hat. Nein, ich bin mir ziemlich sicher, mir hat es nicht behagt. In der Wüste waren wir anonyme Reisende, wie ein Nomadenstamm. Aber jetzt sind wir an einem festen Ort, verwurzelt – gefangen. Die Ankunft am Flughafen wurde sogar noch surrealer, als wir wie Touristen in den Flughafenbus einstiegen, für den jemand entweder die Schlüssel aufgetrieben oder den er kurzgeschlossen hatte.

Das Hauptquartier ist also nun im Terminal des Flughafens,

der einem echten Schweinestall gleicht. Wir schlafen und arbeiten in einer luftdichten Festung aus Beton bei vierzig Grad ohne Klimaanlage. In der Wüste war das Leben um einiges hygienischer. Die Toiletten lassen zu wünschen übrig. Sie sind mehr oder weniger nur ein ausgehobener Graben mit einem Brett darüber. Die Herren- und Damentoiletten sind durch eine brusthohe Wand voneinander getrennt. Als ich mich jedoch heute Morgen zum Waschen hingesetzt hatte und nach rechts schaute, sah ich einen Mann auf der anderen Seite der Wand genau dasselbe tun. Ich wandte schnell den Kopf ab und sagte: »Lass uns einfach stur geradeaus schauen und so schnell wie möglich fertig werden.« Aber ich will mich nicht beschweren.

Eine solche Hitze habe ich noch nie erlebt, doch zumindest ist sie vorhersehbar, was mir als Meteorologin sehr gelegen kommt. Die gute Nachricht ist, dass eine Meteorologeneinheit der Royal Air Force aus Ali Al Salem (eine Militärflugbasis in Kuwait) hierher verlegt werden soll. Kannst Du Dir vorstellen, wie frustrierend es für mich war, herauszufinden, dass die Royal Air Force die ganze Zeit über eine Meteorologeneinheit in Kuwait stationiert hatte und ich kein einziges Mal Kontakt zu ihnen aufnehmen konnte? Aber genug des Selbstmitleids, denn wenn die Royal Air Force wirklich kommt, dann kann ich wahrscheinlich nach Hause! Bisher scheint niemand so genau Bescheid zu wissen, aber lass uns hoffen, dass sie ihr Lager hier aufschlagen. Seit wir hier sind, befinden wir uns in einer Art Schwebezustand. Der Krieg scheint ins Stocken gekommen zu sein, und ich kann nicht umhin, mir die Frage zu stellen, wann jemand kommt und uns mitteilt, dass wir den Krieg gewonnen haben und nach Hause können.

Alles Liebe,
Rosie

PS: Wir haben jetzt E-Mail-Zugang. Meine Adresse lautet rosie-of-arabia@yahoo.com. Gethyn sitzt neben mir und lässt ausrichten, dass seine Adresse gethyn-of-arabia@yahoo.com ist (wir waren nicht sehr kreativ beim Einrichten der Accounts).

Von: Mrs. Hughes
An: Rosie
Datum: 15. April

Liebe Rosie,

ich habe Deinen Brief erhalten, in dem Du schreibst, wie schwer Dir Deine Arbeit im Moment fällt. Ich möchte, dass Du jetzt gut aufpasst und Dir meine Worte zu Herzen nimmst:

Du musst niemandem etwas beweisen, mein Liebes. Stell Dir Dein zukünftiges Ich vor – die Frau, die Du in zwanzig Jahren sein möchtest. Sie (eine wundervolle Frau) blickt auf ihr Leben zurück und sagt ihrem früheren Ich mit ruhiger Stimme, dass es stolz auf sich sein soll. Sie sagt Dir, dass Du weiterhin gefasst, elegant und mit selbstbestimmter Weiblichkeit durchs Leben gehen sollst. Dass Du daran denken sollst, wie viel innere Stärke Du bereits in Dir gefunden hast. Sie sagt Dir, dass Du da draußen eine Rolle zu spielen hast, aber dass die größeren Zusammenhänge sich noch zeigen werden.

Ich habe mich mit Deinem Vater ausgesprochen und endlich zugegeben, dass Du mir ebenfalls Briefe geschrieben hast. Ich soll Dir ausrichten, Du sollst nicht albern sein. Er kann das schon verkraften. Er hat mir auch aufgetragen, Dir zu schreiben, dass er im Wartezimmer beim Doktor etwas Schlaues in einer

Zeitschrift gelesen hat: Das Leben ist zu zehn Prozent, was uns passiert und zu neunzig Prozent, wie wir darauf reagieren.

Bleib weiterhin gelassen, stark und pass vor allem gut auf Dich auf, mein Liebes.

Alles Liebe,
Mama (und Papa)

Von: aggieb@yahoo.com
An: rosie-of-arabia@yahoo.com
CC: gethyn-of-arabia@yahoo.com
Datum: 18. April

Hi, Ihr beiden,

super, dass Ihr jetzt E-Mail-Adressen habt! Passt bloß auf, bald werdet Ihr noch ganz verwöhnt. Das hier ist meine Mailadresse. Später mehr, muss jetzt ins Café.

Alles Liebe, Ag

Von: gethyn-of-arabia@yahoo.com
An: aggieb@yahoo.com
Betreff: Nirwana
Datum: 20. April

Liebe Aggie,

also, jetzt ist es beschlossene Sache: Ich muss unbedingt mal nach Appledart kommen. So wie Du mir Ishmael und Anya schilderst, klingt das genau wie die Art von Menschen, mit denen ich bis in die frühen Morgenstunden plaudern und dabei eine Flasche Whiskey leeren würde.

Bei mir hier ist alles unsicher. Möglicherweise sehe ich Rosie nur noch diese Woche, da ich vielleicht ein paar Wochen lang eine der Truppen begleiten werde. Ein Militärarzt wird meine Position hier einnehmen. Jetzt, da sich die Situation ein wenig entspannt hat, will die Luftwaffe mich wieder nach Hause schicken. Auch auf die Gefahr hin, abgedroschen zu klingen – ich habe absolut keine Ahnung mehr, wo das überhaupt ist, mein Zuhause. Der Krieg hat vor genau einem Monat begonnen, aber es fühlt sich an wie ein Jahr. Alles ist jetzt anders. Seitdem man uns zum Flughafen verfrachtet hat, haben wir (die ursprüngliche Besetzung des Hauptquartiers) das Gefühl, dass unser Job hier erledigt ist und wir nicht mehr hier sein sollten. Wir haben in vier Wochen einen ganzen Krieg durchgestanden und sind jetzt erschöpft.

Unsere Uniformen sind so abgenutzt wie wir. Es ist an der Zeit, dass eine neue Einheit nach Basra kommt und sich hier profiliert, wobei ich sie weiß Gott bemitleide. Im Gegensatz zu jenen, die uns ersetzen werden, hatten wir während des Krieges eine Frontlinie – ein Ziel, das relativ klar umrissen war.

Jetzt machen wir auf gut Freund mit dem Feind. Aber wir sind hier im Nahen Osten, nicht im Westen, und es gibt so vieles, was mir Sorgen bereitet. Worauf ich eigentlich hinauswollte: Ich weiß nicht, welchen Ort ich meine Heimat nennen soll. Hier in der Wüste habe ich zu mir gefunden und mich dann wieder verloren. Wir haben hier als Kollektiv gelebt und uns um nichts anderes als um das nackte Überleben Gedanken gemacht – essen, schlafen und arbeiten. Das Morgen war nicht wirklich wichtig und obwohl ich eine moralische Krise hatte, ruhte ich doch in mir, und meine Gedanken verharrten meist im Hier und Jetzt (vor allem natürlich, wenn ich gerade einen Deiner Romane verschlungen habe). Aber jetzt bin ich irgendwie ganz verwirrt. Ich muss mal in mich gehen und mir über einiges klar werden. Aber genug von mir. Du hast mir immer noch keine interessanten Geschichten über Deine Gäste erzählt.

G

Von: aggieb@yahoo.com
An: gethyn-of-arabia@yahoo.com
Betreff: Re: Nirwana
Datum: 20. April

Lieber Gethyn,

E-Mails schreiben ist wirklich klasse! Es ist super, noch am selben Tag antworten zu können. Tut mir leid, dass Du Dich gerade ein bisschen verloren fühlst. Ich werde Dir ein paar

Schokoladen-Karamell-Brownies schicken. Die spenden mir in Zeiten der Unsicherheit immer Trost.

Aggie

PS: Sorry wegen der kurzen Mail, heute Abend strenge ich mich mehr an. Shaun hat gerade angerufen und uns die Sichtung eines Mannes am Pier mit silbernem Haar und eleganten Schuhen gemeldet. Wir müssen uns bereit machen.

PPS: Die Geheimnisse, die mir im Beichtstuhl preisgegeben wurden, darf ich leider unter keinen Umständen weitererzählen (Ach, hab ich gerade Beichtstuhl geschrieben? Ich meinte natürlich Café). Nur eines vielleicht: Letzte Woche war eine Frau hier, von der ich vermute, dass sie ihren Mann umgebracht hat – ehrlich, ich scherze nicht. Sie meinte, ihr Mann sei vor zwei Jahren spurlos verschwunden, auf sehr rätselhafte Weise. Aber ich könnte schwören, dass da ein böses Funkeln in ihren Augen war. Die haben beinahe gezuckt! Mehr noch: Als sie mit einem anderen Gast zusammen über irgendetwas lachte, fiel mir auf, dass sie so ein fieses Bösewicht-Lachen hat. Sie warf sogar ihren Kopf zurück. So viel vonseiten der Anklage, mein Herr.

PPPS: Geige ist verschickt. Bin mir nicht sicher, ob sie viel taugt. Ich habe sie dem Geigenspieler abgekauft, der jede Woche bei uns im Pub spielt.

Von: Oliver
An: Rosie
Datum: 25. April

Liebe Rosie,

danke für Deinen Brief. Meine Lehrerin sagt, dass ich keinen Laptop im Unterricht benutzen darf. Ich muss meine Handschrift üben, und außerdem wollen dann all die anderen Kinder auch einen, und das kann sich die Schule nicht leisten. Ich tippe meine Briefe an Dich jetzt selber. Ich tippe sehr langsam, weil ich nicht weiß, wo all die Tasten sind, weshalb mir meine Lehrerin weiterhin helfen muss. Mir gefällt die Idee, später mal ein Fischer zu sein. Bitte nimm es mir nicht übel, aber warum reden Erwachsene immer darüber, was Kinder einmal werden wollen, wenn sie erwachsen sind? Wieso ist das eine der ersten Fragen, die mir von Fremden gestellt wird? Ich mag Tiere wirklich sehr gerne. Früher hatte ich mal einen Hund. Letztes Jahr hab ich bei einer Familie gelebt, die einen kleinen Hund namens Scamper hatte. Sie ist eines Tages in den Garten rausgerannt, und ich habe sie danach tot auf der Straße gefunden. Wenn ich an Scamper denke, bekomme ich keine Luft mehr, deswegen versuche ich, nicht mehr an sie zu denken. Diese Woche habe ich, so wie Du gesagt hast, versucht zu lächeln, aber Matt aus meiner Klasse meinte, dass er mir ein blaues Auge verpassen würde, wenn ich ihn weiterhin anlächeln würde, also habe ich damit aufgehört. Ich glaube nicht, dass Wünschen hilft. Ich habe mir gewünscht, dass Matt netter zu mir ist, doch es hat nicht gewirkt. Und ich habe mir eine Xbox zu Weihnachten gewünscht, aber das hat auch nicht funktioniert. Hast Du inzwischen schon mal Deine Waffe benutzt? Ich habe für Dich wieder bei unserer Schulversammlung gebetet. Eine Frau überlegt, mich zu adoptieren. Es wäre schön, nicht mehr ständig umziehen zu müssen, aber wieso sollte jemand ein Kind adoptieren wollen? Wieso sollte mich jemand dauerhaft in seinem Haus haben wollen?

Oliver

Von: rosie-of-arabia@yahoo.com
An: percynmadge@hotmail.com
Betreff: Danke
Datum: 28. April

Hallo Mama und Papa,

nein, das ist keine Halluzination, wir haben jetzt E-Mail-Zugang. Kein Grund zur Sorge: Wir sind vollkommen sicher und haben es hier sehr gemütlich. Es wird unerträglich heiß, aber wir haben Elektrizität und Ventilatoren, um uns abzukühlen. Obwohl wir sie die meiste Zeit über ausgeschaltet lassen, weil sie im Grunde nur heiße Luft in unsere Gesichter pusten. Nochmals vielen Dank für all die Pakete, die Ihr mir geschickt habt. Immer her damit! Aggie hat mir Bücher geschickt, die ich meinem Freund Gethyn gegeben habe, da ich momentan einfach nicht die nötige Konzentration zum Lesen habe. Aber Zeitschriften gehen, die sind gut für zwischendurch. Regnet es viel bei Euch? Ich wünschte, ich könnte den Regen auf meinem Gesicht spüren und barfuß durchs Gras laufen, überall um mich herum Grün – das wäre himmlisch. Ich kann mir keinen schöneren Ort auf dieser Welt vorstellen als unser Dorf im

Frühling. Bitte genießt es um meinetwillen, indem Ihr schöne Ausflüge mit Eurem Wohnwagen macht. Könnt Ihr Euch an unseren Ausflug nach Tenby erinnern, als ich zwölf war? Oder vielleicht war das auch ein wenig später? Das waren großartige Ferien. Vielleicht könnten wir ja, sobald ich daheim bin, alle zusammen nach Tenby fahren? Und vielleicht könnten wir Simon dazu überreden, Sonderurlaub zu nehmen, damit wir alle wieder zusammen sein können?

Macht Euch bitte nicht allzu viele Sorgen. Mir geht es gut. Gönnt Euch den Wohnwagen – das Leben ist zum Leben da.

Alles, alles Liebe, Rosie

PS: Ich habe die Sache mit der Schule nicht vergessen, aber ich bin mir einfach nicht sicher, was das Beste wäre.

Von: rosie-of-arabia@yahoo.com
An: aggieb@yahoo.com
Betreff: Mir geht's wieder besser
Datum: 29. April

Hi Aggie,

ich glaub's ja nicht! Heute kam per Post eine Geige für mich. Beinah hätte die Armee das Paket in die Luft gejagt, weil der Absender keine Anschrift auf die Verpackung geschrieben hatte. Doch kurz vorher kam Gethyn hereingerannt und schrie »Stopp! Das ist keine Waffe, sondern eine Geige«, was es dann auch tatsächlich war. Eine echte Geige – in der Wüste. Auch wenn der Absender anonym war, kommst für solche Mätzchen eigentlich nur Du infrage, stimmt's? Gethyn will es mir nicht sagen. Wenn ja, dann vielen Dank, ich freue mich sehr darüber.

Heute bin ich wieder optimistischer. Neulich habe ich von meiner Mutter eine E-Mail erhalten, in der sie meinte, ich solle mir vorstellen, wie mein zukünftiges Ich mich durch mein Leben führt. Ich bin mir nicht sicher, ob ich damit etwas anfangen kann, aber immerhin ist es ein gutes Zeichen, dass sie sich stabil genug fühlt, um anderen einen Rat zu geben.

Leider muss ich Dich um noch einen Gefallen bitten, aber nicht für mich, sondern für jemanden, der es wirklich nötig hat. Deshalb hoffe ich, dass es Dir nichts ausmacht. Erinnerst Du Dich an die gute alte Mrs. Cartwright, unsere Grundschulleiterin? Du weißt vielleicht, dass sie immer noch Schulleiterin ist (sie muss inzwischen um die hundertzehn Jahre alt sein). Am Tag, an dem der Krieg ausbrach, habe ich einen Brief von ihr erhalten, in dem sie mir eine Nachricht von einem ihrer Schüler übermittelte. Er heißt Oliver. Er hat eine Lernschwäche und lebt bei Pflegeeltern. Ich würde für ihn gerne einen Laptop organisieren, aber Mrs. Cartwright stellt sich taub. Wahrscheinlich wird Dir das nicht sehr behagen, aber wenn Du Dich erinnerst, so steht auf unserer Liste, dass wir einem Menschen helfen und dadurch einen positiven Einfluss auf sein Leben ausüben sollen. In meinem Fall ist dieser Mensch Oliver. Könntest Du Dich vielleicht mal erkundigen, ob es spezielle Schreibprogramme für Kinder mit Lernschwäche gibt? Ich übernehme auch die Kosten. Könntest Du Mrs. Cartwright anrufen und sie bitte fragen?

Alles Liebe,
Rosie

Von: percynmadge@hotmail.com
An: rosie-of-arabia@yahoo.com
Betreff: Endlich!
Datum: 29. April

Mein Kleines,

Ihr habt also endlich E-Mail? Toll! Also wenn Du Dich wirklich sicher fühlst, dann machen wir morgen vielleicht mit dem Wohnwagen eine Spritztour nach Whitby.

Natürlich erinnern wir uns an den Urlaub in Wales. Wir haben auf einem hübschen Campingplatz in der Nähe von St. Davis übernachtet. Du hast darauf bestanden, auf dem Weg zum Campingplatz zwischendurch rechts ranzufahren, um uns den Sonnenuntergang über der Bucht anzusehen. Das war der Ort, an dem Simon Dir das Surfen beigebracht hat. Ihr seid Euch wegen des elenden Surfbretts die ganze Woche über in den Haaren gelegen. Keine Ahnung, warum wir nicht einfach zwei gekauft haben. Oh, Deine Mutter meinte gerade, dass es in dem Laden, wo wir das Surfbrett gekauft haben, nur noch ein blaues gab und Ihr das beide wolltet. In St. Davis gab es auch einen Laden, der gute Fish and Chips verkauft hat, aber Du hast unbedingt auf frittierte Würstchen bestanden, wie Mum sich erinnert. Du warst schon manchmal komisch. Gerade meinte sie, dass Du bei unserem Urlaub in Wales definitiv 13 gewesen sein musst, weil Simon zu dem Zeitpunkt gerade seine Abschlussprüfungen hinter sich hatte und im folgenden September in die vierte Klasse kam. Ich habe keine Ahnung, was in den letzten paar Wochen in Deine Mutter gefahren ist, aber sie hat sich zum Positiven verändert. Aber es liegt nicht an den Medikamenten, denke ich. Also falls was sein sollte, dann weißt Du ja, wo wir sind. Das Handy bleibt an. Ruf uns an, wenn Du kannst.

Immer schön ducken.

Hab Dich lieb, Kleines, Papa

From: rosie-of-arabia@yahoo.com
Von: josh71@yahoo.com
Betreff: E-Mail
Datum: 2. Mai

Josh,

ich wollte Dich nur wissen lassen, dass wir jetzt auch E-Mail-Zugang haben. Hier hast Du also meine E-Mail-Adresse. Es ist besser, wenn wir ab jetzt darüber korrespondieren, damit wir schneller alles Nötige abwickeln können.

Rosie

Von: aggieb@yahoo.com
An: gethyn-of-arabia@yahoo.com
Betreff: Ein paar Kleinigkeiten
Datum: 3. Mai

Lieber Gethyn,

sorry, dass ich letztes Mal nicht noch mal zurückgeschrieben habe, so wie versprochen. Ich bin an dem Abend vollkommen erledigt ins Bett gefallen.

Ach, Du meine Güte. Ich weiß, was Du damit meinst, dass Leute letztlich ihre eigenen Prophezeiungen selbst erfüllen. Aber ich kenne Anya jetzt schon seit einer Weile, und sie scheint mir keine Schwindlerin zu sein. Tatsächlich wirbt sie nicht für ihr »Geschäft«, und ich glaube nicht, dass sie sich jemals aktiv um Kunden bemüht hat (oder sagt man in diesem Zusammenhang besser »Klienten«?). Aber vielleicht ist das gerade der springende Punkt bei einer Meisterin der Täuschung – Du bekommst gar nicht mit, dass Du übers Ohr gehauen wirst. Doch es gibt eine allgemeingültige Regel: Wenn ein Gast im Café auftaucht, der von einer beinahe fühlbaren Aura der Traurigkeit umgeben ist, kann ich sicher sein, dass er oder sie einer von Anyas Klienten ist. Man kann diese Traurigkeit sehen, es ist eine Form der Energie. Wenn sie dann gehen, scheint es, als hätte man ihnen eine Last genommen. Ob die Karten – oder die Sterne oder irgendetwas anderes, an das sich eine verlorene Seele wenden könnte – die Wahrheit sprechen oder nicht, Anya spendet den Leuten auf alle Fälle Trost. Ich stimme allerdings mit Dir überein, dass es eine Person schon in eine bestimmte Richtung lenken könnte. Ich schätze mal, es hängt davon ab, wie das betreffende Individuum Anyas Worte interpretiert.

Vielleicht solltest Du Dir auch mal die Karten legen lassen? Dann könntest Du Dir ein besseres Urteil bilden.

Rosie hat Dich hoffentlich über die neuesten Ereignisse im Café und über den bevorstehenden Besuch von Nathan Browne informiert. Oder habe ich das getan? Ich vergesse allmählich, wem von Euch beiden ich was erzählt habe. Was mein neuestes Manuskript anbelangt, so habe ich noch kein Wort geschrieben. Ich hab es aber endlich Isabella gegenüber zugegeben, und sie hat mir eine kleine Verschnaufpause gegeben. Meine Freunde, denen das Café gehört, gehen voll in ihrem neuen Leben in der Antarktis auf. Sie scheinen beinahe das Interesse an Appledart verloren zu haben, aber das passiert eben, wenn man eine neue und aufregende Liebe entdeckt. Das flatterhafte Herz vergisst leicht, wie sehr es mal für den ehemaligen Liebhaber geschwärmt hat. In den geheimsten Tiefen meiner Seele hoffe ich, dass sie für immer wegbleiben – dann könnte ich das Café vielleicht kaufen? Wäre das nicht himmlisch? Obwohl – um zu der Analogie mit dem Liebhaber zurückzukehren –, vielleicht schätze ich Appledart gerade deswegen so sehr, weil ich weiß, dass ich nicht für immer hierbleiben kann. Möglicherweise würde ich nach einer Weile gar nicht mehr hier sein wollen, weil die Unbestimmtheit dann verschwunden wäre (Okay, jetzt bin ich wirklich deprimiert).

In Deinem letzten Brief kamst Du mir ein wenig verloren vor. Hast Du einen bestimmten Traum? Irgendetwas, das Du in der Zukunft tun willst? Vielleicht könntest Du Dich darauf konzentrieren und jedes Mal, wenn Du Dich deprimiert fühlst, Dir Deinen Traum wieder vor Augen führen und Dir Deine Zukunft vorstellen. Ich weiß, wir sollten im Jetzt leben und nicht in der Zukunft, aber manchmal, wenn die Gegenwart beschissen ist (und machen wir uns nichts vor, Dein Alltag im Irak ist einfach beschissen), zahlt es sich aus, sich auf die Zukunft zu konzentrieren. Rosie hat mir erzählt, dass Du in einer

Beziehung bist? Vielleicht hilft es, wenn Du Dich auf die Zukunft mit Deiner Partnerin konzentrierst. Hoffentlich klingt dieser Vorschlag in Deinen Ohren nicht dämlich. Ich verstehe wahrscheinlich nicht mal ansatzweise, wie es ist, in den Krieg zu ziehen. Im Nachhinein wirst Du Dich sicher an ein paar gute Momente erinnern, zum Beispiel, als Du und Rosie zusammen in Deinem Zelt getanzt habt, aber im Großen und Ganzen willst Du es wahrscheinlich einfach nur hinter Dich bringen und vergessen. Übrigens: Lass Dich von Rosies Engelsgesicht und ihrem Tausend-Watt-Lächeln nicht täuschen, sie hat ganz schön gekämpft, bevor Du in ihrem Leben aufgetaucht bist. Du kannst stolz auf Dich sein, denn Du hast ihr Leben erleuchtet, wo sie zuvor nur Dunkelheit gesehen hat.

Deine Aggie

PS: Halt Dich besser vom Alkohol fern. In Zeiten wie diesen fällt man diesem Dämon wahrscheinlich leicht zum Opfer.

PPS: Zu der Situation mit den zwei Pferden und drei Reitern: Ishmael und Anya reiten zusammen auf Jekyll. Er ist ein kräftiges Shire-Horse und kann die beiden leicht tragen. Warum fragst Du?

PPPS: Warum haben Männer keinen Busen? Sie können mit der Doppelbelastung nicht umgehen.

Von: gethyn-of-arabia@yahoo.com
An: aggieb@yahoo.com
Betreff: Re: Ein paar Kleinigkeiten
Datum: 4. Mai

Hi Aggie,

wenn wir nur ein wenig Alkohol hier hätten … Obwohl, wir haben noch diese eine Flasche, die Du uns geschickt hast. Wie geht's mit den Gästen? Beichten die Dir immer noch ihre Sünden?

G

PS: Hab aus keinem bestimmten Grund nach dem Pferd gefragt, war einfach nur neugierig.

PPS: Ist Nathan schon aufgetaucht?

Von: aggieb@yahoo.com
An: gethyn-of-arabia@yahoo.com
Betreff: Re: Re: Ein paar Kleinigkeiten
Datum: 5. Mai

Lieber Gethyn,

falscher Alarm an der Nathan-Front. Der Typ, der uns aufgefallen war, war nur ein Verkaufsvertreter für Doppelverglasungen. Ich fürchte, ich habe heute keine neuen Geschichten. Notiz an mich selbst: Muss mich noch mehr anstrengen, pikante Details aus meinen Gästen herauszukitzeln! Da es relativ teuer ist, zum Café zu gelangen (Zug, Unterkunft, Bootsfahrt), setzt sich meine Gemeinde überwiegend aus Angehörigen der gehobenen Mittelschicht zusammen, die mir typische Mittelschicht-Sünden beichten. Du weißt schon, das Übliche: Affären, Schulden, Mord. Bist Du heute wieder lange wach?

Ag

Von: gethyn-of-arabia@yahoo.com
An: aggieb@yahoo.com
Betreff: Re: Re: Re: Ein paar Kleinigkeiten
Datum: 6. Mai

Lass es Dir von einem Arzt sagen, der auch schon viele Beichten abgenommen hat – die Leiden der Menschen lassen sich meistens auf die folgenden Ursachen zurückführen: Verlassenwerden, Kontrollzwang, Unehrlichkeit, Geldnot und Trauer. Doch wenn man zum Kern jedes dieser emotionalen Probleme vordringt, merkt man, dass sich dieser eigentlich nur mit einem Wort beschreiben lässt: Angst.

G

PS: Hier ist es erst ein Uhr nachts – das ist früh für mich.

PPS: Schon mal wieder was geschrieben? Ich warte schon auf das nächste Buch!

Von: aggieb@yahoo.com
An: gethyn-of-arabia@yahoo.com
Betreff: Re: Re: Re: Re: Ein paar Kleinigkeiten
Datum: 5. Mai

Früh? Ich bin normalerweise gegen 21:30 Uhr schon im Bett.

Nein, habe immer noch nicht weitergeschrieben. Die ganze Zeit höre ich Geschichten, anstatt sie zu schreiben. Ich finde es auch immer schwieriger, wieder in meinen Roman hineinzufinden, weil mich die Menschen immer mehr verwirren – niemand scheint wirklich so zu sein, wie er oder sie vorgibt, und das macht mir in Bezug auf meine Charaktere Sorgen. Seit dem Beginn unserer Konversation mache ich mir jedes Mal, wenn ich mich zum Schreiben hinsetze, viel zu viele Gedanken um alles Mögliche. Doch es ist auch mal sehr erfrischend, eine Auszeit von meinen imaginären Freunden zu haben. Die sind immer so anhänglich!

A

Von: gethyn-of-arabia@yahoo.com
An: aggieb@yahoo.com
Betreff: Re: Re: Re: Re: Re: Ein paar Kleinigkeiten
Datum: 6. Mai

Hi Aggie,

ich wünschte, ich hätte niemals Deine Romane beurteilt, und

schäme mich noch immer, wenn ich an diesen ersten Brief denke. Bitte bedenke, dass ich damals zum ersten Mal einer waschechten Schriftstellerin geschrieben habe. Ich gebe zu, ich habe versucht, Dich zu beeindrucken. Natürlich hab ich's total vermasselt.

Was Charaktere angeht: Ich glaube, die meisten von uns stolpern einfach von einem Kapitel unseres Lebens ins nächste, meistens mit guten Absichten, auch wenn wir ab und zu Mist bauen und uns wie egoistische Idioten aufführen. Wir können uns niemals gegenseitig von allen Seiten kennenlernen. Und würden wir das überhaupt wollen? Wieso also solltest Du Deine Romancharaktere in- und auswendig kennen – lass ihnen ihren Freiraum. Die meisten Menschen, die ich kenne, sind einfach ganz normale Leute, die versuchen, klarzukommen. Vielleicht kommt bei Dir ab und zu mal ein exzentrischer Millionär vor, aber sonst beschreibst Du in Deinen Büchern doch auch nur normale Leute und keine psychopathischen Massenmörder. Also grüble nicht zu viel über diese Dinge nach. Und ja, mir ist bewusst, dass ich gerade völlig meinem eigenen, ursprünglichen Rat widerspreche, aber das war eh alles ein Haufen Mist. Überlass es anderen Autoren, sich genauer mit den dunklen Seiten unserer Spezies zu befassen und bleib bei Deinem Thema, der Liebe. *Mögen andere Federn bei Schuld und Elend verweilen* (Wie zum Himmel ist mir denn jetzt dieses Zitat eingefallen?).

Deine Bücher verkaufen sich gut, und ich habe sie alle wirklich gern gelesen. Verändere Dich nicht, und was noch wichtiger ist: Mach Dir keine Sorgen. *It's only words.*

G

Von: aggieb@yahoo.com
An: gethyn-of-arabia@yahoo.com
Betreff: Re: Re: Re: Re: Re: Re: Ein paar Kleinigkeiten
Datum: 5. Mai

Jetzt zitierst Du nicht nur Jane Austen, sondern auch noch die Bee Gees! Und Du hast auch noch bewiesen, dass ich recht habe. Ich bin ganz platt, dass Du Austen aus dem Stegreif zitieren kannst – seit wann können Ärzte aus Wales so was? Das ist ja abgefahren.

Von: gethyn-of-arabia@yahoo.com
An: aggieb@yahoo.com
Betreff: Re: Re: Re: Re: Re: Re: Re: Ein paar Kleinigkeiten
Datum: 5. Mai

Keine Sorge, dieses Austen-Zitat ist das Einzige, woran ich mich aus meinem Mittelstufen-Englischkurs erinnern kann, und ich habe zwanzig Jahre darauf gewartet, es mal in einem Gespräch anbringen zu können.

Übrigens, ich habe Deinen Rat befolgt und den Traum von meinem zukünftigen Leben aufgeschrieben. Wann immer ich mich deprimiert fühle, ziehe ich das Stück Papier aus der Tasche, stelle mir meinen Traum genau vor und lächle. Vielleicht geht er ja eines Tages in Erfüllung, aber jetzt heißt es erst mal ab ins Bett.

Gute Nacht, Agatha Braithwaite

Von: aggieb@yahoo.com
An: gethyn-of-arabia@yahoo.com
Betreff: Re: Re: Re: Re: Re: Re: Re: Re: Ein paar Kleinigkeiten
Datum: 5. Mai

Süße Träume, Gethyn Evans.

Von: simonday14@hotmail.com
An: Rosie-of-arabia@hotmail.com
Betreff: Ich bin ein Rindvieh
Datum: 9. Mai

Hallo Rosie-Anna Fischgesicht,

was hat meine kleine Schwester denn in der Wüste verloren? Papa meinte, Du seist im Irak. Ich kann Dich keine zwei Minuten allein lassen, ohne dass Du in Schwierigkeiten gerätst.

Es lebt sich gut in Australien. Hier ist immer was los. Nur für den Fall, dass Du zu beschäftigst bist, um zu antworten (wir wissen ja alle, wie unzuverlässig Du bist), habe ich auch gleich eine Antwort-Email für Dich verfasst. Du musst nur noch die Wörter rauslöschen, die Deiner Meinung nach nicht zutreffen und den Rest des Textes dann einfach in eine neue E-Mail kopieren.

Hier der Text:

Hallo Simon, mein *geliebter/verehrter/verachtungswürdiger* Bruder,

ich *vermisse Dich/hasse Dich/wünsche mir Deinen Tod* wirklich sehr. Das Leben hier im Irak ist *toll/beschissen/grauenvoll.* Ich habe Saddam Hussein *gefunden/gebumst/erschossen* und bin nun bereit, nach Blighty heimzukehren, um dort *Tee und Kuchen/einen Orden/eine Entlausung* in Empfang zu nehmen. Jeden einzelnen Tag, seitdem Du von zu Hause fortgegangen bist, habe ich Dich *vermisst/verehrt/umbringen wollen.* Ich *empfinde große Freude/bin stinksauer/denke an Selbstmord* bei dem Gedanken, mich allein um Mama und Papa kümmern zu müssen, wenn sie alt sind, und ich wünsche mir, dass Du in Deinem neuen Leben *glücklich/unglücklich/tot* bist. Alles in allem bin ich eine *zufriedene/unbeschwerte/einsame* alleinstehende Frau ohne Josh und mache die *beste/schlimmste/schrecklichste* Zeit meines Lebens durch.

Hab Dich lieb, Du bist der *beste/schlimmste/mittelmäßigste* Bruder auf der ganzen Welt.

Deine *Dich liebende/genervte/verrückte* Schwester, Rosie-Anna Fischgesicht

Pass auf Dich auf und lass Dich nicht in die Luft jagen!

Alles Liebe, Si

Von: rosie-of-arabia@hotmail.com
An: simonday14@hotmail.com
Betreff: Re: Ich bin ein Rindvieh
Date: 9. Mai

Hi Si,

wird aber auch Zeit. Und ja, Du bist ein Rindvieh. Hier kommt meine Antwort. Ich habe ein paar Sachen ergänzt:

Hallo Simon, mein geliebter Bruder,

ich vermisse Dich wirklich sehr. Das Leben hier im Irak ist grauenvoll. Saddam Hussein ist mir nicht über den Weg gelaufen und ich bin nun bereit, nach Blighty heimzukehren, um dort einen Tee mit anschließender Entlausung einzunehmen. Jeden einzelnen Tag, seitdem Du von zu Hause fortgegangen bist, habe ich Dich umbringen wollen. Ich empfinde große Freude bei dem Gedanken, mich allein um Mama und Papa zu kümmern, wenn sie alt sind (auch wenn es mir lieber wäre, wenn Du mir helfen würdest), und ich wünsche mir, dass Du in Deinem neuen Leben (in England) glücklich bist. Alles in allem bin ich eine einsame alleinstehende Frau ohne Josh, und ich mache die schrecklichste Zeit meines Lebens durch. Ich vermisse meinen Bruder mehr, als er es sich jemals vorstellen könnte.

Hab Dich lieb, Du bist der schlimmste Bruder auf der ganzen Welt (weil Du mich verlassen hast).

Deine Dich liebende Schwester, Rosie-Anna Fischgesicht.

Ich denke, damit wäre dann alles gesagt. Also, wie geht es Dir denn nun so in Australien? Und sei diesmal ehrlich.

Rosie

Von: gethyn-of-arabia@yahoo.com
An: aggieb@yahoo.com
Betreff: Unterwegs
Datum: 12. Mai

Liebe Aggie,

ich habe Neuigkeiten. Ich werde nächste Woche definitiv nach Basra Palace versetzt, und danach fliege ich nach Hause, das genaue Datum ist noch unklar. Ich freue mich, doch ich werde meine kleine Freundin Rosie vermissen.

Wie ist das Wetter in Schottland zurzeit? Wer hat diese Woche alles im Café vorbeigeschaut? Rosie musste darüber lachen, dass Du als Cafébesitzerin ein Schweigegelübde abgelegt hast, aber sie glaubt, Du könntest eh nicht widerstehen, alles auszuplaudern. Also los, verrat schon – wer waren bisher Deine unterhaltsamsten Gäste? Und gibt's was Neues in Sachen Nathan Browne?

G

Von: josh71@hotmail.com
An: rosie-of-arabia@hotmail.com
Betreff: Faulpelz
Datum: 13. Mai

Hi Rosie,

ich habe mich gern um die Renovierung gekümmert. Aber wenn Du wirklich wissen willst, was Du getan hast, während ich in der Rolle des Heimwerkers aufgegangen bin: Du hast die Zeit damit zugebracht, auf dem Sofa zu lümmeln, Kaffee zu schlürfen und 25 Ausgaben des Schöner-Wohnen-Magazins zu verschlingen. Aber das hat mich nie gestört. Du sahst dabei immer sehr glücklich aus.

Josh

Von: aggieb@yahoo.com
An: rosie-of-arabia@yahoo.com
Betreff: Meine Zukunft
Datum: 13. Mai

Hi Rosie,

Geige? Davon weiß ich nichts. Welcher Volltrottel würde einer Soldatin in der Wüste denn eine Geige schicken?

Dein Brief hat übrigens bewirkt, dass ich über meine Zukunft nachgedacht habe. Was für eine Frau werde ich mit sechzig sein? Wo werde ich sein?

Das wird Dir gefallen – ich habe meine Augen geschlossen und sofort ein klares Bild gesehen, es war wundervoll. Ich stand im Garten meiner spanischen Villa, ein Glas Wein in der Hand, während mein liebevoller Partner in der Küche am Kochen war und alle möglichen Gäste zur Party eintrafen. Mein zukünftiges Ich ist cool, es regt sich nicht über Kleinigkeiten auf. Es macht regelmäßig Sport (eine Yogatante, glaube ich), isst aber gut und genießt dabei jeden Bissen. Mit sechzig ist diese Frau immer noch sexy, und sie ist sexy, weil sie voller Freude ist. Alles in allem liebe ich mein sechzigjähriges Ich. Was ist mit Dir? Welche Art von Frau wirst Du mit sechzig sein?

Aber zurück zur Gegenwart: Ist alles vorbei, jetzt, da Ihr Euch da am Flughafen einquartiert habt? Ich dachte, wir befänden uns immer noch im Krieg? Gethyn hat mir geschrieben, dass er versetzt wird. In einem Moment waren wir noch mitten im Krieg, und im nächsten soll schon alles vorbei sein? Ich bin verwirrt.

Hier in Appledart ist alles friedlich wie immer. Ich denke darüber nach, meinen Schriftstellerberuf endgültig an den Nagel zu hängen, mein Haus in Yorkshire zu verkaufen (egal was meine Mum sagt) und mir hier am Strand ein Haus zu bauen, gleich neben Ishmaels. Wir hatten zweimal falschen Alarm an der Nathan-Browne-Front, aber zumindest halten Shaun und Hector tatkräftig Ausschau. Der zweite Fehlalarm wurde von einem gut aussehenden Silberfuchs ausgelöst, doch es stellte sich heraus, er macht eine Pilgerreise zum Café. Du wirst nicht glauben, aus welchen Gründen: Er hat seinen Job verloren, seine Frau hat ihn für seinen Bruder verlassen und alles mitgenommen, und er muss jetzt in einer Einzimmerbude in Wolverhampton wohnen. Um dem Ganzen die Krone aufzusetzen, musste er sich auch noch auf Hodenkrebs testen lassen. Dieser

Mann hat wirklich die volle Breitseite abbekommen. In der Arztpraxis hat er eine Frau kennengelernt, die Anya vor zwei Jahren besucht hat und in deren Leben es seither stetig aufwärts ging. Also er hat er sein letztes Geld dafür ausgegeben, zu Anya zu reisen. Er war zu deprimiert, um zu merken, dass Shaun ihn vier Stunden lang im Pub festhielt. Zum Glück verließ er Anyas Haus nachher mit federndem Schritt und einem Lächeln im Gesicht.

Der andere falsche Alarm wurde von einem Vertreter für Doppelverglasungen ausgelöst, der bei seinen Handelsreisen auch das Wort des Herrn verbreitet. Der Arme war nah daran, den Glauben zu verlieren. Er hat mehrere Stunden mit Ishmael im Café diskutiert und war danach noch verwirrter als eh schon. Ishmael ist ziemlich belesen und kann sogar die Klügsten mit seiner eigentümlichen Mischung aus Spiritualität, wissenschaftlichem Fachwissen und gelegentlichem gesunden Menschenverstand verblüffen. Von Nathan fehlt also weiter jede Spur, aber zumindest hat Isabella aufgehört zu heulen und sich wie eine Pfandflaschensammlerin zu kleiden. Das wär's fürs Erste.

Aggie

PS: Hast Du bezüglich Gethyns Beziehung noch mehr Einzelheiten? Ich bin nur neugierig, nicht »interessiert«. Er scheint ein netter Kerl zu sein.

Von: rosie-of-arabia@yahoo.com
An: josh71@yahoo.com
Betreff: Re: Faulpelz
Datum: 14. Mai

Faulpelz? Lümmelnd auf dem Sofa? So hast Du mich also in Erinnerung? Ich bin mir sicher, dass ich beim Dekorieren geholfen habe.

Von: josh71@yahoo.com
An: rosie-of-arabia@yahoo.com
Betreff: Re: Re: Faulpelz
Datum: 14. Mai

Ja, auf dem Sofa. Manchmal auch im Sessel (vor dem Kamin). Im Juni werde ich nach Yorkshire kommen. Mein Urlaub ist längst überfällig. Dann werde ich Deinem Vater die Geräte zurückbringen. Ich hoffe, bei Dir ist alles in Ordnung?

Josh

Von: gethyn-of-arabia@yahoo.com
An: aggieb@yahoo.com
Betreff: Mir ist langweilig
Datum: 15. Mai

Hi Aggie,

mir ist langweilig. Hast Du schon herausgefunden, ob Ishmael und Anya eine engere Beziehung zueinander haben?

G

Von: aggieb@yahoo.com
An: gethyn-of-arabia@yahoo.com
Betreff: Re: Mir ist langweilig
Datum: 15. Mai

Lieber Gethyn,

um Deine Frage beantworten zu können, muss ich Dir zuerst eine Gegenfrage stellen. Ich weiß, Du verabscheust den verschwenderischen Einsatz von Anführungszeichen, aber möchtest Du wissen, ob Ishmael und Anya eine »engere« Beziehung haben, oder einfach nur eine engere Beziehung?

A

Von: gethyn-of-arabia@yahoo.com
An: aggieb@yahoo.com
Betreff: Re: Re: Mir ist langweilig
Datum: 15. Mai

Okay, Du hast gewonnen. Haben sie eine »engere« Beziehung?

Von: aggieb@yahoo.com
An: gethyn-of-arabia@yahoo.com
Betreff: Re: Re: Re: Mir ist langweilig
Datum: 15. Mai

Ah, jetzt verstehe ich. Ohne die Anführungszeichen war ich mir nicht sicher, was Du meinst. Die Antwort ist: Ich weiß es immer noch nicht, aber ich gehe stark davon aus, dass sie miteinander ins Bett gehen.

Wo wir gerade von Ishmael sprechen: Er heißt jetzt Moses, und ich fürchte, das ist meine Schuld. Wir haben letzte Woche im Pub ein paar Whiskey über den Durst getrunken, und ich fing an, davon zu reden, wie wichtig es ist, den Charakteren in meinen Büchern den richtigen Namen zu geben. Das führte zu einer Diskussion darüber, ob Eltern durch die Wahl eines Namens ihrem Kind bereits den Lebensweg vorgeben oder ob das völliger Quatsch ist. Du weißt schon, frei nach Shakespeare: *Was ist ein Name? Was uns Rose heißt, wie es auch hieße, würde lieblich duften.* Würde jemand mit dem Namen Posy Piper jemals Premierministerin werden können? Oder in meinem Fall: Würde jemand mit dem Namen Agatha Braithwaite jemals Bestsellerautorin werden können? Nein, aber jemand mit dem Namen Isabella Gambini sicher. Ishmael hat mir vehement widersprochen, und für eine Weile herrschte zwischen uns dicke Luft. Irgendwann hat er dann zugegeben, dass sein Name gar nicht Ishmael ist, sondern Marc. Aber er sagt gern zu den Leuten »Nennt mich Ishmael«, weil das die erste Zeile aus *Moby Dick* ist. Ich erklärte, mit dem Namen Summer Santiago könnte ich sicher bedeutende spirituelle Bücher schreiben, was uns zur Frage führte, inwieweit man sich neu erfinden kann. Können wir uns durch die Änderung unseres Namens, unserer Kleidung und vielleicht sogar unseres Akzents wirklich neu erfinden, oder würde unser innerstes Wesen im Kern unserer Seele nicht trotzdem wieder hervortreten?

Wir diskutierten es aus und kamen zu keinem finalen Ergebnis. Am nächsten Tag jedoch spazierte Ishmael ins Café. Gerade als ich sagen wollte »Guten Morgen, Ishmael«, hob er die Hand und meinte »Für den nächsten Monat heiße ich Moses«. Unglücklicherweise konnte ich nicht mehr mit ihm über die Wahl dieses Namens diskutieren, da Shaun gerade mit ein paar Hummern auftauchte (Hast Du gewusst, dass sie ganz blau sind, bevor sie gekocht werden?). Allerdings habe ich herausgefunden, dass Moses (Ishmael) glaubt, Moses (der Typ mit dem brennenden Dornenbusch) sei ein missverstandener Antiheld mit einer Sprachstörung. Ich freu mich schon jetzt darauf, mit ihm beim nächsten Pubbesuch in diese Diskussion einzusteigen. Aber wenn Moses seine neue Rolle zu ernst nimmt, zum Beispiel zu stottern beginnt, den Ben Nevis in Sinai umbenennt und uns aus Appledart über die Hügel ins Gelobte Land führen will, muss ich ihn hauen. Hoffentlich beschwört er nicht gerade eine Sintflut herauf. Oder war das Noah?

Wo wir gerade von Bergen sprechen: Morgen werde ich auf einen steigen – zusammen mit Moses.

Bald mehr. Aggie

Von: rosie-of-arabia@yahoo.com
An: aggieb@yahoo.com
Betreff: Zukünftiges Selbst?
Datum: 15. Mai

Hi Ag,

ich bin etwas verwirrt. Ich habe versucht, mir meine Zukunft vorzustellen, so wie meine Mutter es gesagt hat. Wo werde ich sein? Was werde ich tun? Mir ist nichts eingefallen. Nicht ein einziges Bild kam mir in den Sinn. Ist das ein schlechtes Zeichen? Ach, und Gethyn hat erwähnt, dass Du morgen einen Berg besteigen willst. Wieder etwas, das von der Liste gestrichen werden kann!

Rosie

Von: gethyn-of-arabia@yahoo.com
An: aggieb@yahoo.com
Betreff: Ich flieg nach Hause!
Datum: 16. Mai

Hi Ag,

nur so eine Idee: Vielleicht könnte ich meinen Heimaturlaub im nächsten Monat ja in Appledart verbringen? Gibt's bei Euch ein Bed and Breakfast? Lass es mich wissen, sobald Du heil und sicher wieder von der Bergwanderung zurück bist.

Gethyn

Von: aggieb@yahoo.com
An: rosie-of-arabia@yahoo.com
Betreff: Gethyn
Datum: 16. Mai

Hi Rosie,

mach Dir keine Sorgen. Es ist sowieso eine doofe Idee, sich seine Zukunft vorzustellen, wenn man gerade an einem Scheideweg angelangt ist. Meine eigene Vorstellung war ja auch nur an den Haaren herbeigezogener Schwachsinn. Lass Dir Zeit. Du bist mitten im Krieg, und es ist im Moment alles sehr verwirrend. Schau einfach, dass Du heil wieder nach Hause kommst, dann kannst Du mich in Appledart besuchen, und wir bringen das alles in Ordnung.

Also, hier kommt die alles entscheidende Frage: Sieht Gethyn gut aus? Du hast mir immer noch nicht erzählt, wie es derzeit um seine Freundin steht. Schreib mir sofort zurück.

Alles Liebe, Ag

PS: Bitte richte Gethyn aus, dass ich heil von meiner Bergwanderung zurück bin. Ehrlich gesagt war es gar kein »richtiger« Berg, sondern nur ein verdammt steiler Hügel. Die Wanderung hat ewig gedauert, also hake ich den Punkt trotzdem ab. Nächster Punkt: unterm Sternenhimmel schlafen!

Von: rosie-of-arabia@yahoo.com
An: aggieb@yahoo.com
Betreff: Re: Gethyn
Datum: 17. Mai

Hi Aggie,

Du bist also doch »interessiert«. Ausgezeichnet.

Es hat sich herausgestellt, dass Gethyn letzte Woche mit seiner Freundin telefoniert hat, aber sie hatten sich kaum etwas zu erzählen. Nach dem Telefonat haben sie sich E-Mails geschrieben und beschlossen, dass es für beide wohl das Beste wäre, die Beziehung zu beenden. Es wäre zwar nicht fair, näher auf die Sache einzugehen, aber ich verrate wohl nicht zu viel, wenn ich sage, dass Gethyn nicht am Boden zerstört ist. Er fühlt sich frei und optimistisch. Vielleicht haben Deine Bücher eine magische Wirkung auf ihn gehabt. Ich glaube, dass er sich nach Spaß und Abenteuer sehnt und vielleicht auch einer Romanze nicht abgeneigt wäre. Seiner Ex-Freundin, die anscheinend eine sehr begabte Ärztin war, hat es anscheinend nie gefallen, wenn er eine etwas romantischere, verwegenere Seite an den Tag legte.

Ob er gut aussieht? Was für eine Frage! Komm schon, Aggie, Schönheit liegt im Auge des Betrachters, das weißt Du doch.

Alles Liebe, Rosie

PS: Ich habe Gethyn erzählt, dass Du heil wieder zu Hause angekommen bist, und er lässt ausrichten, dass Du definitiv keinen Hügel als Berg klassifizieren kannst, Du Faulpelz.

PPS: Hast Du inzwischen schon unter freiem Sternenhimmel geschlafen? Das habe ich mehr als genug getan und kann Dir sagen, dass es überbewertet ist. Ich würde morden für eine weiche Matratze und eine kuschelige Bettdecke!

Von: aggieb@yahoo.com
An: rosie-of-arabia@yahoo.com
Betreff: Re: Re: Gethyn
Datum: 17. Mai

---

1. Ich habe es nicht geschafft, unterm Sternenhimmel zu schlafen. Wir haben es nur zwei Stunden lang durchgehalten, weil wir plötzlich von irgendwoher die Stimmen tausender Dämonen vernahmen. Außerdem hat Isabella genau in dem Moment, als ich pinkeln war, eine Sternschnuppe gesehen. Unglaublich frustrierend! Wenn es irgendjemand verdient hat, eine Sternschnuppe zu sehen und sich etwas zu wünschen, dann bin das doch wohl ich. Immerhin war das Ganze meine Idee!
2. Soll ich Dir eine Bettdecke schicken? Hmm, wahrscheinlich ist die zu warm. Wie wäre es mit einem Laken aus feinster ägyptischer Seide?
3. Schönheit liegt im Auge des Betrachters – dass ich nicht lache! Hast Du denn kein Foto, das Du einscannen und mir schicken kannst?

Von: rosie-of-arabia@yahoo.com
An: aggieb@yahoo.com
Betreff: Re: Re: Re: Gethyn
Datum: 17. Mai

Also gut, angenommen, ich schicke Dir ein Foto von ihm, und er gefällt Dir nicht, was dann? Wirst Du aufhören, ihm zu mailen, oder wird sich Dein Gesprächston verändern? Aussehen ist nicht alles.

Von: aggieb@yahoo.com
An: rosie-of-arabia@yahoo.com
Betreff: Re: Re: Re: Re: Gethyn
Datum: 17. Mai

Denk nicht mal darüber nach, jetzt die Moralkeule zu schwingen, Rosanna Hughes. Du hast Jack Peterson abgesägt, nachdem er vom Fahrrad gefallen und sich die Zähne ausgeschlagen hatte – damals habe ich Dich auch nicht verurteilt! Physische Anziehung ist wichtig, das ist einfach ein Fakt. Außerdem hat Gethyn mir was voraus, weil er schon ein Foto von mir gesehen hat. Ich verlange nur ausgleichende Gerechtigkeit.

Von: rosie-of-arabia@yahoo.com
An: aggieb@yahoo.com
Betreff: Re: Re: Re: Re: Re: Gethyn
Datum: 18. Mai

Ich habe kein Foto.

Von: aggieb@yahoo.com
An: rosie-of-arabia@yahoo.com
Betreff: Re: Re: Re: Re: Re: Re: Gethyn
Datum: 18. Mai

Verdammt noch mal! Auf einer Skala von eins bis zehn – zehn = Jonny Depp, eins = Glöckner von Notre Dame – wo würdest Du Gethyn ansiedeln? Und würdest Du sagen, dass er gut küsst? Küssen ist wichtiger als vögeln.

Von: rosie-of-arabia@yahoo.com
An: aggieb@yahoo.com
Betreff: Re: Re: Re: Re: Re: Re: Re: Gethyn
Datum: 18. Mai

Darauf lasse ich mich nicht ein. Eine Fünf in meinen Augen könnte eine Zehn in Deinen sein. Und woher soll ich wissen, ob er gut küsst? Er ist wie ein Bruder für mich.

Von: aggieb@yahoo.com
An: rosie-of-arabia@yahoo.com
Betreff: Einfach unglaublich!
Datum: 18. Mai

Ich hab Dir einen MP3-Player geschickt *und* Deinem Vater eine neue Schneeschaufel besorgt! Verdammt noch mal!

Von: rosie-of-arabia@yahoo.com
An: aggieb@yahoo.com
Betreff: Re: Einfach unglaublich!
Datum: 18. Mai

Na gut!!! Ich werde sehen, was ich tun kann. Und hör mit dem verdammten Fluchen auf!

Von: aggieb@yahoo.com
An: rosie-of-arabia@yahoo.com
Betreff: Re: Re: Einfach unglaublich!
Datum: 18. Mai

Okay!

Von: rosie-of-arabia@yahoo.com
An: aggieb@yahoo.com
Betreff: Foto
Datum: 19. Mai

Hallo Ag,

tut mir leid, aber aus dem Foto wird nichts. Ich hab's versucht.

Alles Liebe, Rosie

Von: aggieb@yahoo.com
An: rosie-of-arabia@yahoo.com
Betreff: Re: Foto
Datum: 20. Mai

Na gut, ich glaube Dir – ausnahmsweise!

Von: rosie-of-arabia@yahoo.com
An: aggieb@yahoo.com
Betreff: Re: Re: Foto
Datum: 20. Mai

Bist Du an Gethyn wirklich interessiert? Ganz ernsthaft? Ist das nicht nur eine Deiner Launen?

Von: aggieb@yahoo.com
An: rosie-of-arabia@yahoo.com
Betreff: Re: Re: Re: Foto
Datum: 20. Mai

Ja.

Von: simonday14@hotmail.com
An: rosie-of-arabia@yahoo.com
Betreff: Die Wahrheit
Datum: 21. Mai

Hallo Rosie,

Du kennst mich einfach zu gut. Also schön, hier ist die Wahrheit: In Australien läuft es nicht so gut wie erhofft. Ich habe meinen Job am Theater verloren. Ich bin mit der Tochter des Theaterdirektors ausgegangen (sie spielt in der Show mit), und bevor ich wusste, wie mir geschieht, sind wir zusammengezogen, und sie hat sich bereits über Babynamen Gedanken gemacht. Unfassbar! Wieso wollen Frauen nur immer so schnell zusammenziehen? In sechs Monaten läuft mein Visum aus, aber ich habe nicht genügend Geld, um nach Hause zu fliegen. Sophie (die Tochter des Direktors, die jetzt sauer auf mich ist, weil ich mit einer anderen was angefangen habe) hat die Wohnung behalten, und ich Depp muss weiterhin die Miete bezahlen. Also schlafe ich momentan bei einem Kumpel auf dem Sofa. Ich habe einen Job in einem Klub gefunden, mit dem ich halbwegs über die Runden komme. Es ist alles gerade ein wenig verfahren, aber ich werde schon rauskommen, so wie immer.

Si

PS: Falls ich nicht gleich auf Deine E-Mails antworten sollte, heißt das nicht, dass ich Dich ignoriere, also bitte nicht böse sein. Ich kann momentan nur am Computer meines Kumpels Mails schreiben und bin fast immer am Arbeiten, um ein wenig Geld anzusparen. Und bitte spar Dir Dein Genörgel. Ich weiß schon, dass ich ein Vollidiot bin.

Von: rosie-of-arabia@yahoo.com
An: simonday14@hotmail.com
Betreff: Re: Die Wahrheit
Datum: 21. Mai

Simon,

ich weiß nicht, was ich sagen soll, außer: Wann wirst Du es endlich lernen?! Du bist ein erwachsener Mann, zum Teufel noch mal. Hör auf, mit Deinem Schwanz zu denken! Nörgelei zu Ende.

Wieso lässt Du Dich von Frauen immer zu einer festen Bindung überreden, bevor Du Dich dazu bereit fühlst? Das passiert Dir jedes Mal, wenn Du eine neue Frau kennenlernst. Du verliebst Dich Hals über Kopf in ein hübsches Gesicht und lange Beine und überschüttest sie mit Komplimenten, bis Du Dir sicher sein kannst, dass sie verrückt nach Dir ist. Sobald Du sie also erfolgreich an der Angel hast, verlierst Du das Interesse. Wenn Du von Frau zu Frau springen und Dich durch ganz Sydney bumsen willst, dann ist das Deine Sache. Aber vielleicht könntest Du mal versuchen, den Frauen nicht den Traummann fürs Leben vorzuspielen. Ich hatte die letzten Monate keine Gelegenheit, Geld auszugeben, weshalb ich mit Leichtigkeit um die 3000 Pfund an Dich überweisen könnte. Das würde doch zumindest für ein Flugticket reichen, oder? Meiner Meinung nach bist Du zwar ein Schwachkopf, aber kein Arsch, und das ist ein Unterschied. Außerdem wollte ich mit Dir über Aggie Braithwaite sprechen, aber damit warte ich lieber, bis ich Dich das nächste Mal sehe.

Rosie

Von: simonday14@hotmail.com
An: rosie-of-arabia@yahoo.com
Betreff: Re: Re: Die Wahrheit
Datum: 22. Mai

Aggie wer?

Von: rosie-of-arabia@yahoo.com
An: aggieb@yahoo.com
Betreff: Gute Nachrichten
Datum: 22. Mai

Hallo Aggie,

tolle Neuigkeiten! Man hat mir eine neue Aufgabe übertragen. Dem Himmel sei Dank, ich war schon zu Tode gelangweilt. Ich mache zwar nach wie vor die elende Wettervorhersage (dieser Job hat mir das Wetter für alle Zeit vermiest), aber gleichzeitig bin ich jetzt die Besuchsoffizierin. »Was ist denn das?«, höre ich Dich fragen. Nun, nachdem der Krieg jetzt vorbei ist (Gethyn sagt, er sei noch lange nicht vorbei. Das sei nur der Anfang einer riesengroßen Bescherung, aus der niemand etwas lernt), wie auch immer, nun, da der Krieg »scheinbar« vorbei ist, werden wir eine Menge Besucher bekommen, die alle das Beste für sich herausholen wollen und neugierig darauf sein werden, die Gegend um Basra zu sehen. Ich werde diese Besuche organisieren.

Diesen Monat werden uns vor allem britische Politiker besuchen. Schau Dir die Nachrichten an, dann weißt Du schon, wer. Ich werde sie durch Basra führen. Bin ich verrückt geworden? Die Antwort darauf ist: ja! Vollkommen. Ich hasse es, in der Gegend um Basra herumzufahren. Wir befinden uns gegenwärtig in der Phase »Herz und Verstand«. Das bedeutet, wir versuchen, den Irakern zu beweisen, dass wir mit guten Absichten hier sind und nur das Beste für sie wollen (auch wenn wir sie die letzten zehn Monate zugebombt haben), und dass wir in Wahrheit die Guten sind.

Um ihr Vertrauen zu gewinnen, tragen wir Barette anstatt von Helmen und haben die Körperpanzerung abgelegt (ich trage schon seit März keine mehr).

Ich habe nach wie vor nur zehn Schuss Munition bei mir, aber da ich sowieso nicht gut schießen kann, ist das egal. Dennoch überprüft Gethyn meine Pistole jedes Mal sehr genau, bevor ich in die Stadt gehe. Ich glaube, dass er sich mehr Sorgen um mich macht, als er zugibt. Aber ich bin da draußen wirklich keiner großen Gefahr ausgesetzt, und außerdem tut es meiner Psyche gut, wenn ich mal ein wenig vom Hauptquartier wegkomme. Ich weiß, ich bin keine echte Soldatin, aber den Krieg halte ich für schlimmer als im Gefängnis zu sitzen. Im Gefängnis hätte ich zumindest eine Dusche, eine Klospülung, Besucher und die Aussicht auf vorzeitige Entlassung wegen guter Führung.

Ich bin einer Meinung mit Gethyn, dass es draußen in der Wüste um einiges angenehmer war. Ja, ich weiß, ich hab mich wochenlang über den Sand beschwert, aber das Leben und Arbeiten am Flughafen ist einfach furchtbar heiß und unhygienisch. Die Klimaanlage und Sanitäranlagen sind völlig kaputt. Hier ist es überall so stickig und teilweise bis zu 50 Grad heiß. Seit wir hier sind, leiden wir viel öfter an Durchfall und Erbrechen. Also ja, ich ziehe ein Leben in der Wüste vor. Dort war es nicht nur kühler, sondern auch sauberer, und ich habe mich freier gefühlt. Ich sag's ja: Egal wie schlecht es Dir geht, es geht immer noch schlimmer. Welch Ironie.

Bis zum nächsten Mal.

Alles Liebe, Rosie

Von: Rosie
An: Oliver
Datum: 23. Mai

Lieber Oliver,

nein, Gott sei Dank habe ich meine Waffe bisher noch nicht einsetzen müssen. Wir sind jetzt in einem Flughafenterminal in Basra stationiert. Es ist kein Passagierflughafen, und es landen hier auch keine normalen Flugzeuge. Der Stabschef ist ein sehr hochrangiger Oberst. Er hat sein Büro im ehemaligen Flughafen-Shop. Über seiner Tür ist ein Schild, auf dem *Zollfrei* steht. Ist das nicht lustig?

Ich kann verstehen, was Du über Wünsche sagst. Ich habe mir jahrelang etwas gewünscht, aber mein Wunsch ist nie in Erfüllung gegangen, und das hat mich sehr traurig gemacht. Dann habe ich bekommen, was ich wollte, und es wurde mir wieder weggenommen. Aber das Wichtige ist, niemals aufzuhören, sich etwas zu wünschen, das einem Freude bringt – was es auch immer sein mag. Selbst wenn man am Ende nicht genau das bekommt, was man sich vorgestellt hat. Noch vor ein paar Monaten hätte ich noch nicht so gedacht, aber jetzt schon.

Du meintest, dass Dich vielleicht jemand adoptiert? Ist das nicht eine gute Nachricht? Hast Du Dir das nicht gewünscht? Lass mich wissen, wie es Dir geht.

Rosie

Von: aggieb@yahoo.com
An: rosie-of-arabia@yahoo.com
Betreff: Oliver
Datum: 24. Mai

Hi Rosie,

ich habe mich mal schlaugemacht in Sachen Computerprogramme für Oliver. Es gibt ein paar, die Kindern das Zehnfingersystem beibringen können. Ich habe Mrs. Cartwright angerufen und sie überredet, Oliver eins zu kaufen. Sie besteht allerdings darauf (und ich stimme mit ihr überein), dass Oliver es nur für lange Texte verwenden soll und die Rechtschreibprüffunktion nicht verwenden darf – er muss noch sehr an seiner Rechtschreibung arbeiten. Mrs. Cartwright (ich bringe es nicht über die Lippen, sie Angela zu nennen) denkt, Du hast womöglich einen falschen Eindruck von Olivers Schreibkompetenz bekommen. Sie hilft Oliver immer beim Briefeschreiben. Er braucht ewig dafür, sie abzutippen. Er möchte, dass seine Briefe erwachsen klingen, also hilft sie ihm. Ich werde ihm einen Laptop kaufen und das Tippprogramm draufspielen. Du kannst mir das Geld dann zurückzahlen, wenn Du wieder da bist. Außerdem gibt es da noch etwas anderes, das ich mit Mrs. Cartwright besprochen habe und das ich Dir erzählen sollte. Bitte sei mir nicht böse.

Aus Gründen zum Schutz des Kindeswohls liest Mrs. Cartwright alle Briefe, die Du Oliver schickst, bevor sie sie an ihn weitergibt. Ich halte das für vollkommen verständlich. Ihr bereitet Sorgen, dass Du Oliver falsche Hoffnungen bezüglich seiner Zukunft machen könntest. Ich habe Deine Briefe nicht gelesen und kann deshalb dazu nichts sagen. Sie meint, dass Kindern wie Oliver einfach nicht die Möglichkeiten zur Verfügung stünden, die Du und ich hatten, und dass Du auf lange Sicht seine Hoffnungen enttäuschen würdest, obwohl Du es nur gut meinst. Na ja, auf jeden Fall werde ich ihm jetzt mal den neuesten Laptop besorgen, dann hat er es im Unterricht hoffentlich etwas leichter.

Alles Liebe, Ag

PS: Mrs. Cartwright meinte auch, dass Du Dich nicht dazu hinreißen lassen sollst, Oliver einen Hund zu kaufen.

Von: percynmadge@yahoo.com
An: rosie-of-arabia@yahoo.com
Betreff: Wieder daheim
Datum: 25. Mai

Mein Kleines,

wir sind wieder aus Whitby zurück. Das Wetter war schön, es hat fast nicht geregnet. Leider gibt es schlechte Neuigkeiten, was die Suche mit dem Metalldetektor angeht. Der Bauer, dem das Feld in der Nähe von Holmfirth gehört, macht sich nichts aus uns Schatzgräbern und hat mir den Zugang verwehrt. Was für eine Enttäuschung. Ich hätte wahnsinnig gerne dieses Feld durchkämmt. Aber was soll's, ich werde den Goldschatz schon noch irgendwann finden. Dein alter Herr gibt so schnell nicht auf. Übermorgen werden wir wahrscheinlich zurück nach Whitby fahren.

Hab Dich lieb, und werde bloß nicht leichtsinnig. Denk dran, was ich Dir gesagt habe: Immer schön ducken!

Mama und Papa

Von: Oliver
An: Rosie
Datum: 26. Mai

Liebe Rosie,

ein Ehepaar aus Darlington will mich adoptieren. Das freut mich zwar, aber es bedeutet auch, dass ich in ein paar Wochen die Schule verlassen muss, und dann kann ich Dir nicht mehr schreiben. Dabei hätte ich Dir sehr gerne weiterhin geschrieben, bis Du wieder zu Hause bist. Ich habe gehört, dass Du mir einen Laptop kaufen möchtest. Vielen Dank. Ich werde jeden Tag früher in die Schule kommen und mir von Mrs. Cartwright zeigen lassen, wie man tippt. Das machen wir im Moment gerade auch so. Wie sieht es im Irak aus? Mrs. Cartwright sagt, es ist ein Ort aus der Bibel, und der Fluss dort hat eine große Bedeutung. Glaubst Du an Jesus? Ich persönlich glaube nicht daran, dass ein bärtiger Mann auf uns herabsieht und genau weiß, was wir jede Minute unseres Lebens machen. Da ich hier auf eine christliche Schule gehe, müssen wir die Bibel lesen. Mrs. Cartwright meinte, dass ich auch aus den Bibelgeschichten lernen kann, wenn ich nicht an Gott und so glaube. Ich habe ihr versprochen, es zu versuchen. Matt ist jetzt netter zu mir, weil ich ihm gesagt habe, dass ich einen Laptop bekomme, und er möchte ihn auch mal benutzen.

Oliver

Von: igambini@hotmail.com
An: rosie-of-arabia@yahoo.com
CC: gethyn-of-arabia@yahoo.com
Betreff: Agatha
Datum: 27. Mai

Liebe Rosie, lieber Gethyn,

mein Name ist Isabella, ich bin eine Freundin von Agatha. Ich hab mich in Aggies Mailaccount eingeloggt, um ihre Freunde und Familie kontaktieren zu können: Die arme Aggie hatte leider einen ziemlich schlimmen Reitunfall. Sie war am Strand reiten, da ist das Pferd plötzlich mit ihr durchgegangen. Ihre Verletzungen sind nicht so schlimm wie anfänglich vermutet, aber sie hat sich das Handgelenk und ein paar Rippen gebrochen, außerdem Schnittverletzungen und Prellungen im Gesicht und eine Gehirnerschütterung. Sie wird morgen aus dem Krankenhaus entlassen und will sich dann gleich wieder ums Café kümmern. Sie hat darauf bestanden, dass wir Casey nichts von dem Unfall erzählen. Ihr sollt wissen, dass Agatha Euch nicht vergessen hat. Sie wird sich sobald wie möglich wieder ans Briefeschreiben machen. Ich habe auch Agathas Mutter eine Mail geschrieben, jedoch nur eine knappe Antwort erhalten. Ich bin sicher, dass Agatha Euch dann noch alle Einzelheiten schreiben wird, sobald sie wieder fit ist.

Mit den allerbesten Wünschen,
Isabella

Von: gethyn-of-arabia@yahoo.com
An: igambini@hotmail.com
Betreff: Re: Agatha
Datum: 28. Mai

Liebe Isabella,

vielen Dank für Ihre Mail. Bitte richten Sie Agatha meine allerbesten Genesungswünsche aus. Ich möchte nicht den Eindruck erwecken, mich einzumischen, aber gibt es jemanden, der ein Auge auf Agatha hat? Mit einer Gehirnerschütterung ist nicht zu spaßen. Könnten Sie ihr meinen ärztlichen Rat ausrichten, dass sie eine Weile erst mal nicht im Café arbeiten soll – sie braucht Bettruhe. Ich weiß, dass Sie in Kürze einen Restaurantkritiker erwarten und habe die Befürchtung, dass Agatha sich übernimmt, weil sie dafür gewappnet sein will.

Viele Grüße,
Gethyn

Von: igambini@hotmail.com
An: gethyn-of-arabia@yahoo.com
CC: rosie-of-arabia@yahoo.com
Betreff: Re: Re: Agatha
Datum: 28. Mai

Lieber Gethyn,

ich verstehe Ihre Besorgnis vollkommen, doch seien Sie versichert, dass Agatha diese Woche nichts backen wird. Ich habe ihr gesagt, dass sie Bettruhe halten soll. Der Restaurantkritiker kam genau an dem Tag in Appledart an, an dem Agatha ihren Unfall hatte. Unsere Spione hatten uns nicht über sein Kommen informiert, da er nicht alleine unterwegs war. Tatsächlich haben Nathan und sein Assistent (der ziemlich Gefallen an Agatha gefunden hat) beschlossen, für ein paar Tage in Appledart zu bleiben. Daher habe ich nun ein paar helfende Hände im Café, und Agatha hat jemanden, der ihr jeden Wunsch von den Augen abliest (der Assistent). Ich bin sicher, dass Agatha Ihnen noch alle Einzelheiten dieses bizarren Tages erzählen wird, sobald sie wieder auf dem Damm ist.

Mit den besten Wünschen,
Isabella

Von: Rosie
An: Oliver
Datum: 29. Mai

Lieber Oliver,

das habe ich gern getan. Ich hoffe, der Laptop hilft Dir. Übe schön weiter Rechtschreibung und Schrift, sonst bekomme ich Ärger! Ich habe jetzt E-Mail-Zugang. Wenn Mrs. Cartwright nichts dagegen hat, kannst Du mir eine E-Mail schreiben an: Rosie-of-arabia@yahoo.com

Ich werde den Irak wahrscheinlich Anfang Juli verlassen. Vielleicht können wir ja in Kontakt bleiben, wenn ich wieder zu Hause bin? Da musst Du aber zuerst Deine neuen Eltern fragen (wie aufregend!).

Rosie

Von: rosie-of-arabia@yahoo.com
An: aggieb@yahoo.com
Betreff: Geht es Dir gut?
Datum: 29. Mai

Hi Ag,

keine Ahnung, wann Du das lesen wirst, aber ich mache mir wahnsinnige Sorgen. Geht es Dir gut? Ich bin doch diejenige, die im Krieg ist, nicht Du. Bitte werde schnell wieder gesund und maile uns so bald wie möglich, damit wir uns sicher sein können, dass Du Dich erholst, okay?

Alles Liebe, Rosie

Von: percynmadge@hotmail.com
An: rosie-of-arabia@yahoo.com
Betreff: Whitby
Datum: 30. Mai

Mein Kleines,

übermorgen werden wir wieder nach Whitby zurückfahren. Deine Mutter hat morgen früh einen Friseurtermin, aber wenn wir unmittelbar danach zurückfahren würden, müssten wir uns mit dem ohrenbetäubenden Lärm aus der Disco herumschlagen, also warten wir lieber einen Tag länger.

Bei uns ist alles in Ordnung. Nur Deine Tante Joan musste wegen ihres Knies noch mal zum Röntgen ins Krankenhaus. Aber sie hat sich mit einem Preis von 500 Pfund getröstet, den sie bei Radio Sheffield gewonnen hat. Dieser Glückspilz!

Immer schön ducken.

Alles Liebe
Mama und Papa

Von: josh71@yahoo.com
An: rosie-of-arabia@yahoo.com
Betreff: Muscheln und anderes
Datum: 31. Mai

Hallo Rosie,

ich bin heute Deine Kiste mit besonderen Dingen durchgegangen und habe dabei eine Schuhschachtel mit unseren Muscheln drin gefunden. Ich hatte nicht gewusst, dass Du sie alle aufgehoben und auf jede einzelne das Funddatum und den Ort geschrieben hast. Bei der Muschel aus Findhorn sind die Algen immer noch dran! Du hast ein mürrisches Gesicht darauf gemalt und gemeint, dass sie wie meine Mutter aussieht. Hast Du etwas dagegen, wenn ich sie behalte? Ich mag auch das Bild von uns auf der Fähre nach Appledart sehr. Du hast immer so schöne Urlaubsorte für uns gefunden. Ich habe die Lampe in der Kiste gelassen. Sie gehört Dir, und ich hätte Dich nie darum bitten sollen.

Unsere Scheidung wird morgen durch sein. Ich hoffe, dass die Zukunft Dir Glück bringt, wo auch immer das Leben Dich hinführt.

Pass auf Dich auf.
Josh

Von: simonday14@hotmail.com
An: rosie-of-arabia@yahoo.com
Betreff: Meckerliese!
Datum: 31. Mai

Hi Rosie,

das ist genau der Grund, warum ich Dir nie etwas erzähle. Alte Meckerliese!

Danke für das Angebot, Schwesterchen, aber ich kann Dein Geld nicht annehmen. Mach Dir keine Sorgen, Dein großer Bruder wird bald wieder auf die Beine kommen, und dann werde ich genug Geld haben, um nach Hause zu fliegen und mit Dir und Deiner vollbusigen Freundin um die Häuser zu ziehen wie in den guten alten Zeiten. Du siehst, ich erinnere mich wieder an Aggie. Und anschließend verdrücken wir uns nach Huddersfield und holen uns dort einen Kebab und ein neues Tattoo.

Muss los zu meiner Schicht im Klub.

Halt die Ohren steif. Si

PS: Tut mir leid zu hören, dass es zwischen Dir und Josh nicht funktioniert hat. Der Kerl hat Dich echt geliebt. Gibt es keine Hoffnung?

Von: rosie-of-arabia@yahoo.com
An: josh71@yahoo.com
Betreff: Kein Betreff
Datum: 31. Mai

Lieber Josh,

ich habe gestern Nacht nicht viel geschlafen. Nicht so sehr wegen der Hitze, sondern wegen einer RAF C17, deren Motor die ganze Nacht über auf dem Flugfeld lief. Doch ich bin nicht wütend darüber, eher traurig. Wir hatten bereits Särge mit Soldaten, die vor ein paar Tagen gestorben sind, in dieses Flugzeug geladen. Bis heute Morgen konnte es nicht abheben, und die Ventilatoren mussten daher aus offensichtlichen Gründen die Nacht über durchlaufen. Als ich so dalag und dem Brummen der Motoren lauschte, musste ich an die Toten an Bord denken. Die ganze Nacht über wurde ich so an die Realität des Krieges erinnert. Diese furchtbare Traurigkeit hat mich dazu veranlasst, in diesem Brief etwas zu schreiben, das mir mehr Angst bereitet als der Krieg. Aber wenn ich es geschafft habe, die Schützengräben zu überleben und ohne Helm oder Körperpanzerung durch Basra zu laufen, dann werde ich auch das schaffen.

Die letzten paar Jahre war ich in Gedanken ständig bei Angelica. Setz Dich beim nächsten Regen an ein Fenster und beobachte, wie die Regentropfen langsam an der Fensterscheibe herabrinnen. Dieses langsame Rinnsal ist das beste Bild, um Dir zu beschreiben, wie ich mich damals gefühlt habe. Ich war eine unversiegbare Quelle der Tränen, nur dass die Tränen nicht nach außen drangen, weil ich einfach nicht weinen konnte. Wann immer ich meine Augen schloss, stellte ich mir vor, wie Angelica sich an mich klammert oder in der Nacht nach mir ruft oder wie sie als Säugling mit ausgestreckten Armen und einem Lächeln im Gesicht zu mir aufsieht – dieses Bild quält mich besonders. Es verging kein Tag, an dem ich mich mit dieser Trauer nicht selbst gegeißelt hätte. Doch nun, da mein ganzes Leben auf den Kopf gestellt wurde und mir nichts geblieben ist, kein Besitz, keine Freiheit und keine Garantie dafür, morgen aufzuwachen, ist mir klar geworden, für was ich dankbar sein muss. Und auch wenn es melodramatisch klingt, ich weiß nun, dass ich das wertvollste Geschenk von allen verloren habe – Dich. Bitte entschuldige, wenn sich das anhört, als ob ich eine klischeehafte Erleuchtung gehabt hätte, aber es ist wirklich so. Die Wahrsagerin hat mir vorhergesagt, dass ich meinen Frieden in der Wüste finden würde. Und das habe ich auch.

Aber auch wenn ich Frieden gefunden habe, meine Zukunft habe ich verloren. Ich habe versucht, mir mich, mein Leben, in zehn Jahren vorzustellen, aber es geht einfach nicht, nicht ohne Dich. Können wir es bitte noch einmal versuchen? Wir haben mal gesagt, dass wir zwei Seelenverwandte sind, die sich gefunden haben und sich immer wieder finden werden, von einem Leben zum nächsten, bis in alle Ewigkeit – erinnerst Du Dich? Und erinnere Dich an unser Lied, *La Vie en Rose* (ich weiß, ich biete jetzt alle Emotionen auf, aber es ist alles, was ich habe). Stell Dir vor, dass ich es jetzt für Dich singe – mit meinem besten falschen französischen Akzent und in Spitzenunterwäsche.

Wir – Du und ich – sind mir genug. Ich will nicht noch mal versuchen, ein Kind zu bekommen. Ich akzeptiere mein Leben, so wie es ist. Bitte sag nicht Lebwohl. Mir ist jetzt alles klar. Ich liebe Dich, und diese Liebe ist mir genug, das verspreche ich Dir.

In Liebe, für immer.

Rosie

Von: rosie-of-arabia@yahoo.com
An: percynmadge@yahoo.com
Betreff: Ich komm nach Hause
Datum: 1. Juni

Hallo Mama und Papa,

keine Ahnung, wann Ihr das lest, da Ihr wahrscheinlich gerade an der Küste seid, aber ich werde am 2. Juli nach Hause kommen. Das kommt sehr gelegen, da es in Basra so langsam etwas ungemütlich wird. Bis Ihr die Mail lest, habe ich wahrscheinlich schon mit Euch telefoniert.

Alles Liebe, Rosie

Von: acartwright1@yahoo.com
An: rosie-of-arabia@yahoo.com
Betreff: Bester Freund
Datum: 2. Juni

Liebe Rosie,

ich habe einen besten Freund. Er heißt Matt. Ich habe ihn besucht. Wir haben im Garten gespielt, aber ich musste gehen, als sein Vater von der Arbeit kam. Er war müde und wollte keinen Lärm haben. Das habe ich nicht ganz verstanden, weil wir ja im Garten waren. Seine Mutter hat mich zu meinen Pflegeeltern nach Hause gebracht. Er hat gesagt, dass ich nächste Woche seine Xbox ausprobieren darf. Mrs. Cartwright dachte, dass Dich das vielleicht interessiert.

Oliver

Von: rosie-of-arabia@yahoo.com
An: josh71@yahoo.com
Betreff: ???
Datum: 3. Juni

Hallo Josh,

keine Antwort von Dir?

Alles Liebe, Rosie

Von: josh71@yahoo.com
An: Rosie-of-arabia@yahoo.com
Betreff: Re: ???
Datum: 3. Juni

Bitte entschuldige, aber ich brauche etwas Zeit zum Nachdenken.

Von: percynmadge@hotmail.com
An: rosie-of-arabia@yahoo.com
Betreff: Bald wieder daheim
Datum: 5. Juni

Mein Kleines,

wir sind gestern Abend von der Küste nach Hause gekommen. Auf dem Anrufbeantworter waren ein paar Nachrichten, darunter auch Deine kurze Mitteilung vom Dienstag. Wir haben nur ein »Mama, ich bin's« verstanden. Der Rest war nur ein undeutliches Rauschen.

Du kommst also endlich nach Hause – wundervolle Neuigkeiten! Basra hört sich nicht so einladend an, wie Du anfangs dachtest? Diese ganze Sache entwickelt sich echt zu einem ganz schönen Schlamassel. Heute Nachmittag ist Josh vorbeigekommen, um mir meine Werkzeuge zurückzubringen. Er hat sich spontan ein paar Wochen freigenommen. Das sieht ihm gar nicht ähnlich. Verdammt schade, das mit Euch beiden. Ein guter Junge. Aber es ist Dein Leben, Kleines. Als ich heute Morgen mit dem Hund spazieren gegangen bin, habe ich dem Tier gesagt, ich bin mir sicher, dass Du bald nach Hause kommen wirst. Nur immer schön ducken – das ist der einzige Rat, den ich Dir für diese letzten paar Wochen geben kann.

Der Hund hat mir heute Nachmittag Gesellschaft geleistet, während ich in Vorbereitung auf unseren nächsten Ausflug die Hecken geschnitten und den Garten hergerichtet habe. Sofern das Wetter schön wird, werden wir wahrscheinlich morgen nach dem Tee aufbrechen. Kommt ganz darauf an, wie sich Deine Mutter fühlt.

Sonst gibt es nicht viel zu berichten. Mit der Schule sieht es schlecht aus. Wahrscheinlich wird sie nicht wieder aufgebaut. Eine echte Schande. Bis bald, und nicht vergessen: immer schön ducken.

Haben Dich lieb – Mama und Papa

Von: rosie-of-arabia@yahoo.com
An: aggieb@yahoo.com
Betreff: Auf glühenden Sohlen
Datum: 5. Juni

Hi Ag,

wie geht es Dir? Ich weiß, dass Du ein gebrochenes Handgelenk hast, aber könntest Du Isabella darum bitten, in Deinem Namen zu schreiben, damit wir wissen, dass es Dir gut geht?

Rate mal, was passiert ist. Ich hab Josh gefragt, ob wir noch mal neu anfangen können. Er zögert mit seiner Antwort. Zumindest hat er nicht Nein gesagt, was doch sicher ein gutes Zeichen ist, oder? Das Leben in Basra ist echt krass. Gestern hab ich einen ausländischen Diplomaten mit seinen Bodyguards durch die Stadt geführt. Sie haben nach einem Haus gesucht, in dem sie die Botschaft einrichten könnten. Sie haben dann ein Gebäude besichtigt, während ich mit zwei TA-Typen im Geländewagen sitzen blieb.

Plötzlich kam eine Gruppe Iraker mit Gewehren aus ihren Häusern gestürmt. Sie stellten sich auf die Straße und beobachteten uns. Ich hatte solche Angst und dachte schon, jetzt ist es aus mit mir. Aber dann kehrten der Diplomat und seine

Begleiter zurück, sprangen ins Auto, und wir machten uns aus dem Staub. Ich hatte wirklich damit gerechnet, dass die Iraker uns jeden Moment attackieren. Wahrscheinlich hatte ich heute riesiges Glück. Ich kann es kaum erwarten, aus diesem Höllenloch herauszukommen und nach England zurückzukehren. Ich werde mich nie wieder über mein Land oder den Regen beschweren. Was war ich mal wieder für ein naiver Dummkopf, zu glauben, dass das Leben als Besuchsoffizierin Spaß machen würde. Eine weitere Lebenslektion für Rosanna.

Vielen Dank übrigens für die Brownies. Du musst sie wohl vor Deinem Unfall abgeschickt haben. Gethyn hat sie verschlungen. Und wie war das noch mal mit Deinem Verehrer?

Alles Liebe,
Rosie

Von: aggieb@yahoo.com
An: rosie-of-arabia@yahoo.com; gethyn-of-arabia@yahoo.com
Betreff: Na, habt Ihr mich vermisst?
Datum: 6. Juni

Hallihallo! Na, wie geht's meinen zwei Helden?

Ich tippe diese Mail mit einer Hand auf einem Laptop, den ich auf meinen Knien balanciere, während ich auf dem Sofa vor dem Kamin liege. Eine gehäkelte Decke umhüllt meinen zerschundenen Körper. Aber macht Euch keine Sorgen, mindestens fünf Leute schauen in regelmäßigen Abständen bei mir vorbei wie meine persönlichen Diener – einfach super! Die arme Anya war wegen meines Unfalls ganz fertig. Und das sollte sie auch sein! Was hat es schließlich für einen Zweck, eine Wahrsagerin als beste Freundin zu haben, wenn sie einen nicht mal davor bewahren kann, vom Pferd zu fallen? Völlig entsetzt sagte sie: »Und das, Agatha, ist der Grund, warum ich Freunden nicht die Karten lege!«

Ihr seid sicher furchtbar gespannt darauf zu hören, was an dem Tag passiert ist, als Nathan aufgetaucht ist, doch ich fürchte, Ihr müsst Euch noch ein wenig gedulden, da ich meine Augen kaum offen halten kann. Das müssen die Schmerztabletten sein. Aber ich werde bestimmt bald wieder auf den Beinen sein, dann kann ich Euch alles erzählen. Aber bitte schreibt mir. Ich hoffe, dass Ihr in Sicherheit seid und es Euch gut geht.

Alles Liebe,
die Königin von Saba (darauf werde ich jetzt noch eine Weile herumreiten).

Von: aggieb@yahoo.com
An: rosie-of-arabia@yahoo.com
Betreff: Bin so stolz auf Dich!
Datum: 6. Juni

Hi Rosie,

ich habe vorher an Dich und Gethyn geschrieben, aber nachdem ich gerade Deine Mail bezüglich Josh gelesen habe, muss ich sofort zurückschreiben und Dir sagen, wie stolz ich auf Dich bin, dass Du diesen Schritt wagst – vorwärts, Boudicca!

Ich hoffe wirklich, dass er Dein Angebot annimmt und Eurer Ehe noch eine Chance gibt. Wie auch immer er sich entscheidet, Du verdienst es, glücklich zu sein. Ich bin sicher, dass Du Liebe in Hülle und Fülle finden wirst, wenn Du nach Hause kommst. Wir müssen unbedingt zusammen ausgehen und feiern, sobald Du zurück bist. Denkst Du, dass Du mal für ein paar Tage bei mir in Appledart vorbeischauen könntest? Immerhin bin ich verletzt.

Alles Liebe, Ag

Von: rosie-of-arabia@yahoo.com
An: aggieb@yahoo.com
Betreff: Beschissener Tag
Datum: 7. Juni

Hi Aggie,

heute ist kein guter Tag. Noch immer keine Nachricht von Josh, und zu allem Übel wurde Gethyn für seine letzten zwei Wochen in der Armee auch noch an einen anderen Standort versetzt. Es fühlt sich an, als hätte ich einen Teil meiner Seele verloren. Aber zumindest konnte ich ein paar weitere Punkte von der Liste abhaken. Gestern Abend hab ich mich mit Gethyn auf das Dach des Flughafens gelegt (um nicht Gefahr zu laufen, erschossen zu werden, muss man sich so unsichtbar wie möglich machen). Wir haben uns gemeinsam den Sonnenuntergang angesehen und dabei den Wein getrunken, den Du mir geschickt hattest. Alkohol ist uns eigentlich nicht erlaubt, aber wir dachten uns »Scheiß drauf«. Um 3 Uhr morgens haben wir uns dann in das Terminalgebäude geschlichen, und Gethyn hat auf dem Tisch des Generals einen River-Dance aufgeführt (er ist aus Plexiglas und daher stabil genug dafür). Dabei kicherte er wie ein kleines Kind. Ich hab ihn mit einer irischen Melodie auf der Violine begleitet. Er meinte, es käme ihm vor, als würde er auf dem Grab von Tony Blair tanzen, was ihm großes Vergnügen bereitete. Danach schnappten wir uns schnell meine Violine, kletterten zurück aufs Dach und warteten bis zum Sonnenaufgang. Ich spielte das Stück *La Vie en Rose*. Es war wunderschön.

Was Appledart angeht: Ich brauche doch keinen Grund, um zu kommen, Du Dummerchen. Ich möchte es! Also darf ich Dein Café besuchen? Wirst Du mich mit Kuchen füttern, bis ich platze? Aber ich bestehe darauf, dass Du weiter an Deinem Roman schreibst, auch wenn ich da bin. Apropos Schreiben. Nimm es mir bitte nicht übel, aber mir ist bezüglich Deiner Schreiberei etwas eingefallen: Den Film *Little Women* müssen wir uns doch bestimmt hundertmal angesehen haben. Du warst immer Jo (klar), und ich war immer Meg (noch klarer). Du erinnerst Dich bestimmt, dass Jo erst dann eine große Autorin wurde, als sie über ihre tote Schwester Beth geschrieben hat, mit anderen Worten, als sie damit begonnen hat, mit dem Herzen zu schreiben, über einen Ort, eine Zeit und Menschen, die sie kennt und liebt und versteht. Erst dann ist sie glücklich und realisiert, dass es keine Rolle spielt, ob irgendwer außer ihr ihre Bücher liest oder mag. Solange sie stolz auf ihre Leistung ist, benötigt sie keine Anerkennung von anderen.

Wieso probierst Du das nicht aus? Du könntest über uns beide schreiben: zwei Freundinnen aus Kindertagen, die wegen Liebeskummer und eines Missverständnisses den Kontakt zueinander verlieren, später aber in harten Zeiten ihre Freundschaft wieder erneuern und im Laufe ihres Briefwechsels erkennen, dass nichts im Leben unerträglich ist, solange man es mit einer Freundin teilen kann. Wenn Du magst, kann ich Dir meine Briefe geben – von Dir, von meinem Vater, von allen –, und Du könntest eine Geschichte für mich schreiben. Du kannst ruhig die Handlung etwas auswalzen und übertreiben, wo immer Du es für nötig hältst. Über die letzten Monate hinweg ist mir bewusst geworden, dass Partner – und selbst Familienmitglieder – kommen und gehen, aber gute Freunde bleiben Dir ein Leben lang, oder nicht?

Nur so eine Idee.

Alles Liebe,
Rosie

Von: josh71@yahoo.com
An: rosie-of-arabia@yahoo.com
Betreff: Kein Betreff
Datum: 7. Juni

Liebe Rosie,

bitte verzeih, dass ich Dir so lange nicht geantwortet habe, aber ich bin gerade im Urlaub und habe daher nicht immer Zugang zum Internet. Außerdem habe ich Zeit gebraucht, um über Deinen Brief nachzudenken und wie ich darauf am besten antworten sollte.

Mir ist bewusst, dass dieser Brief zu einer denkbar ungünstigen Zeit für Dich kommt, aber ich glaube, es ist zu spät für uns, um noch mal von vorne anzufangen. Deine gegenwärtige Einstellung resultiert meines Erachtens aus Deinem Aufenthalt im Irak. Wie Du selber sagst: Alles in Deinem Leben hat sich auf ein absolutes Minimum reduziert, was Dir dabei geholfen hat, die Dinge mit anderen Augen zu sehen. Aber ich kenne Dich, Rosie. Sobald Du wieder zu Hause bist und Kinder mit ihren Müttern siehst und wieder in Deinem alten Job bist und mitbekommst, wie andere Frauen in Mutterschutz gehen, wird Dich von Neuem die Sehnsucht nach einem eigenen Kind überkommen, und wir wären wieder genau da, wo wir schon mal waren. Die letzten paar Jahre mit ansehen zu müssen, wie die Trauer Dich zerfressen hat, war die reine Hölle für mich. Und dann Angelica zu verlieren … So etwas möchte ich nicht noch einmal durchstehen. Ich muss mich nicht an ein Fenster setzen und dem Regen zusehen, um Deine Trauer zu verstehen, denn Du kannst mir glauben, ich habe das volle Ausmaß Deines Schmerzes jahrelang gespürt, weil es nämlich auch meiner war. Es tut mir leid, Dir das sagen zu müssen, aber erst nach unserer Trennung habe ich gemerkt, wie unglücklich ich mich in unserer Ehe gefühlt habe.

Doch vor allem kann ich mich nicht mit Dir aussöhnen, weil ich, trotz allem, was wir miteinander durchstehen mussten, Dich niemals verlassen hätte. Das ist der große Unterschied zwischen uns beiden. Ich habe Dich geliebt. Du hast mir das Herz gebrochen, Rosie, und ich kann das einfach nicht vergessen. Ich hatte das Gefühl, dass Du mich nur in Deinem Leben haben wolltest, um ein Kind zu bekommen. Ich hingegen wollte mein Leben mit Dir teilen, mit oder ohne Kind, auch wenn ich mir so sehr gewünscht hatte, Vater zu werden. Du vermisst mich jetzt, weil Du im Irak bist. Aber ich glaube nicht, dass sich tief in Dir drin wirklich etwas verändert hat. Ich wünsche Dir alles erdenklich Gute, aber ich muss neu anfangen. Ich weiß, dass sich das sehr klischeehaft anhört, aber ich meine es wirklich ernst – sei glücklich.

Josh

Von: simonday14@hotmail.com
An: rosie-of-arabia@yahoo.com
Betreff: Geld
Datum: 7. Juni

Hi Rosie,

kann ich meine Meinung bezüglich Deines Angebots, mir Geld zu leihen, noch mal ändern? Ein Kumpel von mir hat mir vor ein paar Monaten Geld geliehen, um mir über die Runden zu helfen, und er hat darauf bestanden, dass ich es ihm zurückzahle. Könntest Du mir die 3.000 Pfund überweisen, von denen Du gesprochen hattest? Ich zahle es Dir zurück, sobald ich kann, versprochen.

Si

Von: rosie-of-arabia@yahoo.com
An: josh71@yahoo.com
Betreff: Kein Betreff
Datum: 7. Juni

Josh,

ich verstehe.

Rosie

Von: rosie-of-arabia@yahoo.com
An: simonday14@hotmail.com
Betreff: Re: Geld
Datum: 7. Juni

Hi Si,

sende mir Deine Kontodaten per Mail, und ich werde sehen, dass das Geld Dich erreicht.

Rosie

Von: simonday14@hotmail.com
An: rosie-of-arabia@yahoo.com
Betreff: Re: Re: Geld
Datum: 8. Juni

Tausend Dank, Rosie. Ich werde mich dafür bei Dir revanchieren – versprochen.

Von: percynmadge@hotmail.com
An: rosie-of-arabia@yahoo.com
Betreff: Es ist heiß!
Datum: 10. Juni

Mein Kleines,

nicht mehr lange bis Juli – wer hätte das gedacht?

Keine Ahnung, wie Du mit der Hitze fertigwirst. Eine unerwartete Hitzewelle hat uns schwer erwischt – 25 Grad! Der Hund versucht sich abzukühlen, indem sie sich unter mein Auto auf den kühlen Beton legt. Regelmäßig müssen wir nachsehen, ob sie nicht durch das Loch gekrochen ist, das die Katze in die Hecke vor der Einfahrt von nebenan gemacht hat – elendes Vieh. Aber wir haben ihren Plan durchschaut, also muss sie sich jetzt was Neues ausdenken. Kaum zu glauben, aber gerade fängt es an zu regnen. Wollen wir hoffen, dass es nicht anfängt zu donnern, sonst ist Deine Mutter wieder ein Nervenbündel.

Die wichtigste Neuigkeit ist, dass sie den Brandstifter geschnappt haben, der die Schule angezündet hat. Wahrscheinlich war es einer der Schüler, ein Pflegekind. Was ist nur aus der Welt geworden?

Deine Mutter ist heute früh zum Friseur gegangen, und wie immer ist sie grummelnd zurückgekommen, weil sie ihr eine etwas dunklere Haarfarbe verpasst haben und sie sich nicht entscheiden kann, ob es ihr gefällt. Wenigstens ist es nicht grün. Kannst Du Dich daran noch erinnern?

ISD.

Haben Dich lieb, Mama und Papa.

Von: rosie-of-arabia@yahoo.com
An: acartwright1@hotmail.com
Betreff: Brandstifter
Datum: 10. Juni

Liebe Mrs. Cartwright,

ich habe neulich einen Brief von meinem Vater erhalten, in dem er am Rande erwähnt, dass der Brandstifter, der die Schule angezündet hat, ein Pflegekind sein soll. Ist es Oliver? Falls er es sein sollte (und ich hoffe und bete, dass ich falschliege), könnten Sie mich bitte wissen lassen, wie die Dinge stehen und ob ich etwas für ihn tun kann?

Herzliche Grüße,
Rosie

Von: acartwright1@hotmail.com
An: rosie-of-arabia@yahoo.com
Betreff: Re: Brandstifter
Datum: 11. Juni

Liebe Rosie,

es tut mir leid, dass Sie das von Ihrem Vater erfahren mussten, aber ich fürchte, es stimmt. Oliver ist leider tatsächlich für den Schulbrand verantwortlich. Er wurde in der Nacht des Feuers auf dem Schulgelände gesehen, und als man ihn zur Rede stellte, gab er zu, sein Klassenzimmer in Brand gesetzt zu haben. Soweit ich weiß, wollte er das Schulprojekt seiner Klasse mit Streichhölzern niederbrennen. Er hat Schulverbot erhalten und ist während der Untersuchungen in einer Sozialeinrichtung untergebracht. Ich fürchte, dass ich Ihren Briefwechsel mit Oliver nicht länger unterstützen kann. Aber es ist vielleicht ein kleiner Trost für Sie zu wissen, dass seine Briefe an Sie dabei geholfen haben, einen Einblick in sein Befinden zu erhalten, was sich sicherlich zu seinen Gunsten auswirken wird.

Passen Sie gut auf sich auf.

Herzliche Grüße, Angela

Von: rosie-of-arabia@yahoo.com
An: acartwright1@hotmail.com
Betreff: Re: Re: Brandstifter
Datum: 11. Juni

Liebe Angela,

danke für die Information. Wie wird es jetzt mit seinen neuen Adoptiveltern weitergehen? Werden sie ihn trotzdem adoptieren?

Herzliche Grüße,
Rosie

Von: acartwright1@hotmail.com
An: rosie-of-arabia@yahoo.com
Betreff: Re: Re: Re: Brandstifter
Datum: 11. Juni

Liebe Rosie,

ich denke nicht, dass Oliver derzeit mit einer Adoption rechnen kann.

Herzliche Grüße,
Angela

Von: rosie-of-arabia@yahoo.com
An: aggieb@yahoo.com
Betreff: Verflucht noch mal!
Datum: 12. Juni

Hallo Aggie,

Josh möchte mich nicht mehr zurückhaben. Ich möchte nicht darüber reden. Außerdem scheint es, dass Oliver, der Junge von der Midhope-Grundschule, der sozusagen mein Brieffreund war, den Schulbrand verursacht hat. Das hat mich schwer getroffen. Es ist so frustrierend, weil ich mir sicher bin, dass er kein schlechter Kerl ist. Er hatte nur einfach einen schlechten Start ins Leben. Dabei war er gerade dabei, alles auf die Reihe zu kriegen. Ich hatte gehofft, dass er der Mensch ist, dessen Leben ich »auf positive Weise beeinflussen« könnte. Nun ist es wahrscheinlich eher mein Bruder, der Geld braucht, um nach Hause kommen zu können. Während meiner Zeit bei der Armee konnte ich eine kleine Summe ansparen, die ich nun Simon geben werde. Ich weiß, dass er das Geld so bald wie möglich zurückzahlen wird.

Aber der arme Oliver. Wie wir doch unser ganzes Leben in ein paar unbedachten Momenten ruinieren können. Mein altes Ich würde sich kauernd in eine Ecke verkriechen. Aber das ist vorbei. Ich hatte einen langen, harten Tag, aber ich lebe noch. Vor einer Stunde musste ich eine weitere Überführung mitmachen und hätte mich beinahe übergeben. Auf Anweisung des Stabschefs spielte ich *The Last Post* auf meiner Violine, während sechs in Union-Jack-Flaggen gehüllte Särge in ein Flugzeug getragen wurden. Da musste ich an uns denken und spielte *La Vie en Rose*.

Und mit einem Mal überwältigten mich die Tränen.

So klischeehaft es sich auch anhören mag, aber heute habe ich endlich ein Lebenszeichen in Rosie Hughes gefunden und schäme mich dafür, dass es einen Krieg gebraucht hat, damit ich den Wert meines eigenen Lebens schätzen lerne. Wenn ich nach Hause komme, werde ich für meine Zukunft kämpfen. Das schulde ich all denjenigen, die es nicht nach Hause geschafft haben. Ich werde mich am Riemen reißen und alles besser machen. Ich kann mir mein zukünftiges Ich zwar noch nicht in einem genauen Umfeld oder bei der Ausübung einer bestimmten Tätigkeit vorstellen, doch es wird eine warmherzige, sanftmütige, zuversichtliche Frau sein. Wenn ich das hinbekomme, dann sollte der Rest doch kein Problem sein, oder?

Alles Liebe, Rosie

Von: aggieb@yahoo.com
An: rosie-of-arabia@yahoo.com
CC: gethyn-of-arabia@yahoo.com
Betreff: Jener schicksalhafte Tag
Datum: 14. Juni

Hallo Ihr beiden,

heute kann ich mich endlich wieder ohne größere Schmerzen aufsetzen, also dachte ich, ich schreib Euch mal, was an jenem »schicksalhaften Tag« passiert ist. Ich kann jetzt auch wieder mit beiden Händen tippen (aber sagt's nicht Isabella).

Hmm, wo soll ich anfangen:

Es war ein grauer Fruhlingstag, draußen war es beinahe winterlich. Wir suchten alle im Café Zuflucht, sogar Moses hatte der Wind und der eisige Regen nach drinnen getrieben. Wir schalteten das Radio ein, und ich setzte mich vor den Holzofen und las aus *Moby Dick* vor (das beruhigt Moses immer ... fragt lieber nicht). Anya lag in Trancezustand auf einem Tisch neben dem Fenster und reinigte ihre Chakren. Isabella rückte die Stühle und Tische an den Rand und brachte Moses ein wenig Tango Argentino bei, während ich vorlas (Ich hatte sie bei einem Tango-Workshop die Woche davor ein paar Schritte gelehrt). Gerade als Isabella ihr Bein ein letztes Mal um Moses' Schenkel schlang und »Olé!« rief, wurde die Tür des Cafés aufgestoßen, und der Wind wehte ein zerzaustes männliches Wesen herein, mit einer grünen Wollmütze auf dem Kopf und einem unwiderstehlichen Lächeln im Gesicht. Isabella war starr vor Schreck, aber witzigerweise erstarrte auch Nathan (denn es konnte nur er sein) zur Salzsäule, sobald er Isabella sah. Ihm klappte das Kinn runter, von dessen silbernen Stoppeln noch der Regen tropfte. Ein paar Sekunden lang standen wir alle so da, bevor Isabella ihr Bein zurückzog, ihr Oberteil glattstrich, mit königlicher Anmut die Hand ausstreckte, lächelte und sagte: »Hallo, Nathan. Kann ich dir Tee anbieten?«

Da trat noch ein weiterer begossener Pudel durch die Tür – Nathans Assistent, Jack – und endlich dämmerte mir, dass Nathan just an dem Tag zum Café am Ende der Straße gekommen war, an dem wir es nicht für nötig befunden hatten zu backen. Wir hatten noch nicht einmal Vorräte eingekauft, so rau war das Wetter draußen. Die wenigen vorrätigen Zutaten reichten gerade mal für einen Victoria-Biskuitkuchen, doch nicht für drei Schichten. Ich hätte mich in den Hintern beißen können! Aber anstatt die Niederlage einfach so hinzunehmen, versetzte ich dem Tisch, auf dem Anya immer noch wie im Koma lag, einen Tritt, worauf sie wie Schneewittchen langsam zur Besinnung kam. Nathan war trotz seiner Verstörtheit sehr nett, auch Jack war ein angenehmer Zeitgenosse. Isabella kochte Tee. Als Nathan sie fragte, wie zum Himmel sie sich hierher ins Café am Ende der Straße verirrt hatte, erwiderte sie mit todernster Miene, dass ihr das Wetter hier so gut gefiele. Alle lachten, und Nathan wartete vergeblich darauf, den wahren Grund zu hören.

Isabella im Umgang mit Nathan zu sehen, war eine Lehrstunde in Sachen: in Gegenwart eines attraktiven Mannes eine mysteriöse Aura wahren. Doch ich habe zu viele Liebesgeschichten geschrieben, als dass ich mich davon täuschen ließe. Die beiden waren unglaublich scharf aufeinander. Ich schien die einzige Person im Raum zu sein, die sich an den wahren Grund für Nathans Besuch erinnerte. Da ich nicht wusste, wie lang er zu bleiben gedachte, gab ich Isabella einen Wink, dass sie ihn weiter unterhalten sollte, während ich kurz nach Morir pesen wollte. Ich beschloss, eine Abkürzung über den Strand zu nehmen und gleich noch den Punkt »ein Pferd am Strand reiten« auf der Liste abzuhaken. Jekyll, der spürte, dass ich es eilig hatte, stob im Galopp davon, aber da ich das Galoppieren noch nicht richtig gelernt habe, katapultierte es mich von seinem Rücken, und ich wurde einige Meter weit in einen Graben geschleudert, wo ich das Bewusstsein verlor. Gut, dass ich so viele Fettpölsterchen habe, schließlich lag ich dort drei Stunden lang, bevor Ishmael mich gefunden hat. (Ich kann mich einfach nicht dran gewöhnen, ihn Moses zu nennen, es passt einfach nicht zu ihm.) Anscheinend hat Anya einen Kälteschauer gespürt und einen Suchtrupp losgeschickt. Danach gab es ganz schön viel Aufregung. Man brachte mich in ein kleines Krankenhaus, später wurde ich dann in ein größeres in Inverness verlegt, wo man mich röntgte und einige Tage zur Beobachtung dort behielt.

Als ich zurück nach Appledart durfte, dachte ich, Nathan sei schon längst wieder abgereist und mit ihm jegliche Hoffnung, in seinem Restaurantführer genannt zu werden, aber da lag ich falsch. Ihr werdet es nicht glauben: Der eigentliche Grund, wieso Nathan nach Appledart gekommen ist, war, dass ihm Anya die Karten legen sollte. Trotz meiner vielen Bestechungsversuche will Anya mir nicht verraten, was bei der Tarot-Session rausgekommen ist. Außerdem – und das ist das Beste an dem Ganzen – haben Nathan und Jack beschlossen, noch ein paar Tage zu bleiben, um Isabella im Café zu helfen und ein bisschen Urlaub zu machen. Sie haben sich bei Ishmael einquartiert. Es ist alles ein bisschen verrückt, aber ich habe Isabella noch nie so strahlen sehen (sie scheint die »kleinen Pflaumen« ganz vergessen zu haben). Es macht wirklich Spaß, mit Nathan und Jack rumzuhängen, und obwohl ich buchstäblich als gebrochene Frau nach Appledart zurückgekehrt bin, wird mir jeder Wunsch von den Lippen abgelesen. Dieser Schlag auf den Kopf muss irgendetwas Gutes bewirkt haben, denn – haltet Euch fest! – mir ist endlich wieder nach Schreiben zumute.

Hurra! Ich werde Deinen Rat befolgen, Rosie, und eine Geschichte über Liebe und Freundschaft schreiben – über uns. Und ich werde sie in meinem Namen schreiben, nur für mich und Dich. Das ist doch okay, oder?

Allerliebste Grüße an Euch beide, Aggie

Von: aggieb@yahoo.com
An: gethyn-of-arabia@yahoo.com
Betreff: Wichtig!
Datum: 15. Juni

Hi Gethyn,

nur ganz kurz: Du musst Rosie davon abhalten, ihrem Bruder Geld zu leihen. Sie wird es nie mehr zurückbekommen! Er ist kein guter Mensch. Er schuldet mir immer noch 800 Pfund – und das seit 17 Jahren. Das waren meine ganzen Ersparnisse für die Uni. Rosie weiß davon nichts – und bitte erzähl es ihr nicht. Sie verehrt ihn.

Danke.
Aggie

Von: rosie-of-arabia@yahoo.com
An: aggieb@yahoo.com
Betreff: Verschiedenes
Datum: 15. Juni

Hallo Aggie,

Gott sei Dank geht's Dir wieder gut. Ich hab Dich vermisst. Und selbstverständlich ist es in Ordnung, wenn Du aus unserer Geschichte einen Roman machst, sonst hätte ich es Dir nicht vorgeschlagen.

Heute haben wir fast Vollmond, daher bin ich Deinem Vorbild gefolgt und habe meine Träume aufgeschrieben. Ich werde das Papier verbrennen und es so wie Du mit einem Wunsch an das Universum senden. Ehrlich gesagt habe ich nur einen einzigen Wunsch – Frieden.

Wieso erzählst Du mir nicht von Deinem Verehrer Jack? Hast Du etwa tatsächlich den Mann gefunden, den Du Dir in Deinem Ritual erträumt hast?

Alles, alles Liebe,
Rosie

Von: aggieb@yahoo.com
An: rosie-of-arabia@yahoo.com
Betreff: Re: Verschiedenes
Datum: 15. Juni

Ach Rosie, Du hast so recht – Frieden ist das Allerwichtigste. Es tut mir so leid wegen Josh. Konzentriere Dich auf das wundervolle Leben, das vor Dir liegt. Du bist eine tolle Frau – sieh doch nur, was Du schon durchgestanden hast. Wir müssen so viel Lachen und Tanzen nachholen, wenn Du wieder da bist. Also schnapp Dir Deinen Mantel und Deinen Hut, lass Deine Sorgen zurück und besuch mich in Appledart.

Ich habe heute noch mal über unsere To-Do-Liste nachgedacht. Plötzlich wurde mir bewusst, dass wir damals als Achtzehnjährige zusammen auf der Suche nach Abenteuern waren, als Freundinnen. Männer haben dabei gar keine Rolle gespielt. Wann habe ich nur dieses Gefühl der Unabhängigkeit verloren? Außerdem, was das Erleben dieser Abenteuer angeht: Es ist vielleicht nicht gut, wenn man sie so »abhakt«, bevor man sich dann schnell dem nächsten Abenteuer zuwendet. Damit diese Liste wirklich einen Wert hat, sollte ich einen Punkt nur dann erledigen, wenn ich wirklich eine Verbindung dazu fühle. Im Falle des Ritts am Strand war ich weder mit dem Pferd noch mit der Natur oder mit mir selbst verbunden. Ist es da verwunderlich, dass ich runtergefallen bin?

Ich sehe den Sturz als Zeichen, dass ich die To-Do-Liste mal eine Weile ruhen lassen muss und darüber nachdenken sollte, genau hier und jetzt Wurzeln zu schlagen, statt immer nur rastlos zu sein. Ich verspüre das plötzliche Bedürfnis, meine Füße in die Erde zu graben, erhobenen Hauptes dazustehen und Wurzeln auszubilden. Ich stelle mir vor, wie sie aus meinen

Fußsohlen sprießen, große dicke Wurzeln, die mich verankern, und kleinere, die mich ernähren. Ich will wie ein Baum werden und aufrecht (und auch ein wenig erhaben) dastehen. Dann kann ich auch nicht mehr fallen.

Was meinen Verehrer angeht: Er ist sehr süß und sehr von mir angetan, obwohl ich aussehe, als hätte man mich durch die Mangel gedreht. Dabei habe ich ihn überhaupt nicht ermutigt. Ich habe nur eine knappe Stunde mit ihm und Nathan im Café verbracht, bevor ich auf Jekyll weggeprescht bin, aber er schaut immer wieder bei mir vorbei, weil er sich im Café mit Nathan und Isabella wie das fünfte Rad am Wagen fühlt. Tatsächlich fühle ich mich, als würde ich mich tatsächlich in einen stolzen Baum verwandeln, da ich mich ihm gegenüber ziemlich reserviert verhalte und mich seit einer Woche nicht mehr gekämmt habe. Warum nur interessiert sich ein Mann umso stärker für Dich, sobald Dein eigenes Interesse nachlässt? Ich habe ihn nicht geküsst (das ist ungewöhnlich für mich), obwohl ich glaube, dass er wirklich scharf darauf wäre. Meine Ausrede ist, dass ich mir beim Sturz den Mund verletzt habe. Alles in allem ist er hübsch, nett, fürsorglich, ziemlich lustig und umgänglich – ein netter Mann. Vor ein paar Monaten hätte ich mich wahrscheinlich noch auf ihn eingelassen, aber jetzt hat sich in meinem Kopf ein Schalter umgelegt, und ich habe nicht mehr das dringende Bedürfnis, mit irgendeinem beliebigen Typen etwas anzufangen. Er ist nicht der Richtige für mich.

Alles Liebe, Ag

PS: Gethyn hat vorgeschlagen, mich besuchen zu kommen.

Von: rosie-of-arabia@yahoo.com
An: aggieb@yahoo.com
Betreff: Re: Re: Re: Verschiedenes
Datum: 16. Juni

Hi Ag,

Du hast die Chance verstreichen lassen, mit einem gut aussehenden Mann zu knutschen, und jetzt willst Du ein Baum sein? Es reicht, ich muss so schnell wie möglich nach Appledart kommen, bevor Du Dich in Yoda verwandelst!

Habe ich Dir schon gesagt, dass ich am 2. Juli nach Hause fliege? Ich werde anfangs zwar obdachlos sein, aber zumindest kann ich wieder zu Hause in Blighty wohnen. Ich werde nach Beendigung meines Dienstes einen Monat frei bekommen und mich in dieser Zeit wahrscheinlich irgendwo in Exeter einmieten, aber ich will nicht mehr beim Wetterdienst arbeiten. Was soll ich nur mit meinem Leben anfangen, Aggie? Vielleicht fällt uns ja was ein, wenn ich in Appledart bin. Kann's kaum erwarten.

Alles Liebe, Rosie

Von: aggieb@yahoo.com
An: rosie-of-arabia@yahoo.com
Betreff: Gethyn (schon wieder)
Datum: 17. Juni

Ok, ich weiß, dass ich ein stolzer, unabhängiger Baum bin, der sich anmutig im Wind wiegt –, aber soll ich auf Gethyns Angebot, mich in Appledart zu besuchen, eingehen? Bin ganz nervös. Er soll nicht denken, dass ich »leicht zu haben« bin. Außerdem sehe ich zurzeit fürchterlich aus.

Von: rosie-of-arabia@yahoo.com
An: aggieb@yahoo.com
Betreff: Re: Gethyn (schon wieder)
Datum: 17. Juni

Nichts für ungut, Ag, aber Du bist vor Kurzem noch nach Venedig geflogen, nur um mit einem vollkommenen Fremden ins Bett zu steigen. Lass Gethyn ruhig anreisen.

Von: aggieb@yahoo.com
An: rosie-of-arabia@yahoo.com
Betreff: Re: Re: Gethyn (schon wieder)
Datum: 17. Juni

Aber das ist doch genau der Punkt. Paddy war ein *Fremder*. Aber Gethyn kenne ich, und ich will es nicht vermasseln. Mist, Du hast ihm die Sache mit Venedig doch nicht etwa erzählt, oder?

Von: rosie-of-arabia@yahoo.com
An: aggieb@yahoo.com
Betreff: Re: Re: Re: Gethyn (mal wieder)
Datum: 17. Juni

Natürlich nicht. Wie steht es eigentlich mit Isabella und Nathan?

Von: aggieb@yahoo.com
An: gethyn-of-arabia@yahoo.com
Betreff: Appledart
Datum: 17. Juni

Hallo Gethyn,

sorry, dass meine letzte Mail so kurz war und ich davor nicht sofort geantwortet hatte. Natürlich kannst Du nach Appledart kommen, Du kannst entweder im Pub oder bei Ishmael übernachten. Er wird Dich sicher gerne beherbergen.

Schreib mir, was Du davon hältst. Ich würde Dich wirklich sehr gern treffen.

Aggie

Von: aggieb@yahoo.com
An: rosie-of-arabia@yahoo.com
Betreff: Was sonst noch so passiert ist …
Datum: 18. Juni

Hi Rosie,

ach ja, Isabella. Da ich bettlägerig und damit nutzlos bin, hat Isabella im Café das Ruder übernommen. Nathan hat beschlossen, gemeinsam mit Jack noch ein wenig länger in Appledart zu bleiben, damit er Isabella helfen kann. Und wahrscheinlich, um sie rumzukriegen. Nathan hat sich in Isabellas Augen vom »Mistkerl« zum »Weißen Ritter« hochgearbeitet. Ich könnte die Einzelheiten jetzt noch groß auswalzen, aber kurz gesagt: Zwischen den beiden läuft was, was bedeutet, dass dem Café eine Seite im Almanach sicher ist. Wundervoll!

Eine weitere fantastische Nachricht: Casey hat mich gefragt, ob ich mich auch im nächsten Jahr um das Café kümmern möchte. Wir müssen noch die Details klären, aber ich habe schon mal zugesagt. Ich werde mein Haus in Midhope vermieten, um das nötige Geld zusammenzubekommen, das wird die Kosten ungefähr decken. Mum werde ich davon nichts erzählen. Sie hat mir weder geschrieben noch angerufen, nachdem sie von meinem Unfall erfahren hat, aber ich werde ihr weiterhin telepathisch Liebe senden.

Das wär's fürs Erste.

A

Von: gethyn-of-arabia@yahoo.com
An: aggieb@yahoo.com
Betreff: Re: Appledart
Datum: 18. Juni

Hi Aggie,

ich hatte schon seit Längerem den Eindruck, dass Du für eine absolute Reitanfängerin ein wenig übermütig klangst, Du unvorsichtiges Dummerchen!

Gute Neuigkeiten: Ich fliege am 22. Juni nach Hause – ohne Rückflugticket!

Was Rosies Bruder betrifft: Ich habe ihr gesagt, dass ich es für keine gute Idee halte, ihm ihr Erspartes zu leihen, aber sie scheint eine höhere Meinung von ihm zu haben als Du. Sie hat mir erzählt, wieso Du ihn nicht leiden kannst. Vielleicht bist Du ein wenig zu nachtragend, oder? Junge Herzen brechen leicht!

Na ja, das wär's eigentlich schon. Vielen Dank für das Angebot, nach Appledart zu kommen. Aber jetzt, da ich einmal einen Monat frei habe, sollte ich vielleicht die seltene Gelegenheit dazu nutzen, noch weiter wegzureisen. Außerdem habe ich gehört, dass gerade jemand bei Dir wohnt. Es ist wahrscheinlich das Beste, wenn ich Euch nicht im Weg bin.

Nur für den Fall, dass wir für eine Weile den Kontakt verlieren, sollst Du Folgendes wissen: Du hast etwas Wundervolles an Dir. Du bist eine unverbesserliche Romantikerin und verdienst es, umworben zu werden. Ich hoffe, dass sich Dein neuer Verehrer dessen bewusst ist.

Pass auf Dich auf,
G

***

Von: aggieb@yahoo.com
An: rosie-of-arabia@yahoo.com
Betreff: Kein Betreff
Datum: 18. Juni

***

Weiß Gethyn von Jack? Und woher weiß er das mit Simon ??!!

***

Von: aggieb@yahoo.com
An: rosie-of-arabia@yahoo.com
Betreff: Kein Betreff
Datum: 18. Juni

***

Egal, was Du gerade tust, hör sofort auf damit und beantworte meine Mail! Ich brauche *sofort* eine Antwort, Rosie!

***

Von: rosie-of-arabia@yahoo.com
An: aggieb@yahoo.com
Betreff: Re: Kein Betreff
Datum: 18. Juni

***

OK, ganz ruhig. Ich bekomme nicht oft die Gelegenheit, einen Computer zu benutzen. Ja, Gethyn weiß von Jack, aber das ist nicht meine Schuld. Isabella hat uns beiden dieselbe E-Mail geschickt und darin von Deinem Verehrer erzählt. Und ich habe ihm von Dir und Simon erzählt, schon lange bevor Du an ihm interessiert warst. Ich habe ihm erklärt, warum wir uns aus den Augen verloren hatten.

Von: aggieb@yahoo.com
An: rosie-of-arabia@yahoo.com
Betreff: Re: Re: Kein Betreff
Datum: 18. Juni

Verdammt, Rosie!

Von: aggieb@yahoo.com
An: gethyn-of-arabia@yahoo.com
Betreff: Ins Ausland? Wieso?
Datum: 19. Juni

Ich bitte Sie, mein Herr, welche Vergnügungen lassen sich im Ausland finden, die unser Land nicht bieten kann? (Diesen Satz hab ich möglicherweise aus einem Austen-Film geklaut.) Und nur zu Deiner Info: Ich liege ganz richtig in Bezug auf Rosies Bruder. Ich habe ihn mit meiner Mutter im Bett erwischt.

Ag

Von: gethyn-of-arabia@yahoo.com
An: aggieb@yahoo.com
Betreff: Re: Ins Ausland? Wieso?
Datum: 19. Juni

Oh Gott, mit Deiner Mutter!? Weiß Rosie davon? Was Deine Frage angeht: also, mal sehen – eine andere Kultur, eine andere Sprache, eine andere Mentalität, ein anderes Klima. Muss ich noch mehr sagen? Aber im Ernst, Ag, Du hast doch schon genug Gesellschaft.

Von: aggieb@yahoo.com
An: gethyn-of-arabia@yahoo.com
Betreff: Re: Re: Ins Ausland? Wieso?
Datum: 19. Juni

Ja, ich habe Gesellschaft, aber nicht die Art von Gesellschaft, die Du womöglich meinst. Das ist einfach das Problem mit dem Café am Ende der Straße, die Leute kommen und wollen dann nie wieder gehen.

Nein, Rosie weiß nichts davon. Ihre Mutter schon. Erzähl ihr ja nichts.

Ag

Von: gethyn-of-arabia@yahoo.com
An: aggieb@yahoo.com
Betreff: Mein törichtes Herz
Datum: 20. Juni

Liebe Aggie,

es ist spät, und ich bin fix und fertig. Du wirst es mir also verzeihen, wenn ich gleich zur Sache komme. Ich werde mir jetzt alles von der Seele schreiben und auf Senden drücken, dann hab ich es hinter mir.

Obwohl Jack, der Volltrottel, einen Vorsprung hat, spüre ich tief in mir, dass wir dazu bestimmt sind, einander zu treffen. Möglicherweise wirst Du mich nicht attraktiv finden, aber was, wenn doch? Ich möchte all die Dinge tun, die Du in Deinen Büchern beschreibst. Ich möchte mit einem Honigfläschchen ein Herz auf Dein Porridge malen, ich möchte nach Hause kommen und auf dem Küchentisch einen Zettel finden, auf dem steht *Komm sofort hoch ins Schlafzimmer, Du wildes Tier!* Ich möchte mit Dir Dinnerpartys veranstalten, bei denen ich dann Dein lächelndes Gesicht betrachte, während Du mit jemandem im Gespräch bist, und genau weiß, was Du gerade wirklich denkst (»Was für ein Arsch«).

Vermutlich glaubst Du, es waren die Sexszenen, die mich besonders angesprochen haben – ich muss zugeben, dass Du die wirklich immer besonders gut hinkriegst –, aber ganz ehrlich, darum geht es nicht, na ja, zumindest nicht nur. Es ist schwer zu beschreiben, aber ich glaube, Dich zu *kennen*, Aggie, Dein wahres Ich, Dein großherziges Ich, das nachts allein am Schreibtisch sitzt und anderen mit ihren Geschichten so viel Freude bereitet, während es selbst so wenig im Gegenzug fordert. Ich kenne Dein wütendes Ich, Dein leidenschaftliches Ich, Dein begeistertes Ich, Dein heiteres Ich.

Im Grunde möchte ich einfach nur aus diesem Drecksloch fliehen, rennen, bis ich den Fuß auf diese kleine lustige, verwilderte Halbinsel setze, die Du Dein Zuhause nennst. Und wenn ich Glück habe, werden wir uns nicht einen Moment lang schämen, sondern einander in die Augen schauen und wissen, dass wir im anderen gefunden haben, wonach wir gesucht haben.

Was immer Du tust, bitte verliebe Dich nicht. Warte auf mich.

Sei meine Scheherazade, erzähl mir Deine Geschichten.

Dein Gethyn

PS: Ach, und zum Schluss noch ein ärztlicher Rat: Tu Dir selbst einen Gefallen, beweg Dich vom Sofa runter, geh raus an den Strand und schnapp ein bisschen frische Luft.

Von: aggieb@yahoo.com
An: gethyn-of-arabia@yahoo.com
Betreff: Re: Mein törichtes Herz
Datum: 21. Juni

Lieber Gethyn,

Jack ist abgereist.

Ag

***

Von: gethyn-of-arabia@yahoo.com
An: aggieb@yahoo.com
Betreff: Re: Re: Mein törichtes Herz
Datum: 21. Juni

***

Gut. Warum?

***

Von: aggieb@yahoo.com
An: gethyn-of-arabia@yahoo.com
Betreff: Re: Re: Re: Mein törichtes Herz
Datum: 21. Juni

***

Weil er nicht Du ist.

***

Von: gethyn-of-arabia@yahoo.com
An: aggieb@yahoo.com
Betreff: Happy End?
Datum: 21. Juni

***

Was, wenn ich Dich enttäusche?

Von: aggieb@yahoo.com
An: gethyn-of-arabia@yahoo.com
Betreff: Re: Happy End?
Datum: 21. Juni

Lieber Gethyn,

momentan fühle ich mich gerade so: Ich möchte mich weder sofort in eine Beziehung stürzen noch Sex mit Dir haben oder irgendetwas, das über Freundschaft hinausgeht.

Ja, ich spüre, dass Du genau die Person sein könntest, auf die ich mein ganzes Leben lang gewartet habe. Bei einigen meiner Romane habe ich absolut keine Zweifel, dass die Beziehung zwischen den Protagonisten nicht mal ein Jahr halten wird, nachdem ich die letzte Seite geschrieben habe. Doch was, wenn Du und ich wirklich eine Chance haben, für immer zusammen glücklich zu sein? Das ist der Haken an der Sache. Ich glaube, dass wir diese Chance nur bekommen, wenn Du als Freund nach Appledart kommst, ohne irgendwelche Erwartungen. Falls es uns vorbestimmt ist, uns ineinander zu verlieben, dann lassen wir das mit der Zeit geschehen – langsam, behutsam. Ist Dir auch aufgefallen, dass ich mich in Dich und Du Dich in mich verwandelt hast?

Wer ist dieser Gethyn Evans eigentlich? Und wer diese Agatha Braithwaite? Wir könnten einander in unseren Briefen immer nur Lügen aufgetischt haben. Und dennoch wäre es mir egal, weil ich meine, eine Seite von Dir gesehen zu haben, die sonst niemand zu Gesicht bekommt. Ganz sicher würde ich mich geehrt fühlen, einen Mann wie Dich zu treffen, denn:

- Du bist der Mann, der für meine Freundin ein Zelt gestohlen hat, damit sie sich einen letzten Rest Privatsphäre bewahren kann, in einer Welt, die ihr sämtliche Weiblichkeit genommen hat.

- Du bist der Mann, der ihr eine Schüssel Wasser geholt hat, damit sie sich waschen konnte, als es ihr schlecht ging.

- Du bist der Mann, der aus einem Sandsack einen Fußball gebastelt hat, um sie aufzumuntern.

- Du bist der Mann, der während eines Raketenangriffs zu den Bee Gees getanzt hat.

- Du bist ein Mann mit einem moralischen Gewissen.

- Du bist der Mann, der mich dazu gebracht hat, mal mein Ego abzulegen, mich selbst als die Heldin meiner eigenen Geschichte zu sehen, meinen Roman auseinanderzunehmen und einen neuen, besseren zu schreiben.

Komm nach Appledart und hab ein bisschen Spaß, Du hast es Dir verdient.

Deine Agatha

P.S. Wenn ich Deine Scheherazade bin, bist Du dann mein arabischer Ritter?

Von: gethyn-of-arabia@yahoo.com
An: aggieb@yahoo.com
Betreff: Re: Re: Happy End?
Datum: 22. Juni

Dann erwarte mich also nächsten Sonntag – in voller Rüstung.

G

Von: aggieb@yahoo.com
An: gethyn-of-arabia@yahoo.com
Betreff: Re: Re: Re: Happy End?
Datum: 22. Juni

An Sonntagen fahren keine Boote.

Von: gethyn-of-arabia@yahoo.com
An: aggieb@yahoo.com
Betreff: Re: Re: Re: Re: Happy End?
Datum: 22. Juni

Ich bin ein Ritter – von so etwas lass ich mich doch nicht aufhalten!

Von: sexymamma@yahoo.com
An: aggieb@yahoo.com
Betreff: Hallo, mein Schatz
Datum: 23. Juni

Liebe Agatha,

wie geht es Dir, mein Schatz? Das mit Deinem Sturz vom Pferd sind ja schreckliche Nachrichten. Tut mir leid, dass ich Dir nicht geschrieben habe, seit Du weggegangen bist. Gleich nachdem Du abgereist bist, ist mein Computer abgestürzt, und ich habe ihn jetzt erst von diesem PC-Typen an der Hauptstraße abholen können. Ich war so beschäftigt, die Zeit ist trotzdem wie im Fluge vergangen. Aber jetzt bin ich wieder online, also lass mich wissen, wie es mit Deinem süßen kleinen Café läuft.

Vor ein paar Tagen hat mich ein Journalist der *Sun* kontaktiert. Er hat mir alle möglichen Fragen über Dich – meine Tochter, die heimliche Autorin – gestellt! Ich habe keine Ahnung, wie das rauskommen konnte, aber ich habe nichts Konkretes verraten. Ich glaube, die bringen diesen Sonntag einen Artikel über Dich. Das wird Dich ja sicher interessieren. Na ja, ich muss jetzt los. Sag mir, wann ich Dich mal besuchen kommen kann. Ich vermisse Dich, mein Schatz.

Mamma

Von: aggieb@yahoo.com
An: rosie-of-arabia@yahoo.com
Betreff: Verdammt noch mal, das ist doch nicht zu fassen!
Datum: 23. Juni

Hi Rosie,

so eine verdammte Katastrophe! Ich glaube, meiner Vollidiotin von Mutter ist aus Versehen herausgerutscht, dass ich Isabellas Ghostwriterin bin. Irgendjemand aus dem Dorf, wahrscheinlich meine Mum selbst, wenn ich so darüber nachdenke, hat dann der Presse einen Tipp gegeben, und nun wird Isabella diesen Sonntag in der *Sun* »geoutet«. Wir hatten keinen blassen Schimmer davon, bevor Mum mich per Mail informiert hat. Da hat sie sich ja einen guten Anlass ausgesucht, um wieder mit mir in Verbindung zu treten.

Isabellas Agent war fuchsteufelswild und wollte mich wegen Vertragsbruch verklagen. Aber seltsamerweise scheint es Isabella selbst gar nichts auszumachen. Anscheinend ist die einzige Wahrheit im Leben die, dass Dir nichts auf der Welt etwas anhaben kann, solange Du einen netten Bettgenossen hast.

Aber zurück zu Dir. Solltest Du den Job beim Wetteramt nicht wieder antreten, könntest Du überall hingehen, wohin Du willst. Aber wenn Du Dir nicht sicher bist, mach doch eine Weile noch Deinen alten Job, bis Du wieder auf sicherem Boden stehst, und schau dann, wohin der Wind Dich weht. Als Meteorologin wirst Du zumindest einschätzen können, in welche Richtung es ungefähr geht.

Was Jack angeht: Das Problem ist, dass ich mich wohl in Gethyn verliebt habe – ich weiß, vollkommen irrsinnig, weil ich ihn noch nie getroffen habe, aber ich glaube wirklich, da ist eine völlig irrationale Verbindung zwischen uns. Vielleicht findet man ja seinen Seelenverwandten auf Wegen, die man nie hätte vorhersehen können, die jedoch von Anfang an vorgezeichnet waren? Sieh Dir zum Beispiel Isabella an. Wer hätte ihr gegenwärtiges Glück voraussagen können? Nicht mal Anya, schätze ich.

Ich habe Gethyn nach Appledart eingeladen. Er kommt nächste Woche. Aber ich habe nicht die Absicht, mit ihm ins Bett zu steigen, auf keinen Fall. In einer Mail lässt man sich leicht mal von irgendetwas mitreißen, doch wir haben uns noch nie getroffen, und vielleicht finden wir einander gar nicht anziehend. Ich möchte seinen Aufenthalt in Appledart nicht dadurch ruinieren, dass ich zuerst wie wild mit ihm über E-Mail flirte und dann so mit ihm umspringe wie mit dem Jockey in Venedig. Aber egal, was passieren wird, er wird es hier ganz wundervoll finden, und Du auch, wenn Du mich dann mal besuchen kommst. Ich kann es nicht erwarten, Dich wiederzusehen, Rosie. Dieses Mal werden wir nicht wieder den Kontakt zueinander verlieren.

Alles Liebe, Ag

Von: rosie-of-arabia@yahoo.com
An: aggieb@yahoo.com
Betreff: Re: Ich komm nach Hause
Datum: 24. Juni

Oh Aggie,

ich bin so aufgeregt, dass Gethyn Dich besuchen kommt. Ganz sicher wird er Dir gefallen, und er wird auch ganz bestimmt verrückt nach Dir sein. Es ist alles perfekt und genau so, wie ich geplant hatte (typische Bösewicht-Lache). Ich weiß, dass ich eigentlich nicht wie *Emma* die Rolle der Kupplerin hätte spielen sollen, aber nach dem Simon-Debakel wollte ich es einfach wiedergutmachen. Ich hoffe, dass Du mir nun endlich vergeben kannst.

Aber zurück zu mir. Du hast recht. Es ist Zeit, die Segel zu hissen und meine gescheiterte Ehe hinter mir zu lassen. Aber zum Wetterdienst werde ich vielleicht gar nicht zurückmüssen, denn ich habe nämlich eine Idee. Deine Freunde aus dem Café haben mich darauf gebracht. Ich werde in die Antarktis gehen! Verrückt, nicht wahr?

Ich habe eine E-Mail bekommen, in der es hieß, dass die Britischen Expeditionsstreitkräfte nach einem Meteorologen suchen, der die Gruppe sechs Monate lang begleiten soll. Das kann kein Zufall sein. Ich habe mich bereits für die Stelle beworben und rechne mir ganz gute Chancen aus.

Was meinst Du dazu?

Alles Liebe, Rosie

Von: Andrea Evans
An: Rosie
Datum: 24. Juni

Liebe Rosie,

ich wollte Dir nur kurz schreiben, um mich zu bedanken, dass Du mich ermuntert hast, meinem Herzen zu folgen. Ich habe mich für eine Ausbildung zur Krankenpflegerin angemeldet, die im September beginnt. Meine Mutter wird für mich auf die Kinder aufpassen, und ich kann weiterhin nebenbei ein paar Stunden im Dorfladen arbeiten. Ich kann es gar nicht erwarten. Es ist, als würde ich ein ganz neues Leben beginnen. Sag mir Bescheid, sobald Du wieder zu Hause bist. Es würde mich sehr freuen, Dich mal wieder zu treffen. Und danke noch mal!

Pass auf Dich auf.
Andrea

Von: aggieb@yahoo.com
An: rosie-of-arabia@yahoo.com
Betreff: Re: Re: Ich komm nach Hause!
Datum: 24. Juni

Eine Reise in die Antarktis? Nicht Du auch noch! Schon ein wenig extrem, Rosie, aber egal, es klingt nach einer tollen Idee. Tu es! Wir können nie wissen, was uns hinter der nächsten Ecke erwartet, stimmt's?

In Deinem letzten Brief hast Du geschrieben, dass Du Deine gescheiterte Ehe hinter Dich bringen willst. Ich hab lange über das Wort »Scheitern« nachgedacht, und mir wurde bewusst, dass man beendete Beziehungen nicht automatisch als »gescheitert« ansehen sollte. Meiner Ansicht nach sollten wir generell damit aufhören, jedes Ende mit einem Scheitern zu assoziieren. Viele Singles haben das Gefühl, im Leben gescheitert zu sein, was einfach nicht stimmt, und wenn eine Frau kein Kind hat, ist sie genauso wenig gescheitert. Ich hätte mich als alleinstehende Frau in Yorkshire auch viel wohler gefühlt, wenn ich mir nicht darüber im Klaren gewesen wäre, dass die Frauen im Dorfladen – na gut, eine ganz bestimmte Frau – sich gern das Maul über jeden zerreißt. Doch hatte sie es wirklich auch auf mich abgesehen? Und selbst wenn, wen kümmert es eigentlich? Manche Frauen sind eben eher mütterlich, während andere, wie meine Mutter, keine Ahnung davon haben, wie man sich selbstlos um jemanden kümmert. Doch bedeutet das, dass sie gescheitert ist? (Ich kann nicht glauben, dass ich so nachsichtig mit ihr bin, nach alldem, was sie sich gerade wieder geleistet hat.)

Wir scheitern ja alle nur aus einem bestimmten Blickwinkel heraus. Ja, ich hätte gerne eine monogame Beziehung (»Zu zweit ist es doch viel schöner«, sagt schon Winnie Puh), aber selbst wenn es mit mir und Gethyn klappt, würde ich nie mehr wieder auf enge Freunde – besonders Freundinnen – verzichten wollen. Wie oft schon haben Frauen mir im Café ihr Herz ausgeschüttet und erzählt, ihre Männer würden sie nicht verstehen. Aber ganz ehrlich, *natürlich* verstehen Männer uns nicht, sie sind ja auch keine Frauen!

Die nützlichste Lektion von Anya ist die, dass ich mir selbst das Leben durch meine eigenen Denkprozesse, meine eigene Imagination, schwermache. Ja, ich würde gerne lieben und geliebt werden, das ist eine wundervolle Sache – aber ich sollte nicht erwarten, dass zusammen mit einem Mann auch ein unbegrenzter Vorrat an Glück in mein Leben kommt. Ein Mann wird nicht in der Lage sein, mir all das zu geben, was ich brauche, und das werde ich von Gethyn auch nicht verlangen, Komiker, Heimwerker, Versorger, Fußwärmer im Bett ... Genauso wenig sollte mein Partner von mir verlangen, alle Frauen in einer zu verkörpern.

Und damit endet der heutige Vortrag von Agatha Braithwaite.

Ciao Bella. Komm sicher nach Hause, meine Hübsche.

Von: percynmadge@yahoo.com
An: rosie-of-arabia@yahoo.com
Betreff: Antarktis
Datum: 25. Juni

Liebe Rosie,

seit Deinem Anruf muss ich ständig über Deinen Plan nachdenken, also habe ich Deinem Vater gesagt, er soll mich ins Mailprogramm einloggen, weil ich Dir unbedingt sofort schreiben muss. Ich habe darüber nachgedacht, ob Du wirklich in die Antarktis reisen solltest. Ja, du solltest hinausgehen und Dein Leben in die Hand nehmen, aber ist Dir bewusst, dass Du nur eine Sandwüste gegen eine Eiswüste eintauschen würdest? Suchst Du absichtlich einen Platz außerhalb der Normalität, der Gesellschaft, weil Du versuchst zu fliehen? Ich kann das verstehen, aber was wirst Du dann nach Deiner Reise in die Antarktis tun? Wirst Du in den Dschungel gehen oder ins australische Outback oder nach Alaska? Du sagtest, Du hättest Deinen Frieden gefunden – doch hast Du das wirklich, wenn Du noch immer fortläufst?

Alles Liebe, Mum

Von: aggieb@yahoo.com
An: rosie-of-arabia@yahoo.com
Betreff: Überglücklich!
Datum: 27. Juni

Hi Rosie,

oh mein Gott! Gestern ist Gethyn angekommen, und ich habe gerade die besten 24 Stunden meines Lebens erlebt.

Der beste Teil der Geschichte ist, wie er nach Appledart gekommen ist. Er wanderte (ja genau, wanderte) über die Appledart Mountains (über dreißig Kilometer Fußmarsch bei übelstem Wetter), weil an Sonntagen kein Boot fährt. Im Vorfeld scherzte er, er würde schon einen Weg finden, um so schnell wie möglich zu mir zu gelangen, aber ich hätte nie gedacht, dass er hierher *wandern* würde. Als er durch die Tür des Cafés schritt, ganz durchnässt und etwas außer Atem, saß ich gerade an einem Tisch vor dem Kamin und spielte mit Anya Karten. Sein Bäuchlein sprengte beinahe die unteren Knöpfe seines Hemds, und der Regen glitzerte auf seinen Haaren, während er seinen Rucksack auf den Boden fallen ließ. Als ich mich umdrehte und ihn ansah, wusste ich sofort, dass er es ist. Ich bemühte mich, ähnlich cool zu sein, wie es Isabella bei Nathan gewesen war, aber natürlich schaffte ich das nicht. Ich hastete zu ihm, um etwas zu sagen, bekam aber keinen Ton heraus und stammelte im nächsten Moment irgendeinen Unsinn. Gethyn nahm meine Hände in seine, bat mich, einen Moment still zu sein, und sagte: »Ich bin einen langen Weg gegangen, aber ich hoffe, dass ich endlich am Ende der Straße angelangt bin, und wenn du Agatha Braithwaite bist, bin ich mir da ziemlich sicher.«

Oh mein Gott – wie romantisch!

Gethyn meinte, letztlich hättest Du ihn überzeugt, mich besuchen zu kommen. Vielen, vielen Dank, meine liebe, wundervolle Freundin! Und mach Dir ja nicht zu viele Gedanken, denn ich bin absolut sicher, dass sich Dein Leben jeden Moment auf wundersame Weise zum Guten wenden wird – ich spüre es in den Knochen.

Alles Liebe, Ag

PS: Möglicherweise habe ich Gethyn nun doch zu mir nach Hause eingeladen. Ja ja, ich weiß schon, was Du denkst, ich bin so eine Femme Fatale.

Von: rosie-of-arabia@yahoo.com
An: aggieb@yahoo.com
Betreff: Re: Überglücklich!
Datum: 27. Juni

Hi Ag,

das sind wundervolle Nachrichten. Ich freue mich wirklich sehr für Euch beide. Richte Gethyn Grüße von mir aus. Habt eine schöne Zeit miteinander. Bis bald!

Alles Liebe, Rosie

Von: aggieb@yahoo.com
An: sexymamma@yahoo.com
Betreff: Re: Hallo, mein Schatz
Datum: 27. Juni

Hallo Mamma,

es ist schön, von Dir zu hören. Bei mir ist so weit alles gut, aber ich versuche mich in Bezug auf Isabella bedeckt zu halten und würde Dir raten, das Gleiche zu tun. Es würde mich sehr freuen, wenn Du mich besuchen kämst, aber könnten wir meinen genauen Wohnort bitte für uns behalten? Wie Du früher immer gesagt hast: In diesem Leben gibt's nur mich und Dich, wir brauchen gar niemand anderen.

Sag mir, wann Du kommen willst, dann buch ich Dir die Tickets. Du könntest nach Inverness fliegen, und von dort lass ich Dich dann mit einem Auto abholen – wäre Dir das recht?

Hab Dich lieb. Agatha

Von: Rosie
An: Mrs. Hughes (übers Postamt)
Datum: 28. Juni

Hallo Mama,

das Internet spinnt, aber ich wollte Dir noch einen Brief vor meine Abreise schicken, um mich bei Dir für alles zu bedanken, was Du für mich während meiner Abwesenheit getan hast. Die Pakete, die Briefe, alles. Heute stand ich an den Ufern des Euphrats. Es war beeindruckend – eine fruchtbare Oase inmitten eines ausgedörrten Höllenlochs. Der Euphrat ist wirklich etwas Besonderes, er hat etwas Spirituelles. Ich habe Angelicas kleine Strickmütze in den Irak mitgenommen, die sie gleich nach ihrer Geburt auf der Intensivstation getragen hat. Ich werde die Mütze zusammen mit einer Nachricht in eine Flasche stecken und diese dann morgen dem Fluss überbringen.

Hab Dich lieb.

Deine Rosanna

Von: josh71@yahoo.com
An: rosie-of-arabia@yahoo.com
Betreff: Appledart
Datum: 28. Juni

Hi Rosie,

ich bin's mal wieder.

Rate mal, wo ich bin. Du wirst es nie erraten. Ich bin in Appledart. Ist das spontan genug für Dich? Ich schreibe Dir vom Laptop Deiner Freundin Agatha. Hoffentlich ist Dir das nicht unangenehm, aber ich habe mehrere Stunden lang mit ihr und Deinem Freund Gethyn geredet, und sie haben mich zur Besinnung gebracht. Lass es mich erklären:

Nachdem ich in Deiner Kiste mit besonderen Erinnerungsstücken nach der Lampe gesucht hatte, war ich völlig durcheinander. Dann habe ich Deinen Brief erhalten und stand plötzlich am Rande eines Nervenzusammenbruchs. Ich entschloss mich, meinen Urlaub um eine Woche vorzuverlegen, meine Wanderschuhe anzuziehen, meinen Rucksack zu packen und ins Auto zu springen. Ich fuhr bei Deinem Vater vorbei, um ihm das Werkzeug vorbeizubringen. Das hat mich nur noch mehr verwirrt, also entschloss ich mich, so weit wie möglich von allem wegzukommen – vor allem von Handys, E-Mails und den verfluchten Nachrichten, die einem ständig neue Bilder aus dem Irak zeigen. Nachdem ich das Haus Deiner Eltern verlassen hatte, ging ich in ein Hotel, setzte mich an einen Computer und schrieb Dir meine erste Antwort. Zehn Minuten später wurde mir klar, dass ich einen Fehler begangen hatte. Aber was sollte ich tun? Also setzte ich meine Reise Richtung Norden fort. Ohne festes Ziel hangelte ich mich von einem Hotel zum nächsten. Schließlich bekam ich eine Mail von Deiner Freundin Agatha, in der sie mich nach Appledart einlud. Und bevor ich wusste, wie mir geschah, war ich hier.

Agatha war wirklich großartig. Im Gespräch mit ihr konnte ich meinen aufgestauten Emotionen endlich Luft verschaffen. Kurz gesagt: Ohne Dich zu leben, ist furchtbar öde, und ich habe es mir noch einmal überlegt. Ja, ich willige ein. Wenn Du mich noch immer willst, dann lass es uns noch mal versuchen. Keine Ahnung, warum ich zuerst Nein gesagt habe. Ich war ein Idiot. Komm nach Hause nach Dartmoor. Ich hab die Unterzeichnung der Verträge abgeblasen, das Cottage gehört uns und niemandem sonst. Und ich verspreche Dir, in Zukunft werde ich spontaner sein und weniger arbeiten.

Um mit den Worten von Edith Piaf zu schließen: Schenke mir Dein Herz und Deine Seele und das Leben wird für immer und ewig sein wie in *La Vie en Rose*.

Rosie Hughes, willst Du mich heiraten? Ruf an, so bald Du kannst, und lass mich Deine Antwort wissen.

In Liebe, Josh

Von: rosie-of-arabia@yahoo.com
An: gethyn-of-arabia@yahoo.com
Betreff: Danke
Datum: 28. Juni

Hallo Gethyn,

ich werde in Kürze in die Stadt fahren und wollte Dir vorher noch eine kurze Nachricht schreiben, um Dir das zu sagen, was ich in unserer letzten Nacht in Basra nicht geschafft habe: Danke.

Du und ich werden für immer wissen, was wir gesehen und was wir getan haben, aber ich bin mir nicht sicher, ob ich jemals darüber sprechen will und werde. Der Tag, an dem Du ins Hauptquartier getreten bist und mir dieses wunderbare Lächeln zugeworfen hast, war einer der besten Tage meines Lebens. Ich werde niemals vergessen, wie wir in der Wüste zusammen getanzt haben. Tausend Dank, mein lieber Freund. Ohne Dich wäre ich in dieser Hölle sicher verloren gewesen.

Alles Liebe, Rosie

PS: Ich habe die kleine Big-Ben-Skulptur aus Aggies Korb in Deinem Rucksack versteckt. Zur Erinnerung an unsere gemeinsame Zeit, an die schönen Momente.

Von: aggieb@yahoo.com
An: rosie-of-arabia@yahoo.com
Betreff: Mein erstes Kapitel!
Datum: 28. Juni 2003

Hi Rosie,

ich weiß, wir werden uns nächste Woche ohnehin wiedersehen, doch ich muss Dir unbedingt sofort schreiben, denn ich habe die ersten paar Kapitel meines neuen Romans fertig! Die Worte sind nur so aus mir herausgeflossen! Wahrscheinlich wird das

Ganze vom Lektor noch mal auseinandergenommen, aber im Moment kann ich nur sagen: Gott sei Dank!

Ich möchte mich noch mal bei Dir bedanken, meine wundervolle beste Freundin, dass Du mir erlaubt hast, Deine Geschichte zu erzählen. Ich verspreche Dir, ich werde mich ihrer so gut ich kann annehmen. Bei dem Gedanken an das letzte Kapitel mache ich mir jetzt schon vor Aufregung in die Hose. Es wird so verflucht herzerwärmend sein, dass kein Auge trocken bleibt. Stell Dir nur mal folgende Szene vor: Ein unglaublich schöner Strand in Schottland, zwei alte Freundinnen treffen sich nach langer Zeit das erste Mal wieder, die eine ist gerade aus einem Kriegsgebiet in der Wüste nach Hause zurückgekehrt, die andere hat endlich einen Sinn in ihrem Leben gefunden, nachdem sie jahrelang in ihrer eigenen gedanklichen Wüste verloren war. Wir haben so viele Jahre verloren (und alles nur wegen einem Mann und einem Missverständnis. Frauen lernen auch nie dazu), aber sobald Du nach Hause kommst, können wir eine neue To-Do-Liste erstellen und einen Schwur aufsetzen (notfalls mit Blut statt Tinte), uns nie mehr aus den Augen zu verlieren. Na ja, genug herumgesülzt. Anbei sende ich Dir den Klappentext für das Buch. Schreib mir, was Du davon hältst.

Alles, alles Liebe,

Aggie (auch bekannt als Stella Valentine. Ich hatte Dir doch gesagt, dass ich für diesen Namen noch eine Verwendung finden würde)

West Yorkshire Herald
Datum: 30. Juni 2003

Einheimische in Basra getötet

Eine Offizierin der Reserveeinheit der Königlichen Marine wurde gestern Opfer eines Anschlags in Basra, in der Nähe des Flusses Euphrat. Bei dem Anschlag kamen insgesamt zwei Soldaten ums Leben, zwei weitere sind schwer verletzt. Rosanna Hughes, eine 34-jährige Meteorologin, ursprünglich aus West Yorkshire …

Epilog

Von: Rosie
An: Aggie
Datiert: 29. Juni
Gelesen: 3. Juli

Hallo Aggie,

das Internet spinnt mal wieder, und es wird wohl noch ein paar Stunden dauern, bis es wieder funktioniert. Um der alten Zeiten willen dachte ich mir daher, dass ich für meinen letzten Brief vor meiner Rückkehr den guten alten Feldpostweg nutze. Endlich nach Hause! Kaum zu glauben. Als Erstes wollte ich Dir dafür danken, dass Du Josh nach Appledart eingeladen hast. Gehe ich recht in der Annahme, dass Du ihn über meinen Vater aufgespürt hast? Du bist wirklich eine unglaubliche Frau, Aggie, ganz im Ernst. Außerdem möchte ich Dir von ganzem Herzen meinen Segen für Dein Buch geben. Davon aber gleich mehr. Ich muss Dir nämlich etwas ganz Wichtiges erzählen, setz Dich lieber hin: Ich kann endlich den Flickflack! Super, oder? Gethyn hat mich beim Üben immer gehalten, aber ich habe mich nie so richtig getraut, und deshalb hat es auch nicht geklappt. Nachdem mich jedoch der Brief von Josh erreicht hatte, in dem er mich bittet, ihn zu heiraten, hab ich es kurzerhand gewagt und – Tada! Abgehakt. Aber mal Flickflack beiseite, ich gebe Dir recht, dass es bei der Liste nicht darum gehen sollte, die einzelnen Punkte so schnell wie möglich abzuhaken. Ehrlich gesagt fände ich es gar nicht so schlimm, sollte ich niemals mit Delfinen schwimmen (na ja eigentlich schon, Delfine sind echt niedlich), oder wenn ich es niemals schaffe, auf Russisch rückwärts von zehn bis eins zu zählen. Ich möchte nicht mein Leben lang irgendwelche Punkte auf einer Liste abhaken, nur um sagen zu können, dass ich sie erledigt habe. Mein Zuhause, meine Familie und meine Freunde sind alles, was ich wirklich brauche. Dieses Leben, das ich jetzt habe, ist mir genug. Meine aktuelle Liste sieht also wie folgt aus:

1. Meine Eltern und den Hund umarmen.
2. Josh meine Liebe zeigen.
3. Mit meinem Vater auf Schatzsuche gehen. Er hat die Hoffnung nie aufgegeben, und wenn wir nur fest daran glauben, dann werden wir eines Tages vielleicht wirklich fündig.
4. Mit Dir ein Duett spielen.

Das ist alles.

Ach ja, Dein Buch: Der Klappentext hat mir gefallen. Zur Abwechslung bin ich mit dem Verhalten Deiner Mutter mal einverstanden, denn es ist wirklich an der Zeit, dass Du ein Buch unter Deinem eigenen Namen veröffentlichst. Agatha Braithwaite ist ein toller Name, und er passt zu Dir. Schmück die Geschichte ruhig so romantisch aus, wie Du willst. Du kannst mir gerne ein traumhaft schönes Happy End verpassen. Ich weiß, dass Gethyn Dir das anfangs ausreden wollte, aber egal. Meine Mutter meinte, ich solle mir mein zukünftiges Ich auf eine strahlende, positive Weise vorstellen, also lass uns das Ende in strahlenden Farben ausleuchten (wie in der Szene, als Dorothy das Wunderland Oz betritt, in dem Film mit Judy Garland).

Ich stelle mir das folgendermaßen vor:

Am Ende des Buches sollte ich Dich in Deinem Café besuchen – tränenüberströmt, mit verlaufener Wimperntusche im Gesicht, weil meine Ehe in die Brüche gegangen ist – und dann lächelst Du mich wissend an, wischst mir die Tränen aus dem Gesicht, kämmst mir die Haare und nimmst mich auf einen Spaziergang an den Strand mit (weil ich tagelang auf Reisen war und frische Luft brauche). Und siehe da, Josh steht am Steg und wartet auf mich im strömenden Regen. Bedächtig gehe ich auf ihn zu, nicht wissend, was er mir sagen wird (kann man bedächtig auf jemanden zugehen?). Er versichert mir, wie sehr er mich liebt, und hält erneut um meine Hand an. Und ich sage »Ja, natürlich«. Wir küssen uns, und die Wellen umspülen unsere Füße (vielleicht sollten wir dafür lieber am Strand als am Steg stehen). Nachdem Du die Szene aus der Ferne beobachtet hast, schlenderst Du zurück ins Café und setzt Dich auf Gethyns Schoß, der am Kaminfeuer sitzt und auf Dich wartet. Er lächelt Dich an, und Du erzählst ihm, dass Du schwanger bist (Diesen Dauerbrenner solltest Du unbedingt noch mit einbauen). Plötzlich hört der Regen auf, und Josh und ich spazieren in den Sonnenuntergang. Und wenn sie nicht gestorben sind, dann leben sie noch heute. Ende.

Hinweise der Autorin

Knoydart:

An der schottischen Westküste befindet sich ein sehr besonderer Ort, der die Knoydart-Halbinsel genannt wird. Jeder, der schon mal dort war, wird die Ähnlichkeit zu meinem fiktiven Paradies Appledart feststellen. Um genau zu sein, Appledart ist mehr oder weniger eine Kopie von Knoydart. Einen Teil dieses Romans habe ich während meines kurzen Aufenthalts auf der Halbinsel verfasst. Ich besuchte das Dörfchen Airor und war Gast im *Road's End Café*. Zu meiner großen Freude erkannte ich, dass es der perfekte Ort für Aggies neues Zuhause ist. Ich bin dem Besitzer sehr dankbar, dass er mir erlaubt hat, mir das *Road's End Café* so unverblümt für meinen Roman auszuborgen.

Irak:

Obwohl ich während des Konfliktes im Jahr 2003 als Soldatin der ersten bewaffneten Einheit im Irak stationiert war, basieren die Charaktere von Rosie und Gethyn weder auf mir selbst noch auf irgendjemandem, den ich während dieser Zeit getroffen habe. Rosie und Gethyn existieren in ihrer eigenen fiktionalen Welt. Ich habe jedoch aus meinen persönlichen Kriegserfahrungen geschöpft, um die Passagen, die im Irak spielen, realistischer wirken zu lassen.